海派小說論

李今

總　序

　　1992 年，兩岸開放探親後的第五年，我在埋首撰寫論文〈大陸的台灣文學研究概況〉過程中，驚覺對岸對於台灣文學研究的投入成果，並在種種因緣之下，開始關注對岸文學，一頭栽進大陸文學的研究與教學。

　　多年來，心中一直記掛著應該把台灣的大陸文學研究情況也整理出來。因為台灣和大陸是現代華文文學研究的兩大陣地，除了兩岸學界的本土文學研究之外，還須對照兩岸學界的彼岸文學研究，才能較完整地勾勒現代華文文學研究的樣貌。去年，我終於把這個想法，部分地呈現在〈台灣的「大陸當代文學研究」觀察〉一文中。但是，這個念頭的萌發到落實，竟已倏忽十年，而在這期間，仍有許多想做和該做的事，尚未完成，不禁令人感慨韶光的飛逝和個人力量的局限。

　　回顧過去半世紀以來的現代華文文學研究，兩岸都因政治環境和社會文化的變遷，日益開放多元；近年更因大量研究者的投入，產生豐盛的研究成果，帶起兩岸文學界更加密切的交流。兩岸的研究者，雖在不同的歷史背景下成長，但透過溝通理解、互動砥礪，時時激盪出許多令人讚嘆的火花。

　　「大陸學者叢書」的構想，便是在這樣的感慨和讚嘆中形成的。從文學研究的角度來看，成果的交流和智慧的傳遞，是兩岸文學界最有意義的雙贏；於是我想，應從立足台

灣開始，將對岸學者的文學研究引介來台，這是現階段能夠
做也應該做的努力。但是理想與現實之間，常存在著難以克
服的主客觀因素，台灣出版界的不景氣，更提高了出版學術
著作的困難度。

　　感謝秀威資訊公司的總經理宋政坤先生，他以顛覆傳統
的數位印製模式，導入數位出版作業系統，作為這套叢書背
後的堅實後盾，支持我的想法和做法，使「大陸學者叢書」
能以學術價值作為出版考量，不受庫存壓力的影響，讓台灣
讀者有更多機會接觸到彼岸的優質學術論著。在兩岸的學術
交流上，還有很多的事要做，也還有很長的路要走，我相信，
這套叢書的出版，會是一個美好開端。

宋如珊

2004 年 9 月　於士林芝山岩

解讀「摩登」：李今和她的海派小說研究

（代序）

　　在十幾年前的一個熱烈的夏季，我陪侍著導師嚴家炎先生住在北京知春里的一套小公寓中。也就在那時我從嚴先生口中第一次聽到李今的名字，因為那年她報考了嚴先生的博士生，先生和我言談之間對她頗表欣賞。這在一向不但治學嚴謹而且口風甚緊的「嚴加嚴」先生（這是北大中文系師生私下裏對嚴家炎先生的諧稱）是極少見的事情。然而臨到考試的前一天，卻傳來了李今等三位考生公開放棄考試的消息，那並非因為他們自己準備不足，也不是對導師有什麼意見，而是別有不得不然的情由的。李今是其中唯一的女生，而她原本是非常渴望到北大、到嚴先生門下讀書的，為此她已精心準備有年，所以作出放棄的決斷在她自己自然是很痛苦的抉擇，以至她在當晚給嚴先生打電話解釋時泣不成聲。嚴先生當時也頗為惋惜，神情黯然；而我儘管是個對公共事務很不熱心的人，因此曾被嚴先生批評說「太消極」，但當聽到一個那麼嚮往學術的年輕女性為了非個人的原因而作出如此取捨，也不能不為之動容。也就是從那時起我記住了李今這個名字，而且不禁想像一個能如此行事的女子其性情一定很激烈的吧。

　　然而隨後——大概是 1990 年的夏秋之交吧——我去暫設在萬壽寺的現代文學館校對稿子時，認識了李今，她給我的印象卻全然不是想像中的那麼激烈，倒像個帶髮修行的女居士，寧靜平和，和她的那些苦行僧般的男同事們，在那所破舊的寺廟中不辭艱苦地堅守著一塊被攘攘紅塵遺忘了的學術陣地《中國現代文學研究叢刊》，並且為了維持岌岌可危的現代文學館而四處化緣。而當我問及她放棄考博的「壯舉」時，她不但面無得色，倒是坦誠地說，當時只是覺得就那樣淡若無事地去應考實在於心不安，所以不得不棄考，但內心其實特別為自己惋惜，覺得委屈矛盾得很，以為將是一生的遺憾。我相信這是實話。這樣一種不高自標置的樸實和坦誠，正是李今的本色，而對學術的嚮往，才是她的真正的關懷。也正是為了彌補這份委屈和遺憾，90 年代後期，已身為人母的李今終於還是在相夫教子、擔負刊物編務的辛苦之中，毅然再次投考到嚴先生門下當了一名學生。

　　這本《海派小說論》就是李今在北大三年攻讀博士學位的學術結晶。說實話，當友朋們得知李今選擇這個課題作學位論文時，是頗有些意外而且不無擔心的。這並非懷疑李今的學術能力。事實上，在這之前，李今已從著名的新文學史料學專家朱金順先生那裏接受了嚴格的學術訓練，也譯介過西方的文學理論著作，並出版有專著《個人主義與與五四新文學》（北嶽文藝出版社，1992），所以已是大家一致看好的學術新秀。其實大家的擔心倒是出於保護這位學術新秀的好心。如我們的「老師兄」兼李今的頂頭上司吳福輝先生就說他「沒有想到」，因為他覺得李今是個道地的北方人，同

上海毫無淵源，要克服地域文化與個人氣質上的障礙去把握海派小說，那是相當困難、不易見長的。我自己也覺得李今有些「自討苦吃」。因為自 80 年代以來，海派小說已成為現代文學研究界的一個持續發燒的學術熱點，繼嚴家炎先生關於新感覺派小說的開創性研究之後，李歐梵先生、吳福輝先生並有不凡的建樹，在他們三位的身後更是尾隨著眾多的追隨者，每年在這個課題上的論文都不在少數，仿佛「高燒不退」。但俗話說，能手之後難為功，何況在嚴、李、吳三位高手之後？所以到 90 年代中期，關於海派小說的研究事實上處於熱鬧而膠著的狀態，在這種情況下李今如此選擇，在學術上顯然是不大「明智」的。但後來的事實證明我們的擔心都是多餘的。當大家看了李今厚厚的論文列印稿後，都感覺到多年處於膠著不進狀態的海派小說研究終於有了一次新的突破，而嚴家炎先生、李歐梵先生、吳福輝先生的一致首肯，更屬難得。不難想像，在知難而進的過程中，李今付出了多少辛苦的勞動和艱苦的思索。事實上當時一般人（包括我自己）都覺得這個課題不但剩義無多，就連資料文獻也沒有多少可補充的了。沒想到李今卻一頭扎進上海徐家滙圖書館的舊報刊中，發掘出了一大批不為人知的重要文獻資料，尤其是劉吶鷗、穆時英等人參與「軟性電影與硬性電影之爭」的資料，從而不僅對因資料的缺乏而一向讓人礙難說清的海派小說家的文藝觀念問題，有了令人豁然開朗的分析，而且進而得以對現代都市時尚文化作打通的觀照，這反過來也使她能夠從借鑒電影藝術這個角度，對海派小說敘事藝術的特點有了過人的發現。同時，李今也特別注意拓展自

己的理論視野和知識結構，恰好 90 年代中期以來文化研究，尤其是都市文化的研究成為國際學術的熱點，李今敏銳地感受到這些與自己的課題的相關性而致力於同步的思考，從而得以避短用長——超越單純以地域文化論海派的限制，而著眼於老上海人和海派作家如何應對世界都市化進程中的一些普遍問題和現代衝擊，因此所見始大、所造遂深，自然與過去只就上海論上海、只就海派論海派的研究大不相同，而令人刮目相看了。

　　如吳福輝先生就特別讚賞李今獨具慧眼地揭示了海派小說家與西方唯美頹廢派的複雜關聯，以及對海派代表作家作品的精細入微的解讀功夫。作為與李今同代的學術同行，我對此也深有同感。應該說，自上世紀 80 年代以來，大陸學術界對文學現代主義的知識視野大都局限於 20 世紀以來的歐美現代主義諸流派，從這樣的角度來看待海派小說的現代性，雖然不能說錯，但不免有些籠統，而疏忽了海派小說與世紀末唯美頹廢主義的淵源關係，因此李今對這種關係的系統深入的揭示，使我們對海派小說的現代性有了更為具體、更為準確的認識，這無疑是一個重要的學術推進。而就我個人的觀察所及，20 世紀以來中國學者、批評家對小說的研究與批評，在具體的小說文本分析方面實在粗枝大葉，太滿足於籠統的大判斷或印象式的評點，而鮮見精細入微、令人心折的文本解讀。在海峽那邊，唯一的例外是歐陽子女士 70 年代末為白先勇先生的小說《臺北人》所撰寫的批評著作《王謝堂前的燕子》，那是一部創造性地運用英美「新批評」方法的批評傑作，在漢語小說批評史上可說是沒有先

例的著作。在大陸這邊，小說研究先是長期停滯在傳統的考
證和教條的社會學分析中，進入改革開放之後，則又一直沉
溺於對西方學術新潮如饑似渴而又大而化之的追逐，而很少
有人關心具體的文本分析問題，雖然「新批評」又一次輸入
了，但人們只是競相搬弄它的一些詩學概念來把自己論著打
扮得時新一些而已。所以當我在 80 年代中期開始讀文學研
究生的時候，一個令我苦惱到幾乎放棄學業的難題是，儘管
自己可以說出這樣或那樣頗有理論根據而其實人云亦云的
大道理，但面對一篇小說，雖然對它不無感受，可要做具體
的分析和闡釋，卻痛感除了套話外幾乎不知從何說起、如何
解讀。正是這點自感無聊而又不甘於無聊的自覺，促使我開
始暗自摸索文本分析的方法。雖然我自己在這方面迄無所
成，但因為有過這樣的苦惱和摸索，所以看到李今把開闊的
都市文化研究視野成功地落實到精細的文本分析之中，我是
感佩有加的。本書中「海派與電影」、「日常生活意識和都
市市民的哲學」等章之所以讓人讀了深信不疑，其實不僅在
於它們理論視野的獨特和學術觀點的新穎，更重要的是李今
細緻入微的文本解讀給了我們妥帖愜當、怡然理順之感──
沒有這個，就只是觀點的徒然新穎而已，未必能夠讓人信
服。事實上，近十多年來大陸學術界關於現代文學的文化研
究已成風氣，但所論卻往往給人大而無當、膚廓不實之感，
就因為論者只滿足於文化視野的「大處著眼」，卻忽視了從
具體的文本分析這個「小處入手」。在這種學術風氣下，李
今的這本探討「海派小說與現代都市文化」的論著，著力「按
照『言必有據』的學術要求，從文本分析、史實證明和理論

依據幾個方面加強闡述論題的實證性」（原書「小引」），
所以它在諸多論著中穎然秀出，是並非偶然的。

　　從學術發展的脈絡來看，我以為李今這本著作最值得重
視的的學術貢獻，是她對海派小說以至於海派文化的兩面性
或矛盾性的深入抉發，這無疑標誌著海派研究在歷經「平反
發覆」、「正名加封」和新的「一邊倒」好評之後，已步入
可以平心而論、辯正分析的新階段。

　　在此不妨扼要回顧一下近 20 年來關於海派小說的研究
進程。

　　由於眾所周知的原因，海派小說在 1949 年以後的海峽
兩岸長期被埋沒了。直到上世紀 80 年代初，大陸轉入改革
開放，文學觀念隨之解放，學術研究亦漸趨解禁，嚴家炎先
生始從舊紙堆中發掘出了海派小說的主幹新感覺派諸作家
的作品，編為《新感覺派小說選》一書，並在該書的長篇前
言中和稍後的《中國現代小說流派史》指出「這是中國第一
個現代主義小說流派」，既肯定了該派的現代主義實驗對中
國文學現代化的貢獻，同時也對該派小說的一些甚違情理之
處有所批評。海派小說研究就是從這個平反發覆起步的。以
嚴先生的發掘為基礎，李歐梵先生緊接著又將新感覺派小說
介紹到港臺和海外，並譽之為「中國現代（主義）小說的先
驅」，推為臺灣 60 年代現代主義小說的不祧之祖，從加封
的頭銜可以看出，對海派小說的評價已經進一步提高了。進
入 90 年代，那個壓抑個人利益和個人欲望的時代終於灰頭
灰臉地徹底結束了，各種政治和人生的理想主義讓位於現代
的生活享受、消費方式、娛樂形式——它們又一次隨著先進

的洋貨一同進口，吊起了人們的胃口、刺激著人們的欲望，越來越多的人們驚訝地發現自己原來是個「食色」動物，而況現代都市裏的時髦物事是那麼光鮮誘人，現代的享受是那麼難以抗拒。於是人們在競相「下海」或觀海的同時，重新發現了十里洋場的「上海」作為東方最現代的都市的繁華與摩登，以及產生在這個現代都市的海派文學的生猛勁和開放性，歡賞這一切在當今「全球化」的熱潮中具有的先行——典範意義。值此之時，吳福輝先生以他曾是上海的土生子而今身為資深京派學者的雙重資歷，出頭為一度聲名狼藉的「海派文學」正名。他傾注多年的積累和體會發為《都市漩流中的海派小說》一書（湖南文藝出版社，1995），不僅準確地揭示出了海派小說的來龍去脈，理直氣壯地肯定了它的「現代質」，而且也率先考察了海派小說作為現代都市產兒的「正面」和「負面」。吳福輝先生的研究顯然啟發了稍後的研究者。

　　90 年代後期有兩部著作差不多同時孕育和產生了。一部是李歐梵先生的《上海摩登——一種新都市文化在中國》。李先生乃學術名家，博學多聞，富有大都會的生活經驗和國際性的學術視野，所以由他來重釋「上海現代性」，自然再合適不過了，並且他也從其同事馬太·卡林奈斯庫那裏領悟到「文學和藝術上的現代性，其實是和歷史上的現代性分道而馳的，前者甚至可以看做是對後者的市儈和庸俗的一種反抗」，所以人們完全可以指望李先生百尺竿頭更進一步的深入分析。李先生的書也的確搜羅宏富而又妙筆生花，所以精彩紛呈，令人目不暇接。看得出來，李先生對西方領潮的都

市文化是情有獨鍾的，這自然使他對「上海摩登」的態度近
於「一邊倒」的偏愛，加上浪漫的學術氣質，所以他「更願
意把這種景象──上海租界裏的中國作家熱烈擁抱西方文
化──視為是一種中國世界主義的表現」而歡賞有加。雖然
在李先生參差對照的張愛玲式筆法下，左翼文學及其對海派
文學的批評也時不時地出現，可都仿佛又醜又惡的「陪襯
人」，所以連同「戰火」、「革命」等一起被視為「掐滅」
海派摩登文藝天才的厭物。至此，摩登的上海都市文化──
包括海派小說，由於符合世界主義的潮流而得到了高度的肯
定，也因此不難理解的是，當「摩登」上海因為革命而沒落
之後，李先生在「中國」可寄託其對世界性大都市摩登文化
之愛好的，便只有英國人治理下的香港了。不待說，這樣一
種純然向西看齊的世界主義觀點，自然對「上海摩登」的價
值有其獨到的發現，但也不免讓人感到有些單純和片面了。

　　同時產生的另一部著作就是李今的這本書。李今對海派
文學當然不乏有同情的理解，但她的思考沒有被自己的同情
和對象的摩登所左右，所以能在深思熟慮的基礎上縱深開
掘，對摩登的海派文學和海派文化之兩面性、矛盾性，頗多
切中肯綮、洞見利弊的分析，令人有豁然開朗之感。在她看
來，以資本家、商人、中上層職員等為主體的新市民，不僅
經濟狀況較為富裕、受過現代的西式教育，而且形成了以追
逐西方生活方式為現代、為摩登的消費模式和生活趣味，這
既為海派小說提供了素材和創作的動力，但同時也制約和同
化著海派小說的境界與取向。她肯定，海派小說家將人性從
神聖化、理想化、超越性還原到人的生物性、求生的本能和

世俗的生存理性，確是更近事實真相和人性真實的，所以他
們的小說對世俗凡人的欲望和本能的表現雖不免過於形而
下，卻也勃勃有生人之氣，增進了人們對人性的理解。但同
時李今也不諱言，與西方文藝復興時期那些同樣強調生活的
物質性和肉體因素的代表作品相比，海派小說中所著力表現
的那些執著物質與肉體欲望的人物形象，顯然缺乏「豐腴、
生長和興旺」的積極性質，更未能像西方現代主義傑作那樣
將人的本能欲望發展昇華到一種「非理性的激情」境界。她
認為，海派小說所表現的現代市民的價值觀和自我意識，「雖
自私但獨立、雖世俗又有理性、雖然物化還不失主動選擇的
主體意識的精神特徵，既證實著都市新市民的自我意識的覺
醒，又暴露其局限和異化的傾向。」並指出，海派作家「對
於都市文明既追隨，又有反省和批判；既喜歡，又厭惡。而
這種複雜的意識情感正是現代主義作家的基本認識模式和
情感模式，它促進了一種對生活的廣闊而複雜的理解。」因
此，李今肯認海派作家群中的新感覺派諸家和張愛玲的創
作，屬於中國現代文學史上比較先鋒和前衛的現代主義佳作
之列，但同時她也發現既是這類作品也難免都市流行文學的
從俗以至於媚俗的格調。所以李今又強調說，海派小說「雖
然也表現了自我在都市『荒原』中的孤獨寂寞感，受壓抑的
人的本能衝動和內心活動，但更社會化、世俗化，也多少流
於『輕』和『浮』，只有後來的張愛玲能夠把對人的生存狀
態的考察引向深入，但也正是由於她雖然並不認可，但又太
多地認定常人的生存狀態的普遍性，使她對於有關人的形而
上問題的探討，反而得出了形而下的結論，雖深刻但缺少使

人昇華的精神力量和批判力量。這也正是海派小說貌似現代主義，但在本質上與西方這一精英文化所關心的自我問題和精神層面的相異之處。」……這樣一種深入分析、辯正觀照的思想態度貫穿全書，雖然我們不一定贊成作者的每一處分析、每一個判斷，但就其大體而言，的確發人深省，顯著地推進了海派小說研究的學術進程，深化了我們對上海「摩登」的認識。

　　我和李今誼屬同門，在學術上相互切磋，求同存異，從不客氣。關於海派小說，我們的看法也不盡一致，在此也略說幾句。李今在本書中曾提到與海派小說有關的「輕文學」這個概念，並解釋說「輕文學」（Light Literature）的「輕（Light）」意指不深刻、不嚴肅、不沉重，帶有消遣性和娛樂性，所以「輕文學」一般都不大關懷、甚至拒絕涉及國家社會的大問題。在李今看來，「如果根據輕文學的分類，把新感覺派完全歸入消遣性的大眾文學範疇，似乎也並不完全合適，因為他們又有著鮮明的純文學追求。」我得老實招認，這是對我的商榷，因為說新感覺派小說是「輕文學」、把它「完全歸入消遣性的大眾文學範疇」，就是我的看法。這說來倒是受了已故的施蟄存先生的啟發。記得 80 年代末我看到施先生在《說說我自己》一文中如此坦承：「1930 年代，西歐文學，正在通行心理分析，內心獨白，和三個『克』：Erotic, Exotic, Grotesque（色情的，異國情調的，怪奇的），我也大受影響，寫出了各式仿製品。經過第二次大戰，這一陣文學風尚，已被孤兒寡婦的眼淚和猶太人的血沖洗掉。它過時了，可想不到，我那些小說，卻和秦始皇的兵馬俑同時

出土，蛻靈成為寶物。自從嚴家炎編出了一本《新感覺派小說選》，封我為『新感覺派主要作家』，美國的李歐梵教授在臺灣刊物上推波助瀾，封我為『中國現代小說的先驅』。這樣一吹一捧，使我那些『假洋鬼子』作品，被不少文學青年或青年作家奉為現代的文學典範。願上帝保佑，讓我的那些『新感覺』小說安息吧。」這讓我深為感動，因為我相信這是施先生的心裏話，並非出於什麼政治壓力，而施先生對自己當年的藝術趣味和創作奧秘的這番自我解剖，恰好與我當時對他以及他的文學同伴們的閱讀印象相符，再加上我當時對現代主義的理解又比較嚴格——我以為文學上的現代主義，不僅具有藝術上的先鋒性、實驗性，而且是對現代文明及資產階級價值觀念和生活方式的質疑、反叛，其中包含著對都市生態中孤獨的個人存在狀況和生命意義的嚴肅探詢，因而與流行的媚俗的都市大眾文學是判然有別的。從這樣一種觀點來看，被認為是中國現代主義的新感覺派小說就似是而非了。所以，在這個問題上，我與學術界的普遍看法是不同的，這不同意見也曾對導師嚴家炎先生說起過。也正是鑑於新感覺派小說雖然從西方現代思想和現代文藝那裏汲取了不少時新的因素而貌似「現代」，但究其實更像時髦化、媚俗化、趣味化的現代都市流行文學，並且隱含著一種避重就輕的人生態度，而施蟄存先生當年又曾明言要「弄一點有趣味的輕文學」，所以我便把施先生及其他一些作家的創作稱為「趣味主義的輕文學」。如今重讀李今的這本著作，使我意識到自己不免偏狹，顯然忽視了新感覺派的藝術貢獻——用「輕文學」來指稱新感覺派小說，確實有些埋沒其「現

代性」和「前衛性」。但李今的商榷並沒有完全改變我對新
感覺派小說的觀感，因為該派作家確實不同程度地存在著追
逐時髦、渲染刺激、迎合流俗的趣味，連其中翹楚施蟄存先
生也未能例外，這只要看看他的《魔道》、《凶宅》諸篇以
及他自己稍後的自我批評，就不容諱言，更無論劉吶鷗筆下
的色情風景和穆時英筆下的白金女體之類了。要說這些就是
「現代」和「前衛」，那不是太容易、太輕鬆了麼？然則，
究竟應該怎麼品評這些乍看很似現代、再看讓人起疑的海派
作品之境界，及其作者的文學行為方式呢？受李今質疑的推
動和李歐梵先生著作的啟發，我忽然想到「摩登主義」倒不
失為一個較為恰當的「說法」。「摩登」也者，「Modern」
是也，然而「摩登」未必是本真的原創的「Modern」，也不
一定是反「Modern」的「Modernity」，倒往往是把來自西
方的「Modern」和「Modernity」當作時尚而加以複製，使
之流行，以迎合大都市中產階級追逐時髦和新鮮刺激的文
化─消費口味。這樣一種複製「現代」所以貌似「現代」、
但不免使「現代」時尚化以至於庸俗化的文化消費和文學行
為方式，就是「摩登主義」。記得十五、六年前曾經讀過歐
文・豪（Irving Howe）論現代主義文化的一篇文章，裏面仿
佛說過：現代主義一旦流行走俏，就趨於它的反面，而不再
是現代主義了（原書不在手頭，此處僅憑記憶略述大意，容
或有誤）。的確，真正的現代主義文化是不從眾、非時尚和
反庸俗的，但它也難逃資本主義的市場邏輯──當它一旦在
孤傲中苦熬成功之後，隨即就會因其成功而被複製、模仿，
成為流行時尚，因而也必然會被庸俗化。竊以為，如果上述

施蟄存先生的坦白是可信的，並且如果連作為新感覺派中翹楚的施先生都是如此行為，那麼與其稱此派小說是「現代主義」的，還不如說它是「摩登主義」的較為合適。顯然，新感覺派所奉行的「摩登主義」和魯迅所提倡的「拿來主義」是有差別的，那差別就在於「拿來主義」自有其主體性，而「摩登主義」則在忘乎所以地追逐國際時尚中常常迷失了自己。當然，「摩登主義」也可以說是一種現代性，即馬太‧卡林奈斯庫在《現代性的五面觀》中所謂「媚俗」（Kitsch）是也。不過應該說明的是，我用「摩登主義」或「媚俗」來標示新感覺派的境界和趣味，並不是要低估它的價值，而只是嘗試著更準確地把握它和認識它。其實，按照馬太‧卡林奈斯庫的解釋，「媚俗」藝術在「第二」或「第三」世界的出現乃是「現代化」的準確無誤的標誌呢。

　　李今能否接受我仿造的「摩登主義」這個說法，我現在還無法知道。但不論她接受與否，我都要承認重讀她的這本著作，在我確是一次愉快的經驗，因為它再次啟發我想了一點問題。這就是本書之為好書的一個證明——它經得住重讀，而我第一次拜讀它是在四年前，那時李今的這本著作曾以《海派小說與現代都市文化》為題在大陸出版過，很快就被學術界公認為代表了海派小說研究新進展的優秀論著。最近李今又應約對之進行了改訂，將其中論述海派小說的部分抽取出來，更名為《海派小說論》，準備在臺灣出版。由於兩岸學術界自然形成的差異和不自然的隔閡，所以出版者希望有一篇序言，多少向新的讀者介紹一下本書及其作者。這確有必要，而無疑的，最適合擔當這個光榮任務的自然是嚴

家炎先生和吳福輝先生了。他們兩位是海內外公認的海派小說研究資深專家，而李今既是最得嚴先生治學真傳的弟子，又長期在吳先生主持的現代文學館工作，所以他們對李今的瞭解是別人難以比擬的。但不巧的是嚴先生最近不在內地，而吳先生已經為本書的大陸版作過序了，不好再勞他的大駕。因此這個任務就轉到了誼屬同門的我這裏，這讓我備感光榮而又特別惶恐。序當然不敢作也無法作，但我想談談自己對李今為人與為學的印象，也許對新的讀者不無小助，所以寫了上面這些話，連帶著也略述我對海派小說研究的一點感想。這些話雖不免淺陋，但總比套話有意思些，所以怎麼想就怎麼說了。其間若有冒犯師長、唐突賢者之處，就請諒解或者批評吧。

解志熙

2004 年 12 月 8 日夜於清華園

目 次

海派小說與唯美頹廢主義

一、兩種頹廢的主題

　　雖然上世紀的 20 年代已是「一個頹廢年代」的末期，但文學，包括藝術仍沈迷於墮落的情欲主題。影響海派作家最大的 19 世紀後期的唯美頹廢派、法國的保爾・穆杭，以及日本的新感覺派和唯美派的創作既共同屬於這個頹廢年代的產物，又表現出相當不同的頹廢主題和風格，它們或多或少都熏染了海派小說的創作。

　　文學上的頹廢風格顯在的內容特徵是色情和肉感。被視為英國唯美主義運動早期階段，或者說給以了很大影響的先拉斐爾派就曾被罵為「肉感詩派」[1]；米爾納司（Turquet Milnes）在論及波德萊爾的影響時，重要的一點就是「不斷地追求官能的滿足」[2]，福樓拜更體味到《惡之花》中的惡中之美的矛盾和混合，也以同樣的方式說波德萊爾「是在不喜歡地讚美著肉感」[3]；被西蒙斯譽為「一部頹廢的聖書」，于斯曼《逆流》中的主人公以色情的方式探詢異常領域中的美；費鑒照在《世紀末的英國藝術運動》一文中

---

[1]　見福克納著，付禮軍譯《現代主義》（昆侖出版社，1989），第 10 頁。
[2]　見本間久雄著、沈端先譯：《歐洲近代文藝思潮論》，上海開明書店，1928 年，第 336 頁。
[3]　本間久雄：《歐洲近代文藝思潮論》，第 299 頁。

介紹「皮茲來的 Under the Hill 充滿著色情」[4]；王爾德的《道連‧葛雷的畫像》一出版即被目為「新色情」，「是一本應該由托利黨政府強迫禁止的邪惡的書」，其主人公「貝澤爾‧霍爾渥德過分地崇仰肉體的美」，「道連‧葛雷過著一種感官享樂的生活」，亨利‧沃登勳爵則是新享樂主義的代言人，這三位一體構成了頹廢派代表王爾德本人的三個方面，充分體現了頹廢的風格和特徵。本間久雄認為「關於唯美派詩人的特色，《英國唯美主義運動》的著者哈米爾頓的批評，最為切適。」其內容特徵一言以蔽之，即「情欲的，官能的」[5]。傑克遜也總結說，「19 世紀 90 年代的作家追求把藝術籠罩在感覺的和色情的氛圍之中，以獲得色彩和芳香。」[6]而克羅齊對國際性的頹廢運動所持有的「優雅的色情」，「肉欲的官能享受」的否定態度，一直持續到上世紀 20 年代都獲得普遍的認同，成為具有權威性的定論。[7]

不過，這些帶有舊道德色彩的指責並不為唯美頹廢派所忌諱，我們似乎也沒有必要否認，去為他們做辯護。尼采就說過，真正的頹廢是心理的而不是生理的，就頹廢來說，最重要的事情是要認同它，有意為之，一個人不是頹廢的也能夠有病或柔弱，但一個人只有當他想這樣的時候，他才成為

---

[4] 見 1933 年 11 月《文藝月刊》4 卷 5 期。

[5] 本間久雄：《歐洲近代文藝思潮論》，第 341 頁。

[6] H. Jackson. THE EIGHTEEN NINETIES. Penguin Book Limited, 1939. p124.

[7] Matei Calinescu. FIVE FACES OF MODERNITY. Duke University Press, 1987. p212.

頹廢的。[8]頹廢派的色情和肉感也正是這樣,他們是有意為之,為色情而色情,為肉感而肉感。這首先因為他們否認自己承擔著道德代言人的職責,否認以倫理為指歸的文學的功利目的。戈蒂耶在他著名的《莫班小姐》序言中以相當大的篇幅批駁文學的道德和功利主義原則,他俏皮而刻薄地把道德比作「善良高貴的夫人」,相當幽默而調侃地說:「我們甚至承認這位夫人還正值當年,風韻猶存。──確實很令人傾倒,但畢竟已人老珠黃……。──在我看來,人們對一位水性揚花的女子比對她更感興趣也是挺正常的嘛,尤其是這位女子只有 20 來歲的話。」他決然地「以過去、現在以及將來所有教皇的名義發誓,小說和詩歌不可能、永遠不可能、絕對不可能有任何實際用途!」並認為「真正稱得上美的東西只是毫無用處的東西」。[9]王爾德則更為明確地斷言,「毫無瑕疵的美和它表達的完整形式,這才是真正的社會意識,是藝術快感的意義。」所以他告誡詩人「對於他只有一個時間,即藝術的時刻;只有一條法則,就是形式的法則;只有一塊土地,就是美的土地。」[10]

唯美頹廢派在很大程度上是對啟蒙主義者的極端功利主義的反動,他們推崇的是文藝復興早期 15 世紀的義大利並上溯至古希臘,英國頹廢派理論家佩特(W・Pater)在他著名的《文藝復興》序言中把這時期的特點概括為「關注物

---

[8]　FIVE FACES OF MODERNITY, p183.

[9]　見趙澧、徐京安主編:《唯美主義》(中國人民大學出版社,1988 年),第 18、41、44 頁。

[10]　王爾德:《英國的文藝復興》,見《唯美主義》,第 91、90 頁。

質美，崇拜形體，衝破中世紀宗教體系強加於心靈和想像力的種種禁錮。」並把這看作是人類精神的一次突破[11]。王爾德繼承了佩特衣缽，在《英國的文藝復興》中盛讚英國的文藝復興「同 15 世紀偉大的義大利文藝復興一樣，它渴慕更為美好，更為通情達理的生活方式，追求肉體的美麗，專注於形式，探求新的詩歌主題、新的藝術形式、新的智力和想像的愉悅。」「是人的精神的一次新生」。[12]對於唯美頹廢派來說，文藝復興、人的精神和美都不是超生命的抽象價值和無生命的理論教條，而是生命的美的有形顯現，是人從靈魂到肉體的全面展示，是藝術的每一具體作品所造就的極深的美的魅力。為了盡可能具體地界說美，人的有形的肉體美就成為他們美的形式和內容的重要載體，成為他們追求得有時不免有些矯枉過正了的色情和肉感的美。

　　波德萊爾在《惡之花》中盛讚「肉體之美是最為卓越的天賦」[13]。王爾德在《道連‧葛雷的畫像》中，讓亨利勳爵面對葛雷一張驚人的漂亮面孔也大發讚歎：「美是天才的一種形式，實際上還高於天才，因為美不需要解釋。美屬於世界上偉大的現象，如同陽光，如同春天……美有它神聖的統治權。誰有了它，誰就是王子。……人們往往說美只是表面的。也許如此。但它至少不像思想那樣表面。對我來說，美是奇蹟的奇蹟。只有淺薄之輩才不根據外貌作判斷。世界的

---

[11]　見《唯美主義》，第 73 頁。
[12]　《唯美主義》，第 79 頁。
[13]　波德萊爾著，錢春綺譯：《惡之花》（人民文學出版社，1986 年），第 299 頁。

真正的奧秘是有形的，不是無形的……」[14]如果說亨利勳爵
對美的盛讚還帶有點玩世不恭的味道，那麼，戈蒂耶則把美
奉為新的宗教，他在《莫班小姐》中寫到：「既然沒有英雄
與神，只有在你的大理石的身體中還保存著，正如在一個希
臘的廟中一樣，那被基督所咒逐的珍貴的形體，並顯示著地
沒有妒忌天的理由；你高貴地表現著人世間最上的神聖，永
存的最純潔的象徵──美。」[15]在戈蒂耶看來，美是「那遮
蓋破敗的靈魂的華麗的外套，那上帝擲在赤裸的世界上的神
聖的幃帳」。[16]他聲稱「我崇拜形式的美過於一切；美於我
是看得見的神，摸得到的幸福，下降到地上的天。」[17]

　　唯美頹廢派的美的觀念，至少顯示了兩種意義。其一，肉體
的美、物質的美、有形的美和思想、天才等一切無形的精神現
象具有同等的價值，從而肯定了身體的、物質的和形式的權力。
在這方面戈蒂耶通過他的人物之口明確地宣稱：「我的叛逆
的身體不肯承認靈魂的至尊，我的肉也不肯許可情欲的壓遏。
我認做地像天一般美麗，我也以為形式的完滿是道德。靈於我並
不相投；我愛雕像勝於幽靈，正午勝於暮色。三件事物使我喜
悅：黃金，雲石，紫色；燦爛，堅實，色澤。我的夢是由它們
所組成，我的一切的幻想的宮殿也是由這些物質所築成的。」[18]

---

[14] 見奧・王爾德著，榮如德譯：《道連・葛雷的畫像》（外國文學出版
社，1982 年），第 24 頁。

[15] 戈蒂耶著，林微音譯：《馬斑小姐》（現譯《莫班小姐》，中華書局，
1935 年），第 314 頁。

[16] 《馬斑小姐》，第 344 頁。

[17] 《馬斑小姐》，第 108 頁。

[18] 《馬斑小姐》，第 170 頁。

在唯美頹廢派對於美的盛讚中，表達的並不僅僅是對於美的崇拜，更是對於精神高於肉體的傳統價值秩序的顛覆；其二，美是唯美頹廢派在上帝死了之後，以人為本從人本身尋找到的一種新價值，他們「寄望於把感覺造成以愛美的天性為主要特徵的新的精神生活的因素」[19]，戈蒂耶自稱「用雕刻家的眼睛來看女人」，他的《莫班小姐》被史文朋稱為「美的黃金屋」，所以他們的色情和肉感決不淫穢和下流，他們是以最虔敬而神聖的態度頂禮膜拜色情和肉感的美。王爾德於《道連·葛雷的畫像》自序中為自己辯護說，「在美的作品中發現醜惡含義的人是墮落的，而且墮落得一無可愛之處。這是一種罪過。」[20]

唯美頹廢派為文學卸下了道德的與功利的使命，而為自己找到了「美的無憂的殿堂」決非偶然，這不僅是他們企圖「擺脫塵世的紛擾與恐怖，逃避世俗的選擇」，更是與他們享樂主義的人生觀聯繫在一起的。戈蒂耶宣稱：「在我看來享樂就是生活的目的，是世界上唯一有用處的東西。上帝的意願也是這樣。為此他才造出女人、香味、陽光、鮮花、美酒、駿馬、獵兔和安哥拉貓。」[21]費鑒照在評介世紀末的英國藝術運動時說，佩特在《文藝復興》結論中「開創了對於人的一個新的立場」，這個新的立場認為「五光十色的，富有劇意的人生只給我們有限心弦的震動。這個火焰能夠繼續的燃著，維持這種極樂，那麼，人生便成功了。在我們短促的人生中，我們很少有時間去製造理論。我們藉著經驗的光

----

[19]　《道連·葛雷的畫像》，第 146 頁。
[20]　《唯美主義》，第 179 頁。
[21]　《唯美主義》，第 45 頁。

輝去看和去嘗那新的意見或新的印象。」²²「人生的意義就在於充實剎那間的美感享受」。

　　王爾德在《道連‧葛雷的畫像》中把這種新的享樂主義²³進一步形象化，其主人公之一亨利公爵甚至認為「享樂是值得建立一套理論的唯一主題」，「它的創造者是天性，……享樂是天性測驗我們的試金石，是天性認可的表徵」。²⁴道連‧葛雷作為新享樂主義的體現者和實踐者為了「不斷探索新的感覺」，「及時享用自己的青春」，「除了戀愛從來不做旁的事情」，因為每一次戀愛的體驗都是獨一無二的，「生命的秘密就在於使這種體驗盡可能多反覆幾次」。為了獲得新的感覺和體驗，他甚至「乾脆把作惡看成實現他的美感理想的一種方式」。以此來「再造生活」，完成新享樂主義的使命。戈蒂耶的莫班小姐為了完全瞭解男人，女扮男裝和他們廝混在一起，當她發現達貝爾識破了她性別的秘密，並發狂地愛上了她時，即刻以身相許，做了達貝爾「夢想的實體」，但一夜風流之後即飄然而去，用她自己的話來解釋說，「為我所給你的美，你報答我歡樂；我們是兩訖的。」她的離走是因為她不想達貝爾對她「過飽為止」，也不願自己持續下去，會向達貝爾「傾出無味的酒以至糟粕的」，達貝爾對於她來說是一個開了「新的感覺的世界的人」，她會永遠「不容易忘卻的」，也是她讓達貝爾永

22　費鑑照：《世紀末的英國藝術運動》，載 1933 年 11 月《文藝月刊》4 卷 5 期。
23　《道連‧葛雷的畫像》，參閱第 25、146 頁。
24　《道連‧葛雷的畫像》，第 88 頁。

遠記住她的唯一辦法，這正是保持瞬間極樂的新享樂主義精神的體現。

　　所以唯美頹廢派往往不顧道德和常規進行「美的歷險」，用施尼茲勒的話來說，「頹廢的偉大功績在於以道德和倫理為代價換取感覺和性欲」。[25]總之，19 世紀晚期的唯美頹廢派無論是美的觀念還是人生觀，都是在肉體上追求著精神，在精神裏應和著肉體，在惡中耽溺美，在美中探險惡，在不神聖的逸樂裏品嘗不潔與辛辣的苦甜，幻想靈魂的快樂與安寧。正像傑克遜概括 19 世紀 90 年代時所說，「這個時代過度地追求肉欲都和精神的願望手拉手地並行不悖，靈魂仿佛懷著災難降臨的絕望在試探肉體之路」。[26]這多重共在的矛盾即亨利勳爵所說的「通過感官治療靈魂的創痛，通過靈魂解除感官的饑渴」，既有消極的一面，也有積極的一面；既可以從道德的角度橫加指責，也可以從文學史的角度把它看作是一種美學的風格，一種審美的變異；還可以像尼采那樣，超越「頹廢問題」，樹立起生命本身的價值，凡是肯定生命的發展和實現的就是積極的頹廢，凡是否定的就是消極的墮落，[27]而唯美頹廢派的一個最重要的意義就是造成了對生命本身的一種審美的理解。

　　但頹廢的概念發展到 20 世紀，馬克思主義的頹廢觀產生了越來越廣泛的影響，雖然馬克思和恩格斯都未曾談過藝術

---

[25]　見 R・卡爾著，陳永國、傅景川譯：《現代與現代主義》（吉林教育出版社，1995 年），第 196 頁。

[26]　EIGHTEEN NINETIES，第 118 頁。

[27]　可參閱尼采：《瓦格納事件》，《尼采文集・查拉斯圖拉卷》（青海人民出版社，1995 年），第 259 頁。

的頹廢問題，甚至沒有使用過這一術語，但普列漢諾夫運用馬克思主義的唯物主義歷史觀第一次從理論上充分地闡述了這個問題。他在著名的《藝術與社會生活》中，認為頹廢主義是由於資產階級的衰落而產生的，「是隨著目前在西歐占統治地位的階級的衰落而來的『萎黃病』的產物」。並把這種聯繫看作是必然的，直接的，「如果說蘋果樹應該結蘋果，梨樹應該結梨子，那麼……衰落時期的藝術『應該』是衰落的（頹廢的）。這是不可避免的。」[28]是垂死的社會產生的垂死的文化。馬克思主義的這一頹廢觀從 1930-1960 年代，不僅在前蘇聯，而且在整個西方世界正統的馬克思主義者中得到普遍的認同，直到 60 年代中期以後阿多諾（Adorno）把頹廢主義理解為一種否定性的文化，開始接近某些對於現代主義或先鋒派的定義，才顯示出了馬克思主義意識形態理論具有了重新評價審美頹廢主義概念的可能性。頹廢不再被看作是資產階級意識形態的反映，而是相反，是對資產階級意識形態的反動，是一種深刻的危機意識。[29]馬太·克利內斯庫在《現代性的五副面孔》中，更把馬克思主義所允諾的未來世界以及形形色色革命的烏托邦學說看作是宗教黃金世界世俗化的臆想，因而認為馬克思主義把共產主義作為人類異化的終結，把現代資本主義看作是滅亡前的墮落和垂死掙扎時期，不是偶然的，帶有著末日學視象的痕迹。

---

[28]　見曹葆華譯：《普列漢諾夫美學論文集》（人民出版社，1983 年），第 868、885 頁。

[29]　參閱 Matei Calinescu. FIVE FACES OF MODERNITY 中「The Concept of Decadence in Marxist Criticism」一節。

　　在中國上世紀 30 年代文壇，19 世紀晚期的頹廢觀和馬克思主義頹廢觀都產生了相當大的影響，也都為活躍在上海文壇的海派作家所熟悉。如杜衡翻譯過王爾德《道連‧格雷畫像》，林微音曾譯戈蒂耶《馬斑小姐》，道生的代表作《裝飾集》由夏萊蒂翻譯過來。盧維（曾譯作比爾路易、邊勒魯意）這個名字對我們來說已比較陌生，他因《阿佛洛狄忒》（Aphrodite）聞名於世。儘管現在對他評價不高，一般認為「是一位文筆優美而格調不高的豔情小說家」，[30]但在當時的法國這一篇小說幾乎是無人不讀的，上海文壇對他這部描寫了「肉體的愛和感覺的美」的唯美小說也推崇備至。曾孟樸、曾虛白父子在翻譯他的這本代表作時，因為作者「很覺得這部肉的書恰如實地達到了死」，「很足概括全書的主旨」，所以就把《肉與死》來題做書名。[31]半年後鮑文蔚又把這本書改名為《美的性生活》重譯出版。另外，邵洵美翻譯了代表著「頹廢派的好奇與早熟的英國作家喬治‧莫爾（George Moor）的作品《我的死了的生活的回憶》。戴望舒在震旦大學時，耽迷於法國象徵派，由於法國神父禁止學生閱讀這類的文學作品，他就「在神父的課堂裏讀拉馬丁、繆塞，在枕頭底下卻埋藏著魏爾倫和波特萊爾」。[32]後來他終於翻譯了《〈惡之花〉掇英》，成為「民國時期最有影響」[33]的

30　陳振堯主編：《法國文學史》，外語教學與研究出版社，1989 年，第 364 頁。
31　參閱病夫：《〈肉與死〉後記》嶽麓書社，1994 年。
32　施蟄存：《戴望舒譯詩集‧序》，見《戴望舒譯詩集》，湖南人民出版社，1983 年。
33　鄒振環：《中國的〈惡之花〉之路》，見《影響中國近代社會的一百

波特萊爾詩的譯本。葉靈鳳先後寫過《紀德關於王爾德的回憶》、《王爾德〈獄中記〉的全文》、《比亞斯萊、王爾德與〈黃面志〉》、《郁達夫先生的〈黃面志〉和比亞斯萊》、《從王爾德到英外次》、《王爾德案件的真相》、《王爾德之子》、《王爾德筆下的英國監獄》、《王爾德的說謊的藝術》、《關於比亞斯萊》、《比亞斯萊的畫》、《比亞斯萊的散文》、《比亞斯萊書信集》、《王爾德所說的基督故事》等多篇介紹評論性的文章。滕固更是做了深入細緻的研究，撰寫了專著《唯美派的文學》。

可以說，唯美頹廢主義實際上已成為 30 年代海派作家的一個重要的精神背景，他們中的一些人甚至身體力行，成為中國的唯美頹廢派。邵洵美、章克標編輯了唯美刊物《獅吼》和《金屋月刊》；夏萊蒂、林微音、朱維基組織的「綠社」及其刊物《綠》，這個小團體被施蟄存稱為「在上海新文學史上，算是活動過一個短時期的唯美派、頹廢派」[34]。葉靈鳳主編的《幻洲‧象牙之塔》部分也可以算作是一個唯美派的刊物，不僅葉靈鳳處心積慮所做的插圖，為《幻洲》所做的包裝帶有鮮明的比亞茲萊的畫風，而且其中的詩歌、散文和小說創作也都充滿著和洋溢著唯美頹廢派的觀點和風格。

不僅如此，海派中的新感覺派還相當認同馬克思主義的頹廢觀，在他們的眼中唯美頹廢派文學和左翼文學都是「尖端」，或稱「新興」文學，並行不悖地吸引著他們，他們既是唯美頹廢主義文學，也是馬克思主義藝術觀的翻

種譯作》，中國對外翻譯出版公司，1996 年。
[34] 施蟄存：《林微音其人》，見《沙上的腳迹》，第 154 頁。

譯者和傳播者。他們創辦的水沫書店就曾出版過一套「科
學的藝術論叢書」，是中國文壇最早的一次大規模地介紹
馬克思主義文藝理論的傳播活動，他們的好友馮雪峰翻譯
的普列漢諾夫《藝術與社會生活》就是這套叢書之一種，
系統地闡述了馬克思主義的頹廢觀，集中說明了頹廢派的
藝術與資本主義社會整個體系衰落的關係，並通過考察資
產階級藝術衰落的若干最明顯的標誌，批判了為藝術而藝
術的唯美頹廢派的總綱領。從左翼理論家的大批評論中可
以看出，普列漢諾夫的頹廢觀已成為他們批判資產階級藝
術的不證自明的真理。而且他們也正是從這一角度去理解
現代主義的。1931 年第 36-37 號《文藝新聞》曾連載過一
篇大宅壯一著，淩堅譯的文章《現代美的動向》，即明確
指出「從布爾喬亞文化到達到爛熟期，又漸次帶著破調的
傾向，這便是現代主義。」「現代主義，是滅落的文化中
所產生的頹廢的情熱」。這也再一次證明，在三十年代人
們還是從頹廢的主題去理解現代主義的。左翼文壇之否定
中國的新感覺派也正是從這一邏輯出發的。錢杏村在《一
九三一年中國文壇的回顧》這篇長文中，關於這部分的內
容占了很大的篇幅，他認為「施蟄存所代表的這一種新感
覺主義的傾向，一面是在表示著資本主義社會崩潰的時期
已經走到了爛熟的時代，一面是在敲著金融資本主義底下
吃利生活者的喪鐘。」「這樣的作品的產生，一方面是顯
示了中國創作中的一種新的方向，新感覺主義；一面卻是
證明了曾經向新的方向開拓的作者的『沒落』。」35

35　載 1932 年 1 月《北斗》第 2 卷，第 1 期。

　　很明顯劉吶鷗是在 19 世紀晚期的唯美頹廢觀和馬克思主義的頹廢觀之間搖擺不定，他在《色情文化‧譯者題記》中評價日本的新感覺派時說，「他們都是描寫著現代日本的資本主義社會的腐爛期的不健全的生活，而在作品中露著這些對於明日的社會，將來的新途徑的暗示。」可見劉吶鷗接受了馬克思主義者關於資本主義社會正處於腐朽沒落時期的斷言。他翻譯的《保爾‧穆杭論》[36]也一再加深著他的這種印象，文章說穆杭作品的故事底下有的是「現代文明的臨死的苦悶」，「對於人類的末路的潛伏的寓意」。而他在 1926 年 11 月 10 日致戴望舒函中所說，「在我們現代人，Romance 究未免緣稍遠了。……繆賽們，拿著斷弦的琴，不知道飛到哪兒去了。那麼現代的生活裏沒有美的嗎？哪裏，有的，不過形式換了罷，我們沒有 Romance，沒有古城裏吹著號角的聲音，可是我們卻有 thrill, carnal intoxication，這就是我說的近代主義，至於 thrill 和 carnal intoxication，就是戰慄和肉的沈醉。」[37]這顯然是 19 世紀晚期色情的頹廢觀——在「戰慄和肉的沈醉」中尋找美。施蟄存也曾說，「劉吶鷗極推崇弗里采的《藝術社會學》，但他最喜愛的卻是描寫大都會中色情生活的作品」，「他高興談歷史唯物主義文藝理論，也高興談佛洛伊德的性心理文藝分析」。[38]

---

[36] 最初載 1928 年 10 月《無軌列車》第 4 期，後收入保爾穆杭著，戴望舒譯：《天女玉麗》，上海尚志書屋，1929 年 1 月初版。

[37] 見孔另境編：《現代作家書簡》（花城出版社，1982 年），第 185 頁。

[38] 施蟄存：《最後一個老朋友——馮雪峰》、《我們經營過三個書店》，見《沙上的腳迹》（遼寧教育出版社，1995 年），第 127、13 頁。

　　馬克思主義關於資本主義社會處於腐朽沒落階段的頹廢觀和第一次世界大戰以後普遍存在的關於人類前途命運的一種悲觀絕望的認識，決定了普遍存在於 20 世紀初期文學作品中的色情、淫逸和肉欲，較少美的內涵，而是作為了資產階級或者說是人類腐敗墮落，資本主義或者說是人類社會走向末日的症象。因而和 19 世紀晚期的色情與肉感截然不同。從中國新感覺派作品中存在的色情和肉感的特徵看來，他們似乎既想表現現代社會的道德淪喪，世風日下，又受著「戰慄和肉的沈醉」現代美的誘惑，而不禁採取了「以美的照觀的態度」，以「更為通情達理的生活方式」的暗示描寫著色情和肉感的方式，這兩種色情的頹廢觀經常交錯出現在他們的作品中，有時不由造成了他們在價值判斷上的懸擱和矛盾。

　　劉吶鷗的小說《風景》，描寫了一對在火車上邂逅相遇，又隨欲而行，盡興而歸的男女。一路上他們互為風景，飽餐著對方的美色。作者通過男主人公的眼睛時斷時續地欣賞著，也讓讀者和他一起欣賞著這個都會的女人「經過教養的優美的舉動」，和紅紅的吊襪帶、極薄的紗肉衣、高價的絲襪高跟鞋一起相映生輝的「雪白的大腿」、「素絹一樣光滑的肌膚」、「像鴿子一樣地可愛的」「奢華的小足」，總之是「都會的女人特有的對於異性的強烈的，末梢的刺激美感」。最終他們「學著野蠻人赤裸裸地把真實的感情流露出來」，「自由自在，無拘無束」地得到了「真實的快樂」。——作者特別描寫到「傍路開著一朵向日葵。秋初的陽光是

帶黃的。」[39]向日葵正是唯美頹廢派最熱愛的最完美的圖案，它象徵著絢麗的生命力[40]。男女主人公逾越常規，打破道德的樊籬，追求一時的享樂與美並把這種自由自在，無拘無束與人「住在機械的中央」的生存狀態相對立，以及「美麗的東西是應該得到人們的欣賞才不失它的存在的目的」的觀念，都非常接近唯美頹廢派，但男女主人公的略帶點調情的味道又使這一特徵大打折扣；而反過來，對於這對男女的快樂與美的描寫以及對於這種價值的欣賞也很難完全看作是一種旨在揭露的「諷示」。處於既有批判又有欣賞的不確定之中。

　　劉的《赤道下》[41]，似乎是自食了「學著野蠻人赤裸裸地把真實的感情流露出來」的惡果。男女主人公真的來到了野蠻人居住的蠻荒之地，一個坐落在赤道線上的小島，共同實驗了熱度所給予他們的「脈搏」，「回歸線下生命感」，重新做了「初戀的情人」。當男主人公為「風光的主人」所「贈賞」他們的第二次蜜月，「確實是一個人佔有著她」，「自由地領略她的一切」而滿懷感動的時候，女主人公卻真正做了一回野蠻人，身著土著人半裸的服飾，實行了野蠻人的戀愛方式（「不過是性欲而已」），並且和野蠻人合而為

---

[39]　劉吶鷗：《都市風景線》（上海書店，1988 年），第 30 頁。
[40]　王爾德在《英國的文藝復興》一文中寫到：「我就告訴你們我們熱愛百合花和向日葵的原因，……它們是不適合於作任何種類的蔬菜的。這是因為這兩種可愛的花在英國是兩種最完美的圖案模型，最自然地為裝飾藝術所採納，一種是絢麗雄壯的美，另一種是優雅可愛的美，都給藝術家以最充分最完美的愉快。」
[41]　載 1932 年 11 月《現代》第 2 卷，第 1 期。

一。在這個「極樂土」上，又出現了向日葵的意象，男主人公「夢見了一輪大葵花在陽光下流著汗喘息著」，他看見「金色的光線吃著她的滿身造成一個眩惑的維納斯」。當男主人公帶著快樂與痛苦，傷痕與安慰告別椰林、海砂、日光、真珠港的時候，他還是止不住地在心底裏呼喊，「我們雖然痛恨你們，但也很愛著了你們！」這也可以算是兩種色情的頹廢觀的矛盾顯現吧。

　　劉吶鷗的《禮儀和衛生》也交錯著對於頹廢現象的既欣賞又旨在揭露的兩種價值傾向。這篇小說以律師姚啟明為視角，以他的經歷和感想結構起發生在他和妻子可瓊、他和可瓊的妹妹白然、他和妓女綠弟、可瓊和她的妹夫姓秦的畫家、可瓊和她的崇拜者法國先生普呂業之間的多邊關係，不過在這複雜的交換情人的糾葛之間並沒有發生動人心魄的戀愛，或是劍拔弩張的妒忌，一切似乎只是出於是否衛生的考慮，和有禮儀的商談。可瓊和妹夫離家出走時，她留給丈夫一封信，告訴他她還會回來，對於他的愛也是不變的，那位秦先生不過是她的 Pekinese（小獅子狗）罷了，她還為丈夫考慮周詳地寫到：「至於我不在中你的寂寞我早已料到了，這小小的事體在你當然是很容易解決的，可是當心，容易的往往是非衛生的。所以我已經說好了然（白然）來陪你了。」[42]姚啟明早已從妻子那兒瞭解到白然以前的「近似頹唐的生活」，「仔細鑒賞」過為畫家丈夫做模特的白然的裸體，也「透過了這骨肉的構成體」，想像過「這有性命的肉

---

[42] 《都市風景線》，第140頁。

體的主人的內容美」，早就「像被無上的歡喜支配了一般地
興奮著」，妻子的這一安排不能不說是正中下懷。從道德的
角度，這種亂倫的關係無疑是大逆不道，但僅從雙方個體來
說，正是兩全其美，互不相傷的嘗試，而且這種行為方式又
正是唯美頹廢派所謂「藝術家一類的人們」，「極自由的不
羈的波西米安」式的，或者說是波西米安的中國化。作者態
度的曖昧，似乎既可看作是一種不動聲色的諷刺，也可看作
是對於一種新的生活方式的暗示。小說題目所說的「禮儀」，
表現在那位對可瓊一見鍾情的法國先生普呂業開誠佈公地
和可瓊的丈夫姚啟明談判，想把他「古董店裏所有一切的東
西拿來借得幾年的豔福」，雖然姚啟明認為這種思想「是應
該用正當的法律來罰他的」，然而他又退一步想，「這先生
的話如果是出於衷心的，倒很有容他的餘地。『在戀愛之前
什麼都沒有了』嗎？但這不通用，至少在現代。或許這便是
流行在社會底下的新儀式。」[43]用劉吶鷗評價日本新感覺派
的話來說，這是「腐爛期的不健全的生活」，還是「將來的
新生活的暗示」？或是兩者兼而有之？恐怕作者也是都有容
它們的餘地。

　　劉吶鷗的《流》是他最具普羅意識，帶有較多批判性的
作品。小說通過鏡秋，這個被資本家「收用做密藏人員」，
預備做女兒候補丈夫的特殊身份，借用這個知情人的眼光，
對比了資本家的奢華浪費，揮金如土和「不時都像牛馬似的
被人驅使」的另一方。揭露了資本家寧肯讓錢由著幾房太太

---

[43] 《都市風景線》，第 139 頁。

豢養情人，也不肯為工人每天增加二十個銅子兒的頑迷和殘
酷。在這兩種生活流的對比中，鏡秋「覺得好像看完了一部
資本主義掠奪史一樣」。他認為那些「雖裹著柔軟的呢絨，
高價的毛皮，誰知他們的體內不是腐朽了的呢。他們多半不
是歇斯底里的女人，不是性的不能的老頭兒嗎？他們能有多
少力量再擔起以後的社會？」[44]而正是那些「做著苦馬的棕
色的人們」，「使這都市有壽命，有活力」。他們是驅動這
都市的血液之「流」。最終和工人站到了一起。在這篇小說
中，劉吶鷗把腐朽和資產階級聯繫在了一起，而把生命的活
力賦予給無產階級，這正是當時左翼階級論的典型觀點。

　　《遊戲》也具有較多的揭露性，那位把愛當成一種「遊
戲」，把婚姻作為生存手段的「鰻魚式的女子」，雖然也像
戈蒂耶的莫班小姐似的一夜風流之後就飄然而去，但她的世
俗目的使她的美與愛受到玷污。對於這種美與惡集於一體，
富於誘惑性的女子和富於誘惑性的享樂瞬間，作者以景寓意
地描寫到，「微風，和濕潤的土味吹送來了一陣的甜蜜的清
香。這大概是從過於成熟，腐敗在樹間的果實來的吧！黃昏
漸漸爬近身邊來，可是人們卻一個也不想走，好像要把這可
愛的殘光多挽留片刻一樣。」[45]對自然景物的這種描繪正象
徵了「萎謝前的成熟」和「衰老的腐敗」，「過於成熟」的
文明的徵象。這一意象反覆出現在劉吶鷗的筆下，更加重了
它的象徵意味。《風景》中女主人公在男主人公眼中「最有
特長的卻是那像一顆小小的，過於成熟而破開了的石榴一樣

---

[44]　《都市風景線》，第 45 頁。
[45]　《都市風景線》，第 11-12 頁。

的神經質的嘴唇。」[46]《熱情之骨》的比也爾在午後的街頭聞到了「爛熟的栗子的甜的芳香」。[47]穆時英也喜歡使用這一意象，「爛熟的蘋果香」在《五月》這篇小說裏，先後至少使用了六次之多，成為一種縈繞始終的濃郁氛圍，小東西蔡佩佩正是在這「爛熟的蘋果香」中，成長為「一朵已經在開的玫瑰」，一位「有著一切男人喜歡的女德的，潑辣，嫵媚，糊塗」的熱女郎（hot baby）。可以說，與「過於成熟」，「爛熟的」聯繫在一起的「腐敗」墮落以及沈溺的意象蘊涵著中國的新感覺派對於當時的上海社會的一種總體印象，表示著他們對於「資本主義社會崩潰的時期已經走到了爛熟的時代」[48]的認識。

　　比較而言，穆時英比劉吶鷗在兩個方面都走得更遠，他的《南北極》裏的大部分作品，和《夜總會裏的五個人》、《上海的狐步舞》、《本埠新聞欄編輯室裏一箚廢稿上的故事》、《街景》等都具有更強的暴露性（並不都涉及到頹廢的主題），不過即使如此，穆的作品仍被看作是「並非純正的暴露」[49]。而他的《被當作消遣品的男子》、《Craven「A」》、《公墓》、《夜》、《黑牡丹》、《白金的女體塑像》、《PIERROT》、《聖處女的感情》、《玲子》、《墨綠衫的小姐》、《駱駝・尼采主義者與女人》、《五月》、《紅色的女獵神》等無論

---

[46]　《都市風景線》，第 23 頁。
[47]　《都市風景線》，第 69 頁。
[48]　錢杏村：《一九三一年中國文壇的回顧》，載 1932 年 1 月《北斗》第 2 卷，第 1 期。
[49]　江沖：《白金的女體塑像》，載 1934 年 11 月《當代文學》第 1 卷，第 5 期。

從風格還是主題都更接近 19 世紀晚期唯美的頹廢觀，事實
上穆時英的小說很多部分都是對劉吶鷗的一個意象，一小段
情景或是情節的渲染和發揮，也就更為講究和精緻。蘇雪林
曾經說，「穆時英的文筆大家公認為『明快而且魅人』，在
一群青年作家中才華最為卓絕。妒忌者歸之於『海派』之列，
又有人因他所寫多為都市奢華墮落的生活，呼之為『頹廢作
家』。」[50]無論穆時英的小說被說成是「一個屍體被華美的
外衣包攏著」[51]，還是穆時英被看作是「垃圾糞土裏孤生的
一株妖豔的花」[52]，恐怕都是針對這部分作品而言，這些作
品才名副其實地可稱為新感覺主義的。

　　新感覺派所塑造的這些美麗而放蕩的都市摩登女郎，隨
著馬克思主義關於資本主義社會已經走到了「爛熟」的垂死
時期的預言為人們所普遍接受，越來越發展成為一種帶有象
徵性的類型形象，她們美麗得妖冶的外表和爛熟到墮落腐朽
的性質，寄寓著大都市上海，或者說是都市文明的淫亂和已
走到崩潰邊緣的認識。如崔萬秋的長篇小說《新路》中專設
了「爛熟的妖星」一節，集中描寫都市文明所造就的，長得
像美國女明星葛萊泰‧嘉寶，生活奢侈墮落的女性梅如玉。
黃震遐的長篇小說《大上海的毀滅》中也貫穿著一個妖豔侈
麗的少婦露露，作為「資本制度下都市的產物」，一個「屬
於這大上海」，「一向以這金城鐵壁為根據地的人物」，作

---

[50]　蘇雪林：《新感覺派穆時英的作風》，《蘇雪林文集》第三卷（安徽
　　　文藝出版社，1996 年），第 359 頁。
[51]　江沖：《白金的女體塑像》。
[52]　見司馬長風：《中國新文學史》（香港，昭明出版社，1978 年 12 月），
　　　第 86 頁。

者預言當大上海毀滅之暨，她「定必也影子似的，浪花似的，隨著那慘澹的時代而隱去」。

二、頹廢女人的形象和意象

「這樣，G 先生就把在現代性中尋找和解釋美作為自己的任務，心甘情願地去描繪花枝招展的、通過各種人為的誇張來美化自己的女人，不管她們屬於社會的哪個階層。」[53]波德萊爾所說的這位 G 先生，很可以換成中國的新感覺派，正是在這點上，他們明顯地和英法以及日本的唯美頹廢派而不是日本的新感覺派同氣相求。

波德萊爾的論「女人」以及他所開掘出的「惡的特殊美」的「惡之花」女性形象，代表了 19 世紀晚期到 20 世紀初期經過科學，尤其是心理學、達爾文進化論的洗禮和證明之後，有關女人本性的想像，也成為唯美頹廢派所追求的一種藝術境界。關於女人波德萊爾如是說：

> 這種人，對大多數男子來說，是最強烈、甚至（我們說出來讓哲學的快感感到羞恥吧）最持久的快樂的源泉；……這種像上帝一樣可怕的、不能溝通的人（區別是，無限之不能溝通，是因為它蒙蔽和壓垮了有限，而我們所說的這種人之不可理解，可能只是因為跟她沒有什麼可以溝通的）；這種人……是一頭美麗的野獸，……她身上產生出最刺激神經的快樂和最深

---

[53] 波德萊爾：《現代生活的畫家》，收入《波德萊爾美學論文選》（郭宏安譯，人民文學出版社，1987 年），第 508 頁。

　　刻的痛苦；更確切地說，那是一種神明，一顆星辰，
　　支配著男性頭腦的一切觀念；是大自然凝聚在一個人
　　身上的一切優美的一面鏡子；是生活的圖景能夠向觀
　　照者提供的欣賞對象和最強烈的好奇的對象。那是一
　　種偶像，可能是愚蠢的，但是眩目、迷人，使命運和
　　意志都懸在她的面前。[54]

　　從 19 世紀晚期至 20 世紀初期，女人的確是前所未有地
在「文字和形象的領域」成為「欣賞對象和最強烈的好奇的
對象」。如果說，在唯美派的代表戈蒂耶的筆下，女人是作
為他在「最嚴肅的沈思中所能夢想的純粹美的典型」，為體
現他的理想美而被創造出來的，那麼，到 19 世紀末在心理
學、生理學等科學知識的描述下，女人已作為了人的獸性和
本能的替罪羊，她的「眩目、迷人」的美已被男性集體想像
為毀滅男人的不可抗拒的力量，也就是波德萊爾所說的「使
命運和意志都懸在她的面前」，也就是王爾德筆下沙樂美這
株頹廢派惡之花的文化內涵。戴斯德拉（Bram Dijkstra）曾
在《惡之偶像：在世紀末文化中惡女人的幻象》裡，集中搜
集了這一時期充斥於繪畫以及詩歌、小說中的女人形象的類
型，以大量的資料證明男人是如何思考，怎樣思考女人的，
並詳述其中的原因。美國當代批評家 R・卡爾教授在他的巨
著《現代與現代主義》之中也以相當的篇幅探討了 1885-1900
年在文化領域「向『新女性』發起的這場大規模進攻」，為
我們研究這一時期具有特殊意義的頹廢女人形象提供了不

---

[54]　見《波德萊爾美學論文選》，第 503 頁。

可缺少的文化背景。

　　經過研究，戴斯德拉不無驚訝地發現這段時期整個社會似乎都患了女性嫌惡症和關於女人的妄想狂。傳統的具有依附性、溫柔性和純潔性的百合花型女性形象一改而為狂熱的、縱欲的，富於誘惑性，專以捕食掠奪男人為能事的施虐狂和色情狂。卡爾總結說：

> 從戈蒂埃，波德萊爾，巴爾扎克，中經路易斯，都德，佐拉，最後到斯特林堡。在這些作家的作品中，女性現實被誇大了，所以女權主義和女性作用便成了威脅社會的行為方式：女性的食人欲，放蕩不羈的性欲。[55]

叔本華、尼采把女人看作是美人計的誘餌，有著一股不可抗拒的破壞性，「比較精緻的寄生性」的觀點；弗洛依德對婦女歇斯底里症的研究，甚至受到達爾文把可歸入「精神」類的各種現象追根溯源至自然法則的啟示，「整個醫學傳統都支持文化所決定的一切」[56]，從科學的角度提出證明，在進化的階梯上女人比男人更為原始，更為固位，女人的大腦比男人的輕六盎司，女人的生理構造和生活比男人更多地集中在，也更明顯地圍繞著性的功能，如果說「男人有性衝動而『女人就是性欲本身』」[57]，所以她們更本能也更情緒化，更像孩子和野蠻人，很難像男人那樣意識到精神的激情和身體欲望的區別，缺乏這種道德衝突的意識等等。有一個時期

[55]　卡爾：《現代與現代主義》（傅景川、陳永國譯，吉林教育出版社，1995 年），第 251 頁。
[56]　卡爾：《現代與現代主義》，第 260 頁。
[57]　卡爾：《現代與現代主義》，第 249 頁。

人們曾一度認為惡來自外部，而不是內部，波德萊爾在 1860
年 6 月 26 日寫給福樓拜的信中說：「我對於人類的某種突
然的行動和思想總不能不假定為由於人類外部的邪惡之力
的介入來理解它。」[58]所以他在《致讀者》一詩中寫到：

> 正是惡魔，拿住操縱我們的線！
> 我們從可憎的物體上發現魅力；
> 我們一步步墮入地獄，每天每日，
> 沒有恐懼，穿過發出臭氣的黑暗。[59]

　　關於女人本性的想像正應和了這種觀念。在把女性看作
是惡魔的實體和象徵的文化想像下，女人和各種動物聯繫在
一起的比喻、意象成為這一時期的突出現象。惡女人的形象
也不再像過去那樣僅僅作為個別的現象存在著，而是成為了
一種概括和定性。戴斯德拉說：「在每一階段的文化史上都
大量存在著再現人類和動物界之間聯繫的作品。但沒有哪個
時期在探究動物的角色方面，像世紀末這樣方方面面地有意
——對應著科學建立起來的對於女性的敏銳感覺。」[60]他還
分析說：

> 已經捲入到由他們自己創造出來的單調、乏味的物質
> 世界中，並且把自己確立為理性文明的希望的 19 世

---

[58] 轉引自波德萊爾著，錢春綺譯《惡之花》（人民文學出版社，1986 年）
　　第 4 頁注釋 1。

[59] 錢春綺譯《惡之花》，第 4 頁。

[60] Bram Dijkstra. IDOLS OF PERVERSITY——FANTASIES OF FEMININE
EVIL IN FIN-DE-SIECLE CULTURE. Oxford University Press, New
York, 1986. p319.

紀晚期的男人，實際上被束縛在一個和他們超乎尋常
的願望毫不相干的毫無刺激的習慣世界和繁文縟節
之中。因為是一個理性的人，他們不能承認自己的色
情的幻想，但又因為無趣，他們的色情的幻想是豐富
無比的。於是近在眼前的女人首先就提供給他們想入
非非，並且為他們承擔了罪責。流行一時的動物性女
人的神話正是這樣的產物。[61]

由此可見，一個時期的哲學家、科學家、文學家共同聯合在
一起而形成的關於女人本性的言說的契合，決不是偶然的，
而是 19 世紀晚期的「一筆公共文化遺產」，並成為「一個
根深蒂固的歐洲觀念」在國際上流行開來，它不僅遠及美
國，也波及到日本，以至中國。

　　中國的新感覺派登上文壇時期，已經到了弗洛依德深入
人心的時代，他們不必再為男人的色情幻想感到難為情，也
不必再堅持那些有關女性的惡毒偏見，不過，他們似乎非常
熟悉西方在這一時期關於女人的觀念以及因這種觀念而產
生的種種形象和意象，並且受到很大的影響。最近臺灣學者
彭小妍所披露的劉吶鷗 1927 年的日記更可以證明他本人就
患上了 19 世紀末的「女性嫌惡症」，那些典型的惡毒攻擊
女性的言論成為他發洩對於妻子不滿的有力理由和根據。他
在 5 月 18、19 日日記中忿忿地寫道：

　　女人是傻呆的廢物[……]啊，我竟被她強姦，不知滿
　　足的人獸，妖精似的吸血鬼，那些東西除放縱性欲以

---

[61]　IDOLS OF PERVERSITY，第 304 頁。

外那知什麼。

我若不害她，她要吃死我了！

女人，無論那種的，都可以說是性欲的權化。她們的
生活或者存在，完全是為性欲的滿足。……她們的思
想，行為，舉止的重心是「性」。所以她們除「性」
以外完全沒有智識。不喜歡學識東西，並且沒有能力
去學。你看女人不是大都呆子傻子嗎？[62]

不管是劉吶鷗借題發揮，還是他的私人生活映證了 19 世紀
末有關女人本性想像的幻象，可以確定無疑的是他與那個時
期精神文化的深刻聯繫。劉吶鷗《禮儀和衛生》中那位渴慕
東方女性的法國先生普呂業說：

西洋女人的體格多半是實感的多。這當然是牛油的作
用。然而一方面也是應著西洋的積極生活和男性的要
求使其然的。從事實說，她們實是近似動物。眼圈是
要畫得像洞穴，唇是要滴著血液，衣服是要袒露肉
體，強調曲線用的。她們動不動便要拿雌的螳螂的本
性來把異性當作食用。美麗簡直用不著的。她們只是
欲的對象。[63]

穆時英也讓他筆下的人物患上「女性嫌惡症」，同樣證明了
他與 19 世紀末一個特殊時期的精神文化的聯繫。那位「被
當作了消遣品的男子」當發現他的戀人又讓四周「浮動著水

---

[62]　轉引自彭小妍：《浪蕩天涯：劉吶鷗一九二七年日記》，載 1998 年 3
　　　月臺北《中國文哲研究集刊》，第 12 期。
[63]　《都市風景線》，第 133 頁。

草似的這許多男子」，而對他嫉妒的痛苦擺著「一副不動情
的撲克臉」時，就「接連三天在家裏，在床旁，寫著史脫林
堡的話，讀著譏嘲女性的文章」[64]。根據卡爾的介紹，斯特
林堡正是大力攻擊女性的一個典型代表，他把女性描寫為
「專事破壞的『動物』」，認為「她們吃盡了男人的靈魂，
如同豺狼舐盡動物的骸骨」。在《一個狂人的辯護》中，斯
特林堡甚至直露地把女主人公命名為封・艾森（德語，essen
的音譯，意為「吃」），讓敘述者作為一位自衛的狂人，控
訴女人「吸乾了我的腦汁，吞下了我的心臟」，「作為報答，
她把我充作一個垃圾箱，她的一切廢物，一切悲歡，一切苦
惱，一切焦慮，統統拋入其中」[65]。由此很容易讓人聯想到
穆時英的《被當作消遣品的男子》，正像斯特林堡在《一個
狂人的辯護》中所使用的意象一樣，暗示男女主人公之間關
係的意象正是吃與被吃，穆時英把男人比作「辛辣的刺激
物」、「朱古力糖，Sunkist（美國產的一種橘子　　筆者注），
上海啤酒，糖炒栗子，花生米」等消遣品和給排泄出來的朱
古力糖渣，這樣，男人是食物，是被吃者，女人是吃者，消
受者，女人吃掉了男人的本質精華之後，再把他作為廢物排
泄出來。

　　日本的新感覺派和唯美派也都受到攻擊女性這股風潮
的席捲，橫光利一《妻》的這篇小說就寫到雌螳螂吃雄螳螂
的情景，並把這個情景比作「夫婦生活上第四段的形態」。
谷崎潤一郎更從中國歷史上採來「惡之偶像」的標本，作為

---

[64]　穆時英：《南北極　公墓》（人民文學出版社，1987 年），第 194 頁。
[65]　參閱卡爾：《現代與現代主義》第 256-257 頁。

「女人性質」的概括。在《刺青》這篇小說中,那個「膽怯」
的,無名無姓,只以姑娘、女人稱謂的女主人公注視著刺青
師父展示給她的一幅暴君紂王的寵妃妲己的畫,「不知不覺
之間,眸子發光嘴唇顫動起來。很奇怪的是她的面孔也和妃
子漸漸相像起來了。姑娘從那裏尋出了掩蔽著的『自己』來
了」。[66]竟至使她招承,「我正像你所推測的畫中那女人的
性質」。當被刺青,「做成頂美貌的女人」之後,這女人「輝
耀著她像劍光一樣的瞳仁」,向創造她的師父宣佈:「你是
第一個做了我的肥料了」。[67]在《麒麟》這篇小說裏,作者
讓孔子代表的「德」在與南夫人代表的「惡」與「色」的較
量中,以失敗而告終,靈公最終屈服於南夫人的色,而不是
孔夫子的德。他在南夫人的懷抱中承認:「我恨你。你是可
怕的女人。你是亡我的惡魔。但是我無論如何離不開你。」
「靈公的聲音顫抖著。夫人的眼輝耀著惡的花。」[68]

　　穆時英筆下那些最具新感覺的女性更接近波德萊爾
「一頭美麗的野獸」的性質,美麗和獸性是同時並存的混
合意象。那個「被當作消遣品的男子」第一次瞧見蓉子就
覺得「『可真是危險的動物哪!』她有蛇的身子,貓的腦袋,
溫柔和危險的混合物」。在和這位危險的動物的周旋中,開
始他還為不能確認自己「是個好獵手,還是隻不幸的綿羊」
的身份而惴惴不安,最終無法抵抗蓉子的美而寧願做她的捕

---

[66] 谷崎潤一郎著,章克標譯:《谷崎潤一郎集》(開明書店,1929年),
　　 第9頁。
[67] 《谷崎潤一郎集》,第15頁。
[68] 《谷崎潤一郎集》,第38頁。

獲物，「享受著被獅子愛著的一隻綿羊的幸福」。那位把
醉臥在櫻花樹下的墨綠衫小姐抱回家的紳士，看著「她躺在
床上，像一條墨綠色的大懶蛇，閉上了酡紅的眼皮，扭動著
腰肢」。Craven「A」警告受著自己誘惑的男主人公，「留
心，黑貓是帶著邪氣的」，而當男主人公為 Craven「A」解
了五十多顆扣子，八條寬緊帶，「便看見兩條白蛇交疊著」。
潘鶴齡先生厭倦了藝術家們相互隔絕的高談闊論，跑到戀人
的家裏，「琉璃子蛇似地纏到他身上」。在《夜總會裏的
五個人》中，作者形容戀人是從「伊甸園裏逃出來的蛇」，
等等。

　　穆時英喜歡在貓和蛇等動物與女人的形體以及品質之間
建立起一種直接聯繫的做法，正是 19 世紀晚期視覺藝術和詩
歌小說的流行主題，戴斯德拉在《惡之偶像》中以大量的實
例證明了這一點，他說，「在文學中和視覺藝術領域裏一樣，
有關女人和動物相像的幻想頻仍不絕，穩步增長，從簡單的
比喻（像貓一樣的柔順）一直發展到心理的特徵。」[69]在女人
和動物之間展開想像也正是波德萊爾詩的一個重要內容，在
《惡之花》中就有三首專門的詠貓詩，波德萊爾以貓喻女人，
所歌詠的貓的「那帶電的嬌軀」，「又深又冷地刺人，仿佛
一柄標槍」的眼光，「繞著褐色的肉體蕩漾」的「微妙的氣
氛、危險的清香」，還有「含有魅力和秘密」，「像媚藥一
樣」的聲音，也都是穆時英筆下帶有誘惑性女人的迷人之處
並為當時的文人所熟知。章克標曾寫過一篇題為《貓》的散

---

[69]　IDOLS OF PERVERSITY，第 288 頁。

文，發表在葉靈鳳和穆時英編輯的《文藝畫報》創刊號上，即談到「世上愛貓的文人很多」，頹廢派的先驅「愛倫坡是愛貓的，黑貓又是他的傑作的篇名。波特萊爾不少詩說到他的貓，他的貓也是黑貓」。文中章克標也很自然地寫到貓的「嬌媚」，把貓的「絕塵而馳」的姿態比作「西廂記上的一句警句」。把貓的「溫柔」的叫聲「比之女人體貼入微的迷湯，更令人著迷」。黑貓的意象不僅出現在穆時英的小說中，施蟄存也曾利用這個意象增添《魔道》神秘恐怖的氣氛。

　　蛇的意象是世紀末藝術中的一個典型象徵，普拉茲（Praz）曾把世紀末的社會定義為讚頌「蛇髮女怪之美豔」的年代，它遍佈在波德萊爾的詩中，在那首歌詠讓娜·迪瓦爾之作《跳舞的蛇》中，詩人開篇即呼為「慵懶的愛人」，《惡之花》中一再出現的「豐饒的慵懶」，「慵懶之美」的意象，可以說是唯美頹廢派女人形象的一個典型的「頹廢之美」的姿態和風度，穆時英的「像一條墨綠色的大懶蛇」的譬喻，正是這種姿態和風度的絕妙的濃縮。在波德萊爾的詩中蛇不僅在外形上，它「按著節拍擺動著的舞蹈」和女人「有節奏地行走」的姿勢；它「軟綿綿」的形狀和女人柔軟的軀幹；它「倒下來」和女人的「玉體橫陳」有著何其相似乃爾的同一性，而且也象徵著永不饜足的「放縱的女郎」，她的眼睛「一點不表示／溫存和愛情」，而是一對「混合鐵和金」的「冰冷的首飾」，代表著無情和美麗的一種性質。這種性質也正是穆時英筆下那些動物性女人的重要特徵，那位把男人當作消遣品的蓉子以「一副不動情的撲克臉」冷觀男人們為了她在吃醋爭鬥；那位自稱為「煙蒂」的妓女，在那個水

手的眼中「只冷冷地瞧著他，一張沒有表情的臉」，「一張
冷冷的他明白不了的臉」，「一雙滿不在乎的眼珠子，冷冷
的」，「還是那副憔悴的，冷冷的神情」。

　　唯美頹廢派在動物和女人的身體和品質之間展開想像
的流行主題不僅影響到穆時英，其他的新感覺派也從此獲得
靈感。如葉靈鳳在《她們》中描寫男主人公在化裝舞會上豔
遇的那位「御著黑遮眼」，神秘而憂鬱的大家貴婦的舉止：
「她極優美地將頭點了一點，舒展她蛇一樣的誘人的長臂牽
著衣服在一張椅子上坐下。」[70]蛇更是黑嬰經常使用的意象，
他《女人》中的主人公是「主動以蛇一樣的腰、軟綿綿的肉
去換取生活資料的女人」。《傘》中的那位不停地換著男朋
友的女主人公也有著「蛇般的身子」。[71]在《藍色的家鄉》中，
作者乾脆直稱女主角：「娃利娜，長長的腰子──蛇！」[72]，
而且反覆重複這一意象，使她的「嬌憨的蛇樣的腰」成為這
篇歌詠女性美小說的主旋律。還有以《獅吼》－《金屋》為
中心的「頹加蕩」作家群，邵洵美的《蛇》、章克標的《銀
蛇》等顯然都屬於同一譜系。

　　強調女人和動物的一致性最根本的目的是要說明她們
所具有的誘惑性、放縱和惡魔的力量是固有的，本能的，「墮
落植根於女人的天性」。適應這樣的觀念，在強調女人動物
性的同時，還強調女人的孩子品性。戴斯德拉概括說，當時
普遍認為：

---

[70] 葉靈鳳：《她們》，載《幻洲》，第 2 卷，第 3 期。
[71] 黑嬰：《傘》，載 1934 年 8 月《婦人畫報》，第 20 期。
[72] 黑嬰：《藍色的家鄉》，載 1934 年 4 月《婦人畫報》，第 17 期。

> 所有這一切又進一步被「女人是個大孩子」的事實加
> 以擴大，結果，這些以孩子的頭腦操作成人的軀體的
> 大孩子們，「她們的惡的傾向就比男人的更花樣繁
> 多」，只不過一般來說是潛在的，一旦被喚醒激發就
> 會釋放出相當大的力量。[73]

波德萊爾在《跳舞的蛇》中歌詠他的情人也兼詠蛇「那懶
得支撐不住的孩子般的頭」，穆時英的那些動物性的女人
更頻頻被描寫成「像孩子似的」、「頑皮的孩子」、「那麼
沒遮攔的大膽的孩氣」、「那麼稚氣地」、「孩氣的」、「受
了委屈的孩子似的」，而且熟讀了弗洛依德的穆時英更懂得
抓住釋放潛意識的契機來揭示女性的「本我」。他的《墨綠
衫的小姐》就是通過女人的醉態來描寫在喪失了理性自我的
監視下，有著「無饜的」本性的少女毫無遮攔的赤裸裸表現
出的那種「冶蕩」和「頹然」。正是出於把女人的本性想
像為孩子似的「美麗的野獸」，可以順理成章地認定現代女
性毫無道德感，比男人更恣意地玩弄異性，她們既要找一個
可愛的戀人填補情感的空虛，又要一個有錢的還任由擺佈的
醜丈夫做她們生活的保障，另外還需要不討厭的消遣品，「天
天給啤酒沫似的男子們包圍著」，以滿足她們的虛榮心。但
即使如此，與她們的「惡」同在的是「可以把世界上一切
男子都拉到那兒去的」（《被當作消遣品的男子》），「想
把每個男子的靈魂全偷了去似的」（《CRAVEN「A」》）
誘惑力。也正是波德萊爾所歌詠的「哦，無情而殘酷的野

---

[73] IDOLS OF PERVERSITY，第 289 頁。

獸！我愛你，／即使這樣冷冰冰，卻越發顯得美麗！」[74]「你隨手撒下歡樂和災禍的種子，／你統治一切，卻不負任何責任。」[75]

　　把女人和動物如此緊密地聯繫在一起並不是 19 世紀晚期唯一的特異現象，女人和傳統的「花」、「月亮」之類的意象在這個時期也有著特異的聯繫。戴斯德拉說：「十分清楚，在波德萊爾廣泛的影響下，女人和花之間的聯繫，在世紀末的男人的心目中已經負載了一種不祥的性質。百合花式的處女開始被成排的難以駕馭的和絕對不貞潔的，然而又有著太多的誘惑力的蒲公英和雛菊所取代，它們好像不知羞恥地開放在街道的角落，處於這個世紀轉捩點的文化通道上。」[76]由此，我們也可以聯想到在上海「三十年代的海上花，唱的不復是紅粉知己的調調，而是『薔薇薔薇處處開』……」[77]

　　穆時英也喜歡以花喻女人，但同樣受著這個時期女人觀的影響，傳統的純潔美麗的花朵被「踐在海棠那麼可愛的紅緞的高跟兒鞋上」，「一雙跳舞的腳」踩得聲名狼籍。在《被當作消遣品的男子》中，作者這樣描寫蓉子的體態：「把腰肢當作花瓶的瓶頸，從這上面便開著一枝燦爛的牡丹花……一張會說謊的嘴，一雙會騙人的眼──貴品哪！」[78]把「燦爛的牡丹花」和「說謊的嘴」、「騙人的眼」組合在一起，牡

---

[74]　錢春綺譯《惡之花》，第 65 頁。
[75]　錢春綺譯《惡之花》，第 58 頁。
[76]　IDOLS OF PERVERSITY，第 233 頁。
[77]　素素：《前世今生》（上海遠東出版社，1997 年）第 29 頁。
[78]　《南北極　公墓》，第 176 頁。

丹花雍容華貴花中之王的傳統意象，就成了賣弄和炫耀的搔
首弄姿，現代女性「人為的誇張」的暗示，也喻指了女中之
王現代的品質特徵。而且這一對女體的精彩比喻也很可能出
自法國唯美派作家盧維（Pierre Louys）的《肉與死》，在這
本被譯者曾孟樸稱為「纖毫畢現的描寫女體美」，「表現阿
普龍精神的造型美」的書中，作者濃墨重彩地描寫了妓女葛
麗雪在情人夢與醉的眼中達於的極至之美：「她的臉和她的
雙乳，在花莖般的兩條腿上面，仿佛是三朵碩大而差不多薔
薇色的花朵，插在一個錦繡的瓶裏。」[79]這本書在出版前曾氏
父子即做了聲勢浩大的宣傳，不僅就這本書的翻譯在他們主
編的《真美善》第 2 卷第 5 號上發表了劉舞心致曾孟樸的信，
還發表了曾孟樸一封長長的《復劉舞心女士書》[80]，更因為此
書原名為《阿弗洛狄德》，帶有隱喻葛麗雪的意義，而不吝
筆墨寫了一篇一萬多字的「帶小說風的考據文字」《阿弗洛
狄德的考索》，「為了自己譯品做個先導」。而且據講「上
海登載文壇消息的幾種刊物，曾經先後用過一種雙簧式的文
字給《肉與死》大肆宣傳」。[81]所以一經出版即「轟傳一時」，
更何況與穆時英有著緊密關係的《新文藝》上，也刊登過有
關此書的書評，由此可以推測穆時英很可能讀過這本書，作
者「崇拜肉體的愛和感覺的美」的觀念以及描寫對穆時英都

79　【法】比埃爾·路易著，曾孟樸、曾虛白譯：《肉與死》（嶽麓書社，
　　1994 年），第 150 頁。

80　劉舞心女士是張若谷的一個筆名，不知這位「劉舞心女士」是否就是
　　張若谷，從他與曾氏父子的密切關係來看，很有可能是為配合《肉與
　　死》的出版而策劃的宣傳活動。

81　補血針：《〈肉與死〉的第一節》，載 1929 年 9 月《新文藝》創刊號。

不會不無影響，即便非此，至少也可以證明穆時英的作品中
有著唯美派的遺風吧。

　　另外穆時英經常把女人的嘴唇比做花朵，反覆使用「花
朵似的嘴唇」的意象，也給花朵加上了性的誘惑性質。他
描寫蓉子「穿著白綢的 Pyjamas（睡衣），髮兒在白綢結下
跳著 Tango 的她，是叫我想起了睡蓮的。」[82] 把睡蓮和睡衣、
Tango 並置，其寓意也不言而喻。穆時英對女體美的描摹很
有些出神入化之筆，不時在他的小說中閃爍著「黃金，雲石，
紫色，燦爛，堅實，色澤」的美的光彩。他寫蓉子穿著紫色
的毛織物的單旗袍，在校外受了崇拜回來，「雲似地走著的
蓉子。在銀色的月光下面，像一只有銀紫色的翼的大夜蝶，
沈著地疏懶地動著翼翅，帶來四月的氣息，戀的香味，金色
的夢。」[83] 蝶在中國傳統的意象中本身就有著放浪的寓意，
所謂「浪蝶」，但其「疏懶」的姿態，「銀紫色」的色澤
卻是典型的唯美頹廢派的標識。在《黑牡丹》裏，穆時英這
樣概括被稱作「牡丹妖」的舞娘的氣質：「我愛這穿黑的，
她是接在玄狐身上的牡丹——動物和靜物的混血兒！」[84] 和
玄狐混血兒的牡丹花更改變了花的性質。穆時英還把墨綠
衫小姐一再比作「一朵墨綠色的罌粟花」，花本身所具備
的麻醉有毒的鴉片品質自在其中。在《五月》裏作者也一
再把蔡佩佩比作「一朵在開放的玫瑰花了」，一下子從「貞
淑的女兒」變為「白熱的女兒」，「蕩婦似地愛著許多男

---

[82]　《南北極　公墓》，第 196 頁。
[83]　《南北極　公墓》，第 197 頁。
[84]　《南北極　公墓》，第 303 頁。

子」，這裏「開放的玫瑰花」顯然和身體的開放有著同一的所指。

　　「月亮」的意象在頹廢藝術家的筆下經常是作為一種「頹廢觀點的代表」而出現的。在這些作品中，月亮不時地作為一個殘忍而美麗的女人和一個斷了頭顱的恐怖象徵，並且大多被描寫成紅色。由於月亮有時也會表現得蒼白，病態，所以它也會被表現為白色或者銀色，作為目睹人類的兇殺和墮落行為不祥的見證人。被譽為「第一個頹廢派的藝術家」歐里庇得斯的《美狄亞》中的美狄亞即是一個被「血色月亮」控制的形象，而在十九世紀末期廣為人知。王爾德的《莎樂美》中的月亮意象貫穿全劇的始終，隨著莎樂美不祥的出場到她跳起死之舞蹈，月亮由「好像一個從墳墓裏走出來的女人一樣」，「尋著死人」的寓言「變得和血一樣的紅了」。穆時英也把象徵著女性陰柔、依附的傳統意象的月亮寫成「緋色的，大得像只盆子」，緋色不僅本身就有著「輕佻」的含義，如果我們再聯想到月亮所意指的是經常把男人當作雀巢牌朱古力糖，Sunkist，上海啤酒，糖炒栗子，花生米等混在一起吞下去，而患著消化不良症的蓉子，也許還會想到「血盆大口」，月亮作為頹廢觀點的特殊寓意。在《五月》裏，穆時英更露骨地寫到：「下午六點鍾的太陽像六點鍾的月亮似地，睜著無力的蕩婦的大眼珠子瞧著愚園路」。

　　由此可見，那些傳統的象徵女性美的意象也同樣增添了惡的寓意，戴斯德拉指出，波德萊爾的作品和他富於誘惑性的美的語言有著不可測度的效力，使他的厭女症觀點迅速地

為他的同代人所接受，到 19 世紀 90 年代他詩歌的意象主題
已經成為繪畫的題材而流行一時。

　　大約到 1900 年左右，對於許多男性知識份子和藝術家
來說，只是把女人描寫成沒有頭腦的甚至是沒有感情的，其
存在只是作為一種退化的力量對男人施加影響的要旨已經
不能令他們滿足。他們進一步要強調，實際上女人更加危險
得多，無論從她們的總體特徵上，還是她們欲望的性質方
面，女人都和動物是密切的一類，是惡魔的化身。[85]有關女
人的這些惡毒的臆想在波德萊爾的作品中都能找到原型，其
最惡毒的比喻莫過於「吸血鬼」的意象了。在《惡之花》中
波德萊爾就有兩首以吸血鬼為題的詩：《吸血鬼》和《吸血
鬼的化身》，而其同類的意象在波德萊爾的詩中更是屢見不
鮮。他咒詛「嗜吸世人鮮血的女子」[86]，可他又「常常向使
人沈醉的酒乞援」，身不由己地「供殘酷的妓女們吸我的血
液」。[87]在《吸血鬼的化身》這首詩中，詩人讓那個吸血鬼
化身的女人「一面像炭火上的蛇一樣／扭動著身體」，一面
口出狂言：

> 我有濕潤的嘴唇，我有這種妙術，
> 能在臥床深處將舊道德心消除。
> 我用我勝利的乳房把眼淚吸乾，
> 使年老的人們露出兒童的笑臉。
> 對於那些看到我一絲不掛的人，

---

[85] IDOLS OF PERVERSITY，參閱 233-234 頁。
[86] 錢春綺譯《惡之花》，第 66 頁。
[87] 錢春綺譯《惡之花》，第 296、297 頁。

　　　　我能頂替月亮、太陽和星辰！

　　而詩人感到「當她把我的骨髓全部統統吸乾，／當我軟綿綿地轉身對著她的臉／要報以愛情之吻，只見她的身上／粘粘糊糊，變成充滿膿液的皮囊！」等詩人再睜開眼皮在烈日下觀看，「那個像儲血的結實的人體模型」，「只剩下殘餘的骸骨胡亂的抖動」。這個令人恐怖的意象也以小說的方式出現在穆時英的筆下，儘管沒有證據說波德萊爾影響了穆時英，但並不妨礙說其類似和進行比較。

　　穆時英的名作《白金的女體塑像》最初在 1933 年 1 卷 6 期《彗星》上發表時並不是這個標題，也和現在我們看到的這篇大不相同。當時是以《謝醫師的瘋症》為題面世的，僅從題目的變化即可看出最初是以謝醫師為主，而修改後是以白金的女體為重點。在《謝醫師的瘋症》中，有整整一節是《白金的女體塑像》中所沒有的內容。即謝醫師被「每一塊肌膚全是那麼白金似的」女人打動以後，下班回到家裏所誘發的一個幻象和所做的一個夢，這可以說和波德萊爾關於吸血鬼化身的女人的臆想同出一轍。在《謝醫師的瘋症》中，謝醫師從診所送走第六位女客，迎來第七位女客時，一開始就直覺地感到「這位女客人一定是一個妖精，一個膩人的妖精」，於是這位「有著貧血症患者的膚色，荔枝似的的眼珠子，詭秘地放射著淡淡的光輝，冷靜地，沒有感覺似地」女客就「穿了黑色的軟綢的旗袍」，而不是像在《白金的女體塑像》中「穿了暗綠的旗袍」。適應著這種陰森詭秘的氛圍，謝醫師的第七位女客是像「雀子踩著枯葉似地」走了進來，

而白金的女體則和著「輕柔的香味，輕柔的裙角，輕柔的鞋跟」出現在謝醫師的面前。對於謝醫師來說，白金的女體是一朵病態的花，具有殘豔的美，充滿詭異的誘惑；但穿著黑色旗袍的女客卻讓他充滿恐怖，當他為女客診完病，甚至感覺到女客「沒有感覺似的眼光」，「慢慢兒的直滲到他靈魂裏邊。他猛的害怕起來；他瞧見自己猛的跳起來，睜著恐怖的眼，嚷：『滾出去！你這吸血鬼！妖精！』」回到家裏他又被那個女人變成木乃伊「裹在一幅黑色的輕綢裏邊，沒有胳膊，沒有腿，只有一個纖細的腰肢」，慢慢走過來的幻象「嚇得直叫起來，大聲地叫」，「想跳起來，只覺得自己的腿僵了，不能動。」他對那個女人的「吸血的眼珠子」「吸著他的血似地害怕起來」，但這個謎一樣女人的誘惑性對於謝醫師來說，和對她的恐怖一樣大，「骨蛆似地寄生到」他的記憶裏邊，「比頂妖冶的蕩婦還迷人的」，使他這個「把性欲昇華了的單身漢」竟把「那麼非科學的東西」「沈醉地想了兩個鐘頭」，研究了一晚上的「古代防腐劑分解」，結果就夢見自己給那個女人塗防腐劑，那個女人威嚇他「你不把健康還給我，我做了木乃伊會來迷死你的！」還夢到那個女人做了他的妻子，卻告訴他「我是木乃伊呢！」於是這個謝醫師就對一九三三年新的性欲對象有了認識：「木乃伊，一個沒有血色，沒有人性的女體，是異味呢。不能知道她的感情，不能知道她的生理的構造，有著人的形態卻沒有人的性質和氣味的一九三三年新的性欲對象呵！吸血鬼」。

吸血鬼木乃伊的意象正是波德萊爾在《吸血鬼的化身》中在女人和吸血鬼及骸骨之間所展開的臆想。就吸血鬼的意

象來說，女人被賦予了施虐者的角色；但木乃伊和骸骨的意
象卻是個受虐者，而在這兩個意象中展開臆想的主體謝醫師
也交替著施虐和受虐的心理。他以受虐者的瘋狂把女人想像
成吸血鬼，妖精，「還有性欲的過分亢進」，又以施虐者的
瘋狂把女人想像成木乃伊。他在做了一晚上的夢，第二天見
到如約而來照太陽燈的女客時，第一印象就是「她有兩排髑
髏那麼灰白的牙齒」，當他得知女客的丈夫是一個運動家，
非常強壯的時候，「在他前面的李夫人像浸透了的連史紙似
地，瞧著馬上會一片片地碎了的。」給患有未成熟肺病的女
客照太陽燈，本來只要露著肺部就夠了，他卻讓把衣服都脫
了，看著「黑色軟綢的旗袍和繡了邊的褻裙無力地委倚到白
漆的椅背上面，襪子，失去了軀幹的蛇皮似的盤在椅上」。
當女客在他的命令下「爬到那細腿的解剖床上」的時候，他
為「叫她在自己前面裸了身子的滿足感裏邊陶醉著」。在這
裏作者一再提到的「細腿的解剖床」和女客「纖細的腰肢和
腳踝」又有著一種同一化的效果，有著「纖細的腰肢和腳踝」
的女客仰天躺在了「細腿的」解剖床上，這兩個形象就疊化
在一起，謝醫師施虐的心理不言自明。值得一提的還有謝醫
師最初為這個女客做診斷時，曾想像過「她是怎麼一個人
呢？」於是：

> （他看見她穿了黑色軟綢的衣服，微微地笑著，拿著
> 一瓶繫了紅緞帶的香檳酒，在公安局的進行曲裏，把
> 酒瓶碰的扔到新落水的××號的船頭上。）
> （他看見她穿了黑色軟綢的衣服，在支加哥博覽會的

會場裏，亭亭地站著，胸前綴著一條招待員的紅緞帶，
在名媛們的新裝湊成的圖案裏邊，一朵名葩似地。）

（他看見她穿了黑色軟綢的衣服，站在百貨商店文具
部的櫃子裏邊，在派克自來水筆上面擺著張撲克臉，
用上海南京路的聲調拒絕著一位紈絝子的上逸園去
茶園去茶舞的請求。）

（他看見她穿了黑紗衣服，胸前簪了一球白蘭花，指尖
那兒夾著大半截煙枝，坐在裝了三盞電燈的包車上面，
淡淡的眼光和燈光一同地往四面流著，彗星似地在掛滿
了寫著「書寓」兩字的方燈的雲南路上掃了過去。）

很明顯，這是對一系列活躍在現代都市中的各行女明星
（用當時的話來說是「熟女郎」）身影的素描，作者也富有
暗示性地提到，「也許木乃伊會在二十世紀的都市裏邊呢」，
謝醫師的臆想很可能自覺不自覺地反映了還企望女子保持
在被男權文化指定的位置上而不能的男子對於在現代都市
中如魚得水的現代女性既恐怖又受吸引和誘惑的矛盾心
理，以及由此而產生的施虐和受虐相互交加的病症。劉吶鷗
曾分析過這種現象，並把它看作是現代男女的「最摩登」的
體現。他認為：

以前女的心地對於萬事都是退讓的，決不主張。於是
嬌羞便被列為女性美之一。這現象是應男子底要求而
生的。那個時候的男子都是暴君，征服者，所以他底
加虐的心理要求著絕對柔順的女子。但情形變了。在
現在的社會生存競爭裏能夠滿足征服欲的男子是

99%沒有的。他一次，兩次，累次地失敗著，於是慣於忍受的他的心裏頭便起了一種變化，一種享樂失敗，被在迫得被虐心理。應著這心理而產生的女人型就是法國人之所謂 garsonne[88]。短髮男裝的 sport 女子便是這一群之代表。她們是真正的 go-getter。要，就去拿。而男子們也喜歡終日被她們包圍在身邊而受 digging。然而男子這兩種相反的性質卻是時常混合在一塊兒，喜歡加虐同時也愛被虐。這當然是社會的及心理的原因各半。這一來女子方面卻難了。這兒需要從來所沒有的新型。[89]

這種新型的女子正是中國的新感覺派所致力於尋找的現代性，施虐和受虐也正反映了現代男子「雙重的心理享受」。小說以謝醫師矛盾的心理收尾：

她的身影給門隔斷了的時候，謝醫師解鬆了領帶和脖子那兒的襯衫扣子，拿手帕抹了抹臉，逃出了危險的境遇似地。可是給她的蓬鬆了的頭髮上聯想到剛才的裸姿，對於這位吸血的木乃伊又眷戀起來。『白金的塑像呵！』那麼地太息著。」

這正是在天真與淫蕩，甘美和毒素，溫柔和罪孽，既愛又恨，既快樂又恐怖的兩極中無從把握現代的女性，無從把握現代的性質，發自現代人分裂的情感和靈魂的歎息。

88　法語，具有男子氣的女人。
89　劉吶鷗：《現代表情美造型》，載 1934 年 5 月《婦人畫報》，第 18 期。

　　值得注意的是，把女人和木乃伊吸血鬼相同化而在現代男子的內心形成恐怖的意象，刺激他們衰弱的神經這種心理的病症並非穆時英所獨有，施蟄存《魔道》中患有神經衰弱症的敘述者在車上遇見的龍鍾老婦、朋友的妻陳夫人以及咖啡女身上所展開的有關會魔法的妖婦、緊裹著白綢的木乃伊全都爬出來，曳著拖地的長衣行走在柏油路上的臆想，還有關於這些古代的精靈「既然能夠從上古留存到中古，那當然是可以再遺留到現代的。你敢說上海不會有這種妖魅嗎？」的聯想；《夜叉》中的卞士明由一渾身白色的女人而引發的一系列關於那個「一世紀以來還未滅掉的」美麗而怖厲的夜叉幻象，最終引誘他做了殺人犯，扼死了一個赴幽會的鄉下女人，造成「過度的恐怖而神經錯亂」。另外還有《旅舍》、《宵行》等都把關於女人的意象和形象並存於美麗和死亡、引誘和罪惡之間，如果我們再聯想到施蟄存的《特呂姑娘》所反映的現代女性走上社會，當了店員，顯示出比男人更能勝任這項職業所給予男性的打擊，以至使男職員聯合起來共同採取報復，發泄他們仇恨的行為，就能夠為這些荒誕的幻想找到當時社會現實的依據。可以說它們都曲折地反映了現代女性角色的變化給還未適應這種變化的現代男子所造成的心理壓力和對於他們脆弱神經的刺激。

　　這種壓力和刺激在女性走出家門，走上社會不久的當時與已經司空見慣的現在相比是異常普遍和強烈的，當年王鈍根主編的《新上海》上就曾刊登過一幅題為「不久的將來」的漫畫[90]，

---

[90]　載 1933 年 10 月《新上海》第 1 卷，第 2 期。

畫面的正下方橫臥著一具骨瘦如柴的男性的屍體，身旁倒扣著的飯碗強調出「沒飯吃了」的死因，而在他的身後是一排頂天立地的女性群像，她們身著三圍畢現的高叉旗袍，一頭短髮英姿勃發，身上寫著科長、科員、教員、行員、律師的字樣，顯然表示著是她們奪走了男人飯碗的主題。她們身後的莽莽黑影顯示出這個「不久的將來」即將成為現實的趨勢方興未艾。這幅漫畫非常清楚地傳達出了當時男人的普遍焦慮。

《謝醫師的瘋症》收入短篇小說集時改名為《白金的女體塑像》，作者刪除了謝醫師關於吸血鬼和木乃伊以及現代都市女郎的所有幻象，而保留了他有關白金的女體的感覺和描寫，增加了他在白金的女體的刺激下拋棄了鰥夫的生活，而過上了中產階級理想的規範生活的一段。這樣的改動在很大程度上改變了小說的主旨，使表現有關女體的感覺和印象成為創作的焦點。穆時英在「白金的女體」上可以說集中體現了女性的「頹廢之美」。

「頹廢之美」的提出也要追溯到波德萊爾，他在《惡之花》的「憂鬱和理想」一節之五這首詩中，把古代的黃金時代和原始人性與現代做了強烈的對比。作者開篇即深情地寫到：「我愛回憶那些毫無掩飾的時代」，「那時，男男女女度著輕鬆的生涯」，「多情多意的天空撫愛他們的脊梁」，「鍛煉他們身上重要器官的健康」。母親自然「像心裏充滿無偏之愛的母狼」，「讓芸芸眾生吮吸她的褐色的乳房」。那時的男子「優美、健壯、強力」，那時的女子是「沒受損傷、沒有裂紋的果實，／又光滑又緊的果肉使人垂涎三尺」。

他假設如果詩人面對今天的男男女女「露出他們裸體的場合」，會「為了沒有衣服而傷心的畸形」，「感到冷氣襲人，打起寒噤」。他慨歎「我們這些腐敗的國民，確有一種／古代民族所不知之美」，「我們具有如人所說的頹廢之美」。在這首詩中作者以黃金時代的原始人為理想，詛咒現代的「頹廢之美」，但他更在其他的詩篇中對女人的頹廢之美以「病態、活躍，你的一切我都喜歡」[91]的情熱，用他那「戰慄的全身，沒有一根神經不在叫：哦，親愛的巴力西卜[92]，我愛你！」

穆時英在《白金的女體塑像》中繼承了唯美頹廢派崇拜「人體的線條與色澤」，「生命本身的美」的傳統，也繼承了唯美頹廢派把最美的女體奉為藝術雕像的最高禮讚[93]，全篇的精華似乎就是為了捧出這個「把消瘦的腳踝做底盤，一條腿垂直著，一條腿傾斜著，站著一個白金的人體塑像，一個沒有羞慚，沒有道德觀念，也沒有人類的欲望似的，無機的人體塑像」。這個「沒有感覺，也沒有感情」的白金的女

91　錢春綺譯《惡之花》，第 93 頁。
92　巴力西卜為迦南宗教的豐收神，對他的崇拜儀式帶有縱欲的特徵。見錢春綺譯《惡之花》，第 94 頁。
93　戈蒂耶認為，「語言是被什麼從未仔細地凝視過女子的背或胸的無賴造成的，於最必不可少的字我們卻一半都沒有。」所以描寫女人的至美也是他們向語言的極限的挑戰。在《莫班小姐》中，戈蒂耶集描寫女性美的語言之大成，讚美他的女主人公莫班小姐，直到「她一絲不掛地站著，她的落下去的衣服為她形成著一種座架，在她美麗的赤裸的所有透明的光輝中」，「一個全盛時期的希臘雕像的線條與一個替善雕像的色調」而達到高潮與極至。以雕像比喻女體的美也成為一種傳統，在波德萊爾、王爾德等的作品中都屢見不鮮。（引文見林微音譯《馬班小姐》第 248、371、372 頁）

體似乎從波德萊爾「把美比成大理石像那樣的無表情，無感覺」的美的理念的，從最高傲的古希臘雕像那裏借來了「莊嚴的姿態」，像「石頭的夢一樣美」，「一樣無言、永恒」，可供人頂禮膜拜，讓人在堅實的物質中領略純粹的美的境界。[94]但這又是一朵病態的花：

> 她仰天躺著，閉上了眼珠子，在幽微的光線下面，她的皮膚反映著金屬的光，一朵萎謝了的花似地在太陽光底下呈著殘豔的，肺病質的姿態。慢慢兒的呼吸勻細起來，白樺樹似的身子安逸地擱在床上，胸前攀著兩顆爛熟的葡萄，在呼吸的微風裏顫著。

這是一幅集波德萊爾頹廢美之大成的畫面。穆時英有一篇題為《葡萄》的散文，提到日本唯美派崛口大學把晚秋的果物，熟透了的葡萄與三十歲女人沈重的乳房和嘴唇相類比，其「熟透了」的性質正是頹廢派力加渲染的一種頹廢之美的特徵，這裏不僅「萎謝了的花」、把乳房比作葡萄的比喻繼承了波德萊爾詩中的意象[95]，而且如果聯想到謝醫師對這位女客的診斷：性欲的過度亢進。再對照波德萊爾面對頹廢女性的歎息：「你們女人，唉，蠟一般蒼白，／放蕩養活你們，又把你們損害」[96]，就會看出其間的一致性，領悟波德萊爾所歌詠的「天空又悲又美，像大祭台一樣；／太陽在自己的

---

[94]　參閱錢春綺譯《惡之花》的《美》這一首詩及其注釋和郭宏安譯《惡之花》的同一首詩。

[95]　見錢春綺譯《惡之花》，第 82、53 頁。

[96]　郭宏安譯《惡之花》（灕江出版社，1992 年），第 15 頁。

凝血之中下沈」[97]所寄寓的文明和人種的黃昏，即頹廢的意境，體會詩人既眷戀又焦慮的心態。

　　二三十年代的文壇對於世紀末頹廢之美的姿態和性質是深有領會的，與新感覺派有著密切關係的《婦人畫報》上曾刊登過杜格靈的一首詩，題為《末世的聲色》[98]，歌詠的就是「妒恨凝結而成您的靈魂」，「毒惡的辣味像死亡的光芒」，「驕悍憤吼而出淹沒萬世」的世紀末女性。詩中寫到，她們用「流盼彈響了 Tempo ／腳趾的招呼像蛇／軀體的扇動像海豚」，渾身洋溢著的黑色魅力，「緊咬牙齦讓思想去諷刺」，仿佛是「埃及傳來的鐵像」使男性「棄了十萬年來的尊嚴」。最後，詩人以一句大於一句的字號版式爆炸般地喊出：

> 妒恨是美！
>
> 毒惡是美！
>
> 驕悍是美！
>
> 奸狡是美！
>
> **人是上帝！**

以肯定人的價值肯定「末世的聲色」。由此，我們也可以把握新感覺派小說中那些帶著末世聲色的惡之花的特別寓意。

　　穆時英對於女體的描寫似乎大量的來自波德萊爾，或者說和波德萊爾有著異曲同工之似。他在《CRAVEN「A」》中以風景喻女人的大段鋪陳與波德萊爾在《女巨人》、《頭髮》、《邀遊》、《午后之歌》等幾首詩中所採取的將自然

---

[97]　郭宏安譯《惡之花》，第 69 頁。
[98]　杜格靈：《末世的聲色》，載 1935 年 11 月《婦人畫報》，第 34 期。

與情人同一化的修辭方式是一致的。波德萊爾把情人比作
「只有豪華、寧靜、樂趣」的美的「國土」，穆時英「仔仔
細細地瞧著」Craven「A」，感到「放在前面的是一張優秀
的國家的地圖」；波德萊爾把情人的頭髮比作「芬芳的叢
林」，穆時英則把 Craven「A」的頭髮說成「一片黑松林地
帶」，是「香料的出生地」；波德萊爾歌詠情人「一個喧囂
的海港，可以讓我的靈魂／大量地酣飲芳香、色彩和音響」，
穆時英也以「重要的港口，一個大商埠」，「堤上的晚霞」、
「碼頭上的波聲」、「船頭上的浪花」來暗喻渲染 Craven
「A」的身體；波德萊爾把女體和大自然的風貌合而為一地
創造出「女巨人」的意象：

> 我從容地遊遍她的壯麗的肉體；
> 我爬到她雙膝的大坡上面休憩，
> 有時，在夏天，當那不健康的太陽
> 使她越過郊野疲倦地躺下身來，
> 我就在她乳房的蔭處懶懶地酣睡，
> 仿佛山腳下和平的小村莊一樣。

穆時英在《CRAVEN「A」》中也以大自然的風貌一以貫之，
從容地酣暢淋漓地想像描繪遍 Craven「A」的壯麗的肉體，
同樣把乳房比作「兩座孿生的小山倔強的在平原上對峙
著」，寫到下肢「那片平原變了斜坡」。波德萊爾以自然風
景描繪女人肉體的方法一定使企圖在「戰慄和肉的沈醉」中
「尋找和解釋美」而又不流於淫穢的中國新感覺派如獲至

寶，劉吶鷗也曾使用過這種方法，在《禮儀和衛生》中，
男主人公啟明也正是以遊山玩水般的心境觀賞模特自然的
裸體：

> 他拿著觸角似的視線在裸像的處處遊玩起來了。他好
> 像親踏入了大自然的懷裏，觀著山，玩著水一般地，
> 碰到風景特別秀麗的地方便停著又停著，止步去仔細
> 鑒賞。……他的視線差不多把盡有的景色全包盡了的
> 時候，他竟像被無上的歡喜支配了一般地興奮著。[99]

其他如波德萊爾在《美的讚歌》中歌詠「眼睛像天鵝絨
的仙女」，而穆時英也經常使用「天鵝絨似的黑眼珠子」來
描繪他的女主人公的美。波德萊爾在《吸血鬼》中以「就像
屍體逃不開蛆蟲」來比喻女人的誘惑性，穆時英的謝醫師也
奇怪「怎麼就會讓她的誘惑性骨蛆似地寄生到我的記憶裏邊
呢？」波德萊爾在《無可挽救的悔恨》中問美麗的魔女「你
可知道那種悔恨、拿我們的心／當作射毒箭的靶子？」穆時
英「被當作消遣品的男子」也自憐「在她前面我像被射中了
的靶子似地的，僵直地躺著。」波德萊爾在《憂鬱》中寫「殘
酷暴虐的『苦痛』把黑旗插在我低垂的腦殼上」，穆時英很
可能把這句化寫為「五月的季節夢便旗杆上的旗子似地在他
身上飄展著」。而且波德萊爾的一些「人物速寫」式的詩也
很容易讓人聯想到穆時英那些具有相類題旨的小說，比如波
德萊爾描寫狄安娜這個狩獵女神型英姿的《西西娜》和穆時
英的《紅色的女獵神》，波德萊爾為某夜在咖啡館裏看到一

個高貴而消瘦,「具有一種嬌慵、落落大方的儀表」的女人而寫的《骷髏舞》,還有據說是為一個「從深沈的眼光裏露出倦怠的神情」,有著「跟肉體同樣成熟,堪稱談情的聖手」的女演員而作的《對虛幻之愛》和穆時英的《黑牡丹》、《CRAVEN「A」》、《夜》等也都有著一種親緣關係。

　　如此多的形象與意象的相類與相似,即使不能證明穆時英深受波德萊爾的影響,至少也可以說明穆時英在很大程度上承襲了19世紀晚期至20世紀初期這一特殊的歷史轉折時期,被戴斯德拉稱為在「語言和形象的戰場」向女人發起的一場「文化戰爭」所遺留的觀念、形象和意象的殘骸。只是穆時英在拾起這些殘骸時也繼承了中國才子歷來與風塵女子有著「同是天涯淪落人」的相知與相契的傳統,因而對於那些冒犯了男權文化為女人設定的服從、依附、柔弱位置的現代女性的攻擊不是那麼的惡毒,即使使用了同一的意象,穆時英更多的是以俏皮代替了詛咒,以旁觀者的同情與明快代替了身受者的痛苦與沈重。然而也因此淡化了這一特定歷史時期的文化內涵,喪失了在靈魂和肉體,上帝和魔鬼,美與醜的交戰和契合中去體驗「超越」的精神的大痛苦和大快樂,以及「樂於前往地獄」,「歌唱著精神和感官的熱狂」的生命力的契機,與波德萊爾所說的「引導堅強的人趨向神聖的喜悅」的痛苦失之交臂。

　　穆時英更多地承襲了唯美頹廢派表現女體美的遺風和經驗,也正是在這方面顯示出與日本新感覺派的截然不同。日本的新感覺派傾向表現對於醜的感覺和印象,比如片岡鐵兵的《色情文化》描寫在城裏有著雜居歷史的A、B青年和

有著「深海的電氣鰻的魅力」的女人來到村裏後，把城裏的色情文化散佈到鄉村，引起「連綿的小學生」「潑剌地」、「無限地」追隨的令人恐怖的情形和幻象。這樣的題材無論是唯美頹廢派還是中國的新感覺派都不會放棄對於女體美的描寫，但日本的新感覺派卻厭惡地描寫這個富有誘惑力的女人：「她的白白的手，在欄杆的上面，像橡皮一樣地渦捲著」，甚至直露地寫到：「她那樣的存在，為世上的健康和衛生起見，結局是死了的好。實在，像她那種除了肉體以外什麼行動的動機也沒有的女人的存在是醜惡的，是污濁的本原。是臭惡的本原。」[100]另外，像橫光利一的《拿破侖與輪癬》、《現眼的疢子》等，都表明日本作家有一種表現生理感官的醜惡和變態的偏嗜，所以儘管穆時英有據可查地受到日本新感覺派的很大影響，但從整體的精神特徵上有著鮮明的差別，當然這是從整體而言，橫光利一寫得明快、俏皮的另一種風格的作品還是和穆時英的同類小說比較接近。正如人們常常說到表現主義是典型的德國現象，印象主義是一種法國現象一樣，作為有著「東方的巴黎」之稱的三十年代上海的產物中國「新感覺派」最具獨特性的創作風貌，更貼近趨向奢侈的享樂、精緻和美的法國式的頹廢，正像英國的唯美派也被認為「在精神上沾著很深的法國色彩」一樣。

如果我們進一步把前面分析的所謂現代女性，或者說是新女性形象和現代主義所標榜的個人主義精神對照起來看，就會出現卡爾所說的「一個寓意深遠的反論」：「現代

---

[100] 劉吶鷗輯譯《色情文化》（上海，第一線書店，1928 年 9 月），第 32、30 頁。

主義一方面強調個人成功和獨創藝術家，而在另一方面，現代主義的男性巨擘和眾多理論家又都否認婦女的個性。」[101]而且卡爾認為「當現代和現代主義在上世紀最後 15 年中開始限定自身時，所有個性之戰中最殘酷的戰鬥（除去猶太人及其在新時期發展中的作用不談）已轉到婦女這方面來」。[102]戴斯德拉也認為這是在文字和形象的領域向女性發動的一場大規模的戰爭，甚至聲明他寫作《惡之偶像》的目的就是想表明，「支持上個世紀轉折時期向女人發起的這場文化戰爭的知識假說也容許了納粹德國種族滅絕理論的落實。」[103]雖然婦女解放運動直接間接地促成的新女性形象代表了「現代主義的突出特點」，但那些現代主義男性作家是肯定現代文化卻否定現代女性，他們視新女性為「食人魔」、「放蕩不羈的性欲」、「非理性的破壞力」的「病態的批判」，是「19 世紀末的一種典型釀造」，這在現代主義內部構成了一種悖論，即「反女權主義的惋惜之物，卻又正是女權主義者的挑戰對象」。[104]也就是說現代主義的男性巨擘所惋惜的女性傳統身份和作用正是女權主義者所要挑戰的。這是需要我們在審視現代主義文化時所應加以注意的。

　　根據卡爾的介紹，在同一時期還存在著另外一種類型的新女性，即沙皇俄國以政治觀念為核心發展起來的新女性意識，其重要文獻可溯至 1863 年車爾尼雪夫斯基的《怎麼

---

[101] 《現代與現代主義》，第 245 頁。
[102] 《現代與現代主義》，第 245 頁。
[103] 見《IDOLS OF PERVERSITY》的序言。
[104] 《現代與現代主義》，第 246 頁。

辦？》，這本書號召婦女從家庭的束縛中解放出來，獲得享受性快樂的自由，參加社會革命，爭取習慣上只為男人享有的權利。另一部重要文獻是奧古斯特·貝貝爾的《婦女與社會主義》，這一派的婦女觀從馬克思主義觀點出發，主張把投身於社會主義運動的婦女和女權主義區別開來，號召發動一場階級鬥爭，而不僅只是一場「貴夫人的權利運動」。很顯然，俄國和社會主義的新女性意識和形象極大地影響了中國左翼文壇的創作。可以說，俄國力主擺脫家庭奴役，爭取自身解放，投身社會革命的新女性與西方把婦女解放和墮落、貪得無厭的性欲劃等號的反女權主義意識都波及到中國 30 年代的文壇。由此，我們可以清楚地分辨出中國新感覺派筆下的現代女性與中國左翼作家筆下的新女性不同的文化淵源。

三、頹廢的歷史觀和人生觀

　　四十年代在日軍侵略者和汪偽漢奸政權統治下的上海，工商金融業無不嚴重衰退，城市的繁榮景象也不能不遭到嚴重的破壞，有人專門著文談淪陷區上海的「車、馬、道路」說，「隨著戰事的變化，年來汽車數量已減少到十分之一，往日『車如流水馬如龍』的勝景，早成為歷史的遺跡，紅綠燈遂為人們所淡忘」。[105]顯然，與唯美頹廢主義思潮緊密相連的現代大都市的奢華背景已經不存在，但也正是由於 40 年代的海派作家經歷了戰爭的炮火，他們有了「世界末

---

[105] 王仲鄂：《車、馬、道路》，載 1943 年 6 月《萬象》，第 12 期。

日」大破壞、大毀滅的「惘惘的威脅」，有了更為切身的體驗。所以，他們的頹廢意識和風格不僅與 30 年代「頹加蕩」的海派作家有著明顯的區別，也更為接近「頹廢」本身的字面意義，與 19 世紀末審美現代主義意義上的「頹廢」也不相同。

自從李歐梵把張愛玲的小說視為「頹廢藝術」以來，張愛玲小說中的頹廢性引起了相當大的關注。人們從張愛玲小說傳達出的「荒涼感」和文明毀滅後仍會屹立於荒原中的斷瓦頹垣的意象上看到了張愛玲反文明、反進步的世紀末式的幻想，對現代性歷史進步的時間觀念的背離，對中國新文化現代性走向的警覺與深思，以及對中產階級庸俗的現代性的反諷。我認為張愛玲小說中的頹廢性是非常複雜的，既有對中國傳統小說詩歌的頹廢主題和情趣的發揚，也不乏對現代頹廢精神的接受和改造。首先，這鮮明地表現在她頹廢的歷史觀上。很顯然，張愛玲繼承了《紅樓夢》家族沒落的主題，但她又融合進了自己的生活經驗，父親的抽鴉片，打嗎啡針的腐舊、頹唐生活，和母親追逐時髦與洋派的生氣，使張愛玲不僅把父親與母親分成了黑暗與光明，惡與善，魔與神兩個對立的世界，也進一步寄託了她的男人觀與女人觀。在張愛玲的小說中，有相當一批的男人形象像她父親一樣地讓她「看不起」，抽鴉片，逛窯子，「懶洋洋灰撲撲地活下去」，男人的世界像她父親的房間裏一樣，「永遠是下午，在那裏坐久了便覺得沈下去，沈下去」，《茉莉香片》裏的傳慶、《金鎖記》中的姜三爺、姜二爺、長白，《創世紀》的匡老太爺，匡仰彝，《多少恨》中的虞老先生等等，都反映了張

愛玲認為男人被高度的文明，高度的訓練與壓抑「斫傷元氣」，呈現出男人人種沒落的看法。而始終處於教化之外，帶有著野蠻和原始性的女人卻是在「培養元氣，徐圖大舉」，她筆下的流蘇、七巧、霓喜、嬌蕊、薇龍、殷寶灩、阿小、敦鳳等等都是蹦蹦戲花旦樣的女人，在任何時代，任何社會裏，「能夠夷然地活下去」，「到處是她的家」。所以，張愛玲儘管目睹了戰爭給人類文明造成的大毀滅、大破壞，由此產生了「時代在影子似地沈沒下去」的頹廢感，但她還是要「抓住一點真實的，最基本的東西」，這個最真實、最基本的東西就是女人所代表的「四季循環，土地，生老病死，飲食繁殖」這些人生中安穩的、平實的一面，恰恰是這一面張愛玲認為是被以往的文學所忽視的。如果說 19 世紀末的頹廢精神是以現代都市中最新型的浪蕩子和妖婦來體現的，那麼張愛玲恰恰是以殘留於都市中的已「過時了」的廢物和在任何時代都能「隨時下死勁去抓住」物質生活，夷然地活著的蹦蹦戲花旦式的女人表現她對歷史的臆想的。她把家族沒落的主題，改換成了男人沒落的主題。

有根據可以說張愛玲對 19 世紀末期的唯美頹廢派也是很熟悉的，但她並不贊成唯美派，認為唯美派的美沒有底子，[106]所以她把 30 年代海派筆下的舞女、交際花換成了和平實的生活緊緊聯繫在一起的家庭中的女人、寄居的女人、姘居的女人，而當她描寫那些能夠從生活中「飛揚」起來的女性時也是有意識地使用了 19 世紀末唯美頹廢派所慣用的

---

[106] 參閱張愛玲：《自己的文章》。

意象。那個在她自己的小天地裏「留住了滿清末年的淫逸空氣，關起門來做小型慈禧太后」的梁太太，在鋼琴上面擺著一盆正含苞欲放的仙人掌，「那蒼綠的厚葉子，四下裏探著頭，像一窠青蛇，那枝頭的一撚紅，便像吐出的蛇信子」；她煽著扇子，「扇子裏篩入幾絲黃金色的陽光，拂過她的嘴邊，正像一隻老虎貓的鬚，振振欲飛」。[107]《紅玫瑰與白玫瑰》中的嬌蕊以她「嬰孩的頭腦與成熟的婦人」，這「最具誘惑性的聯合」的美完全征服了振保。當振保早上從嬌蕊的床上醒來，猜想昨天晚上「應當是紅色的月牙」。顯然，張愛玲在使用唯美頹廢派這些典型而現成的意象來暗示具有同一性質的女人。

　　張愛玲也顯然接受了唯美頹廢派的「瞬間」，或是「一剎那」的概念，但她賦予了更具有生活「底子」的內容。佩特的「剎那主義」可以說是唯美頹廢派人生觀、藝術觀的理論根據，他認為「一剎那」的印象和感覺，熱情或見解是人的生命、思想和感情實際上存在的形式，人生就是要拼命激起「一剎那」盡可能多的脈搏的跳動，盡可能多的熱情的活動，無論是感官的還是精神的，肉欲的還是情感的，實利的還是不為實利的，加快生命感，他認為能使得這種強烈的寶石般的火焰一直燃燒，能保持這種心醉神迷的狀態，就是人生的成功。而最能給予人生一剎那以「最高的質量」的莫過於對於藝術本身，對於美的追求。因而唯美頹廢派為了使人生與藝術的「一剎那」飽滿而充實，永遠好奇地實驗新的意

---

[107] 張愛玲：《沈香屑　第一爐香》，《張愛玲文集（二）》，第 8、10 頁。

見，追求新的印象，品味新的感覺，以致流於怪誕、耽溺和偏至。「一剎那」這個概念在張愛玲的小說中是出現頻率相當高的一個語彙，但它已成為真實的人生中難得而轉瞬即逝的美好感情和美好回憶的形式。

《沈香屑　第一爐香》中的薇龍明明知道喬琪不過是一個極普通的浪子，但他引起了她不可理喻的蠻暴的熱情，甚至當喬琪明確地告訴她：「我不能答應你結婚，我也不能答應你愛，我只能答應你快樂」以後，也義無返顧地把自己給了喬琪，當喬琪趁著月光來，也趁著月光走了以後，薇龍有「一剎那」是超脫的。她覺得「今天晚上喬琪是愛她的」，儘管「他愛她不過是方才那一剎那」，但「這一點愉快的回憶是她的，誰也不能夠搶掉它」，就因為有了這「一剎那」，薇龍覺得自己獲得了「一種新的安全，新的力量，新的自由」[108]，並且也為了這「一剎那」，薇龍自願的把自己的青春賣給好色的司徒協，以換來與喬琪結婚生活所不可缺的金錢。《連環套》中的霓喜當她與一起姘居了十幾年，已有了兩個孩子的綢緞店的老闆雅赫雅鬧翻以後，只有在「一剎那」「她是真心愛著孩子的。再苦些也得帶著孩子走」。但很快她就在心裏「換了一番較合實際的打算了」。因為她覺得雅赫雅似乎對子女還有相當的感情，「如果她堅持著要孩子，表示她是一個好母親，他受了感動，竟許回心轉意，也說不定。」[109]《傾城之戀》中的流蘇和柳原幾經精刮的相互試探與周旋，當流蘇不得不認定自己做情婦的命運的時候，在香港戰爭的一場槍

---

[108] 張愛玲：《沈香屑　第一爐香》，《張愛玲文集（二）》，第 37 頁。
[109] 張愛玲：《連環套》，《張愛玲文集（二）》，第 203 頁。

林彈雨之中，流蘇才體會到「別的她不知道，在這一剎那，
她只有他，他也只有她」，只有這一剎那他們才把彼此看得
透明透亮，「雖然僅僅是一剎那的徹底的諒解，然而這一剎
那夠他們在一起和諧地活個十年八年了」。[110]在《留情》中，
張愛玲以對景色的描寫隱喻性地概括了米晶堯與敦鳳這對
老夫少妻的婚姻的實質：「太陽照著陽臺；水泥欄杆上的日
色，遲重的金色，又是一剎那，又是遲遲的。」[111]張愛玲在
《多少恨》中講述的宗豫和家茵婚外戀的通俗故事，「其實
不過一剎那，卻以為天長地久」。[112]《封鎖》中發生在宗楨
和翠遠身上那段猝不及防、不盡情理的戀情，也「只活那麼
一剎那」。[113]

　　不必多舉，以上的例子足以說明，「一剎那」的感情、
思緒和回憶已成為張愛玲小說中的「詩眼」，這是張愛玲在
灰色、污穢、卑瑣的現實生活中所抓住的唯一一點美好的東
西。但張愛玲並沒有賦予它們以積極的意義，她或者以大量
篇幅寫的「不加潤色」的現實來襯托這「一剎那」在漫長人
生中的無謂，或者以「不加潤色的現實」來點破人生中那些
美好的飛揚起來的「一剎那」的虛假，這就是張愛玲所要告
訴人們的真實的人生。

[110] 張愛玲：《傾城之戀》，《張愛玲文集（二）》，第 84、86 頁。
[111] 張愛玲：《留情》，《張愛玲文集（一）》，第 218 頁。
[112] 張愛玲：《多少恨》，《張愛玲文集（二）》，第 325 頁。
[113] 張愛玲：《封鎖》，《張愛玲文集（一）》，第 109 頁。

海派與電影

一、女體和敘述者作為「看」的承擔者

德國著名的社會學家西梅爾（Georg Simmel）曾經說過，在現代城市文化中，「眼睛」，即視覺官能獲得了特別重要的位置。他甚至認為城市是被視覺官能特徵化了的城市。[1]電影能夠成為 20 世紀的藝術並且對於其他藝術產生深刻的影響作用，很可以說明這一點。曾經有論者斷言：「1922 年而後的小說史，即《尤里西斯》問世後的小說史，在很大程度上是電影化的想像在小說家頭腦裏發展的歷史，是小說家常常懷著既恨又愛的心情努力掌握 20 世紀『最生動的藝術』的歷史」[2]。即使這個概括有些絕對，但隨著電影在 20 世紀成為最流行的藝術，它對現代小說的影響卻是低估不了的。20 世紀現代小說大師──卡夫卡、喬伊斯、吳爾芙、福克納、海明威、帕索斯和法國新小說家們都在自己的創作中，為現代小說藝術如何能夠既吸收進電影的技巧而又不犧牲自己的獨特力量的探索上，留下了各自的經驗和教訓。可以說，在今天若不瞭解電影藝術的種種技巧實驗和追求，也很難理解20 世紀現代小說發展的種種技巧實驗和追求。

---

[1]　Mike Savage and Alan Warde：URBAN SOCIOLOGY, CAPITALISM AND MODERNITY, The Macmillan Press LTD, 1993. p 115.

[2]　愛德華‧茂萊：《電影化的想像──作家和電影》（中國電影出版社，1989 年），第 5 頁。

　　本世紀 20 年代末 30 年代初在上海文壇以其「簇新的小說的形式」而「盛極一時」，造成「一時的風尚」的新感覺派對「各種新鮮的手法」的嘗試，有研究者追根溯源到日本的新感覺派，把劉吶鷗翻譯的日本短篇小說選《色情文化》稱為「中國新感覺派文學的始祖」[3]，也有論者進一步順藤摸瓜到日本新感覺派的源頭──保爾・穆杭（Paul Morand），更有印象主義、未來主義、表現主義和立體主義混合物的多種說法。儘管以前也有人指出過新感覺派對電影技巧的借鑒，但一般都是點到為止，沒有對這一現象展開研究，提出論證。事實上，電影對中國新感覺派的影響不僅僅限於個別的手段和技巧，而且涉及到題材內容以及現代小說的整體範式帶有根本性變化的某些特徵，顯示了 20 世紀現代小說藝術實驗和發展的一種趨向。它不僅是這一流派最具先鋒性的一個重要現象，甚至是在現代小說發展中帶有標識性的一個重要的文體現象。

　　在電影已屬司空見慣，甚至大有「落伍」之勢的今天，人們是很難想像它剛剛面世時所帶來的驚訝和無可估量的影響作用的。由於上海有法國租界地的便利條件，所以世界上最早的影片在 1895 年底法國巴黎一家大咖啡館內的沙龍裏放映後，就於次年傳到上海。不過即使在十多年後，電影也未能成為中國人生活中的一部分，成為一種大眾傳播媒介。因為上海最早的幾家電影院不僅全是外國人興建的，也只是為少數的外國人服務的。20 年代之前「電影院中的觀眾，

3　　楊之華：《穆時英論》，載南京，1940 年 8 月《中央導報》第 1 卷，
　　第 5 期。

十之九是外國人，華人往觀者尚不多」。[4]直到 20 年代以後
電影才越來越成為上海市民大眾的主要娛樂方式。特別是
1929 年「百分之百的有聲片」傳到上海，電影藝術自身經過
不斷完善，電影院設備規模以及裝潢不斷得到改善和擴大都
更進一步促使電影這項新興藝術以傳統娛樂不可比擬的優
越性在 20 年代末 30 年代初異軍突起，「在上海市民的娛樂
生活中占了最高的位置」[5]，這從上海電影院的發展即可得
到證明。根據《上海研究資料續集》的記載：「1928-32 年
間，電影院的生長，有非常可驚的速度。」[6]因此，這一時
期被標識為「五年間的膨脹」。據統計 1925 年時整個上海
電影院只有 15 座，到 1934 年已增加到 40 個，[7]且不說電影
院不斷攀比，規模日益擴大，其奢華的排場、建築和先進的
設備更是直逼美國，自 1924 年第一家露天電影場設立以來，
開闢了非固定的季節性營業，「兼娛樂消暑而為一」的消夏
風氣，電影業的發展成為都市文化的一大景觀。1931 年 3 月
16 日《文藝新聞》創刊號就曾以大幅標題報導：「都市化與
近代化的上海人之電影熱」，文章分析說，「上海在外國人
的經營下，一切都傾近於都市化與近代化一般的社會人士，
除跑狗、賭博、嫖妓等不正當遊冶外，極少娛樂便利，於是

4　上海通社編：《上海研究資料續集》（上海書店，1984 年），第 534 頁。
5　上海通社編：《上海研究資料續集》，第 538 頁。
6　《上海研究資料續集》，第 538 頁。
7　據《上海寶鑒》1925 年統計的數字和《1934 年度上海市社會教育統計
表》中的數字。資料分別見唐振常主編：《上海史》，第 754 頁；忻
平：《從上海發現歷史——現代化進程中的上海人及其社會生活》，
第 227 頁。

促成了電影愛好之速度的發展。」一本名叫《電通》的電影畫報也曾報導這股電影熱，它將許多電影院的攝影標於一張上海地圖上，加一行大標題道：「每日百萬人消納之所」[8]！電影的魔力和電影在上海市民生活中的地位由此可見一斑。

　　根據程季華主編《中國電影發展史》的描述，「中國的電影事業不是從自己攝製影片開始，而是從放映外國影片開始的。」[9]這首先因為電影放映事業有相當一段時間操縱在外國人手中，從 1908 年西班牙商人雷瑪斯（A.Ramos）在上海正式修建起第一座電影院虹口大戲院，到 1925 年英美煙草公司壟斷中國電影市場，上海第一輪影院幾乎全部操縱在外國商人手中，甚至直到 1932 年後，經過「一二八」戰火的毀滅，上海剩下的影院仍大多數是外國商人經營的，這些影院都拒絕放映或極少放映中國影片，專門放映外國片。其次，中國電影製造業也無力競爭，與外國影片相抗衡。第一次世界大戰結束以後，美國在電影工業的世界競爭中贏得了壟斷的地位，它在製片業和放映業所投的資金超過世界各國投資的總和，幾乎在所有國家裏至少壟斷了半數的上映節目，在世界第二大電影市場英國，美國影片所占的比例甚至達到百分之九十[10]。中國也不例外，美國片「幾乎獨佔了當時和以後中國的全部銀幕」[11]。因此有人說：「中國在過去

8　《上海研究資料續集》，第 532 頁。
9　程季華主編：《中國電影發展史》（中國電影出版社，1980 年）第 13 頁。
10　參考【法】喬治·薩杜爾：《電影通史》第 3 卷（中國電影出版社，1982 年）第 539、54 頁。
11　《中國電影發展史》，第 12 頁。

與其說是歐化，還不如準確地說是『美化』。……至於中國
的『美化』，大半是由於好萊塢影片的不良影響」，甚至認
為：「不是五四運動，而是好萊塢的影片，使十多年來一大
部分中國青年在想像上和過去中國傳統隔斷」。[12]即使此話
有些過甚其辭，但由此也不難想像美國電影文化對當時上海
市民生活以及對二三十年代上海特殊的文化環境的形成會
起到多麼巨大的影響作用。

　　其時新興的好萊塢，以大企業的方式加以開採的金礦是
「性感」和百萬富翁的豪華景象，除極少數外（如卓別林的
作品），「大部分影片的內容，多是大同小異，千篇一律的
逃不出戀愛與情感作為故事的主題」，「極盡羅曼司、妖媚
與美麗」之能事[13]。30 年代美國向中國大量傾銷的正是這類
典型的好萊塢傳統片，在相當一個時期裏「握著我國電影企
業最高的權威」[14]，這與 30 年代逐步發展起來的左翼電影形
成尖銳的對立，就連《良友》畫報這樣的通俗雜誌也注意到
其間的反差，而刊載短文《電影的兩面：麻醉的與暴露的》。
文章說，美國片把「一切麻醉的、享樂的表現方法，儘量地
搬弄出來，鋪張華麗，推陳出新，極聲色之娛」；而中國片卻
「大都趨向於攝製描寫人間流離顛沛，生活痛苦的影片」。[15]
在中國電影發展史上，這個對立終因茅盾《春蠶》改編電影
的評價問題，引發起著名的持續時間達兩三年之久的「硬性

---

[12]　嚴束：《電影與文化傳統》，載 1945 年 3 月《文潮》，第 7 期。
[13]　壯遊：《女性控制好萊塢──她們主宰著電影題材的選擇》，載 1935
　　　年 3 月 4 日上海《晨報》。
[14]　何珞：《電影防禦戰》，載 1932 年 7 月 26 日《時報·電影時報》。
[15]　載 1934 年 3 月 15 日《良友》畫報，第 86 期。

電影」與「軟性電影」之爭,而「軟性電影」論者的主要代表人物即新感覺派的中堅分子劉吶鷗、穆時英,以及和劉吶鷗共同主編《現代電影》,並在《無軌列車》上發表過《愛情的折扣》、《憧憬時代》等短篇小說的黃嘉謨。

在這次論爭中雙方都發表了比較系統的理論文章,涉及到文藝的本質、功能以及題材和形式等一系列的重要論題,這些重大的理論問題暫且不談,但從「軟性電影」論者所持的觀點來看,他們對美國「極聲色之娛」的影片是持接受態度的。「硬性電影」論者認為「在半殖民地的中國,歐美帝國主義的影片以文化侵略者的姿態在市場上出現,起的是麻醉、欺騙、說教、誘惑的作用」,除「色情的浪費的表演之外,什麼都沒有」。[16]而以「美的照觀態度」,主張「尋找純粹的電影事件」[17]的「軟性電影」論者恰恰相反,認為「電影是給眼睛吃的冰激淋,是給心靈坐的沙發椅」[18],「現代觀眾已經都是較坦白的人,他們一切都講實益,不喜歡接受偽善的說教。他們剛從人生的責任的重負裏解放出來,想在影戲院裏找尋他們片刻的享受。」[19]而美國的歌舞片正可以叫一般的觀眾享受短時間的聲色之娛。可見,爭論雙方雖然對美國影片的性質達成了共識:「聲色之娛」,但對此所持的態度卻根本不同。

---

[16] 唐納:《清算軟性電影論》,載 1934 年 6 月 27 日上海《晨報》。

[17] 劉吶鷗:《論取材——我們需要純粹電影作者》,載 1933 年 7 月《現代電影》,第 1 卷,第 4 期。

[18] 嘉謨:《硬性電影與軟性電影》,載 1933 年 12 月《現代電影》,第 1 卷,第 6 期。

[19] 嘉謨:《硬性電影與軟性電影》。

　　好萊塢傳統片的一個重要特點即把女人形象通過電影的特殊技巧，特寫的分解、不斷變換的視點、俯仰的角度及風格化的模式造成一個完美無缺的產品，使女體本身成為影片的內容和表現的對象，成為影片被看性的內涵和色情的奇觀。好萊塢風格的魅力正是來自造成這種視覺快感的種種嫻熟技巧和令人心滿意足的控制。這也無怪「硬性電影」論者認為這類的電影不過是「拿女人當作上海人口中的『模特兒』來吸引觀眾罷了。自然觀眾們簡單說一句，也只是看『模特』——女人——而不是看電影」。[20]顯然硬性電影論者對於好萊塢以女體創造視覺快感的風格充滿鄙夷，但對於新感覺派，後來的軟性電影論者來說，卻由此獲得了一個表現近代美的新的題材領域。《無軌列車》從第四期至第六期曾連載過《影戲[21]漫想》一篇長文，電影讓作者最先想到和談到問題就是「電影和女性美」。文章說：「銀幕是女性美的發現者，是女性美的解剖台」。甚至認為「全世界的女性是應該感謝影戲的恩惠的，因為影戲使她們以前埋沒著的美——肉體美，精神美，靜止美，運動美——在全世界的人們的面前伸展。」更不用說好萊塢電影在引導女人服裝、修飾的時尚浪潮上，所起到的示範作用，甚至對於女人的表情、面相的改造都成為時人津津樂道的話題。與新感覺派有著密切關係的《婦人畫報》曾刊登過鷗外鷗的文章：《中華兒女美之隔別審判》。文章說，過去中華兒女的表情只有哭的和笑的兩種能力，面相只是

---

[20]　塵無：《電影與女人》，載 1932 年 7 月 12 日《時報》。
[21]　電影的別稱。

冷酷平面的「撲克顏」（穆時英曾用過這個比喻──筆者
注），由於「外來電映的繁興於我邦的何處的大都會之故：
我邦的仕女的平面的臉已稍見有情緒的面目出來了。這是可
喜的事：稍稍會得使一張面去繪出內心的諸相的美來了，並
且可以以一張面去作為心的時計，把內心之此時彼時的一時
一刻的報告出面上來了呢。她們從迫近版（大寫）的電映的
女面上學得，甚伶俐地改造了自己的不得天惠之面為有情緒
美的面也。」作者不無讚賞地認為「今日的我邦女兒之面相
的美，是進化的了。亦可戲言之謂已日見外傾了的，而最貼
切言之則為 Hollywoodism 的 Screen-face（電映顏）了吧。」
作者還認為正是這些中華仕女「好萊塢主義的電映面」成為
「都市女兒的面」，而與「依然保有我邦邦人的國粹的面相」
的農村女面判然不同。[22]「性學博士」張競生也有過類似的
議論，他說，「人人都濡染於演員的表情，自然不知不覺地
養成了風度與風韻的性格。精而言之，則眉眼表情，也有
十幾種，凡此都使觀眾得以仿效。即如我國說，自影戲傳
入以來，一班男女，必定增加多少分的表情，尤其是親吻
的進步。」[23]僅舉兩例可以看出，好萊塢電影對女體的發現，
它對女體所造成的一種觀賞的快感價值，連同它對於女體
所施加的改造和重塑的魔力都使展示女體美不僅影響了 20
年代末 30 年代初上海的一種文化時尚，更深深影響了市民
的日常生活，成為他們模仿和追求的對象。

---

[22]　鷗外鷗：《中華兒女美之隔別審判》，載 1936 年 4 月《婦人畫報》第
　　　17 期。
[23]　張競生：《張競生文集（一）》（廣州出版社，1998 年），第 240 頁。

　　新感覺派的成員在當時可以說都是影迷，是都市娛樂活動的積極參與者，穆時英曾寫過一篇短文《我的生活》描述自己「公式化了的大學生的生活」說：「星期六便到上海來看朋友，那是男朋友，看了男朋友，便去找個女朋友偷偷地去看電影，吃飯，茶舞。」[24]徐霞村在一致戴望舒函中談自己「晚上的時間多半是消磨在電影院，戲院，和胡同裏面」。[25]施蟄存回憶他和劉吶鷗、戴望舒的一段生活時也曾談到，他們每天晚飯後就「到北四川路一帶看電影，或跳舞，一般總是先看七點鍾一場的電影，看過電影，再進舞場，玩到半夜才回家。」[26]劉吶鷗更熱心於電影藝術的研究，施蟄存曾在《文藝風景·編輯室偶記》中介紹，劉吶鷗「平常看電影的時候，每一個影片他必須看兩次，第一次是注意著全片的故事及演員的表情，第二次卻注意於每一個鏡頭的攝影藝術，這時候他是完全不留心銀幕上故事的進行的。」[27]根據1933年11月1日《矛盾月刊》2卷3期上發表的「矛盾叢輯預告」，劉吶鷗將出版《劉吶鷗電影文論集》，也許這本書未能面世，但至少可以證明，那時劉吶鷗對電影的技巧已有相當的心得。這從他日後發表的一系列有關電影藝術的文章來看，也可證明這一點。

　　中國新感覺派作為好萊塢的影迷和「軟性電影」的倡導者，既是從好萊塢電影文化所造成的時尚中脫穎而出的，又

[24]　載1933年2月1日，《現代出版界》，第9期。
[25]　孔另境編：《現代作家書簡》（花城出版社，1982年），第105頁。
[26]　施蟄存：《我們經營過三個書店》，見《沙上的腳迹》（遼寧教育出版社，1995年），第12頁。
[27]　載1934年6月1日《文藝風景》，第1卷，第1期。

是這股潮流中的一朵浪花。「趨重」對女體的新發現、新感覺也是他們創作中的顯著特徵之一。尤其是穆時英的小說，他的《CRAVEN「A」》、《黑牡丹》、《白金的女體塑像》、《墨綠衫的小姐》、《紅色的女獵神》等，基本上是以描寫女體，或者說是女性形象的性魅力為題旨的。另外如《被當作消遣品的男子》、《某夫人》、《駱駝·尼采主義者與女人》、《五月》、《PIERROT》等則進一步把對女體的觀賞和敘事相結合，女體成為並列主題，或是重要的描寫對象之一。《CRAVEN「A」》開篇即以差不多整整 4 頁的篇幅描寫女主人公 CRAVEN「A」的肖像和體態，以對豐腴的，明媚而神秘的自然風光的恣意描摹暗示著女體的形貌，蘊藏著對女體流動而精細的感覺。著名的《白金的女體塑像》更賦予女體以美的力量，「反映著金屬的光」，「流線感的」白金的女體如閃光的太陽，使過著鰥夫的生活，生命已機械化了的醫師獲得了對生命的感覺和充滿生命感的世俗生活。其他的新感覺派的成員，如「追隨了穆時英而來」，「屬於新感覺主義」的黑嬰的創作竟被當時的批評家如同批評美國片一樣，說成是「除了看到一副美麗的表皮外，至於內實，大概是很空虛的」！[28]劉吶鷗的《都市風景線》其中對女性的描摹也成為他「都市風景線」裏的重要一景。如果進一步把穆時英在小說裏對女性的描摹同他在一些影評文章中對好萊塢女明星魅力的闡述對比一下，可以更確鑿地找到穆時英接受美國電影影響的證據。

---

[28]　鄭康伯：《帝國的女兒》，載《現代出版界》第 26、27、28 期合刊。

　　穆時英曾寫過一篇系列隨感式文章《電影的散步》，從1935 年 7 月 17 日至 28 日在《晨報》上連載了 8 次之多，其中就有兩篇文章《性感與神秘主義》、《魅力解剖學》專門討論好萊塢女明星的魅力問題。他寫到：「好萊塢王國裏那些銀色的維納斯們有一種共同的，愉快的東西，這就是在她們的身上被強調了的，特徵化了的女性魅力。就是這魅力使她們成為全世界男子的憧憬，成為危險的存在。」[29]他還分析說：「女星們的魅力都是屬於性的」，「就是一種個性美和性感的化合物」[30]。穆時英對那時期當紅的女明星們熟悉得已達到如數家珍的程度。他把她們分成兩類，第一類以嘉寶（Greta Cabo）、黛德麗（Marlene Dietrich）、朗白（Carole Lombard）、克勞福（Joan Crawford）為代表，其特點是「永遠是冷靜的，她不會向你說那些肉麻的話，她不會莫名其妙地向你笑，甚至於連看也不看你一眼，可是你卻不能離開她。你可以從她的體態，從她的聲音裏邊感覺得在她內部燃燒著的熱情」；[31]另一類以梅惠絲（Mae West）、琴哈羅（Jean Harlow）、克萊拉寶（Clara Bow）、羅比範麗（Lupe Velez）為代表，「這一類的女子是開門見山的女子，一開頭，就把一切都拿了出來，把全部女子的秘密，女子的熱情都送給了你。她們是一隻旅行箱，你高興打開來就打開來，你可以拿到一切你所需要的東西。第一次你覺得非常滿足，可是滿足

---

[29] 穆時英：《電影的散步・魅力解剖學》，載 1935 年 7 月 19 日，上海《晨報》。

[30] 《電影的散步・魅力解剖學》。

[31] 穆時英：《電影的散步・性感與神秘主義》，載 1935 年 7 月 17 日，上海《晨報》。

了以後，你就把她們忘了」。[32]穆時英把前者的特徵概括為
「隱秘地、禁欲地」；後者是「赤裸裸地、放縱地」，並認
為「她們是代表著最現代的女性的魅力的兩種型的」。[33]穆
時英筆下的某些女性也正是按照這兩類模式塑造出來的。
《Craven「A」》的女主角余慧嫻就屬於後一種模式，被男人
比作「一個短期旅行的佳地」，這與「一隻旅行箱」比喻的
暗示毫無二致，其性格命運也雷同。《白金的女體塑像》中
的女客屬於前一類，她始終「淡漠地、不動聲色」，「沒有
感覺似地」在醫師面前做了一個「沒有羞慚，沒有道德觀念，
也沒有人類的欲望似的，無機的人體塑像」，可卻在醫師的
內心激起了「像整個宇宙崩潰下來似地壓到身上」的震撼。

更有意思的是，穆時英不僅在小說裏描述他的女主人公如
何模仿電影女明星的表情和做派，文藝家們如何在沙龍裏談論
嘉寶的沙嗓子，大眾崇拜和弗洛依德主義，甚至他對自己小說
女主人公肖像的描繪也模仿好萊塢的女明星，他曾把好萊塢女
星們的特寫抽象化，得出一個「神秘主義的維納斯造像」：

> 5×3 型的臉。羽樣的長睫毛下像半夜裏在清澈的池塘
> 裏開放的睡蓮似的半閉的大眼眸子是永遠織著看朦
> 朧的五月的夢的！而且永遠望著遼遠的地方在等待
> 著什麼似的。空虛的、為了欲而消瘦的腮頰。嘴唇微
> 微地張開著，一張鬆弛的，饑渴的嘴。[34]

---

32 《電影的散步·性感與神秘主義》。
33 《電影的散步·魅力解剖學》。
34 《電影的散步·性感與神秘主義》。

　　我們再來對照一下穆時英對自己的小說女主人公肖像的描繪：

> 一朵墨綠色的罌粟花似地，羽樣的長睫毛下柔弱得載不住自己的歌聲裏面的輕愁似地，透明的眼皮閉著，遮住了半隻天鵝絨似的黑眼珠子……
>
> 　　　　　　　　——《墨綠衫的小姐》
>
> 她繪著嘉寶型的眉，有著天鵝絨那麼溫柔的黑眼珠子，和紅膩的嘴唇，穿了白綢的襯衫，嫩黃的裙。
>
> 　　　　　　　　——《駱駝·尼采主義者與女人》
>
> 畫面上沒有眉毛，沒有嘴，沒有耳朵，只有一對半閉的大眼睛，像半夜裏在清澈的池塘裏開放的睡蓮似的……
>
> 　　　　　　　　——《五月》

　　僅舉幾例不難證明，穆時英是以好萊塢那些維納斯們來設計他的女主人公形象的，甚至可以想像，也許年輕的穆時英的某種創作衝動和激情也同樣來自這些「銀色的維納斯」——用文字來表達銀幕上的維納斯的女性魅力所帶給他的「憧憬」和震撼。無獨有偶，劉吶鷗也曾以電影女明星來概括最新型、最摩登的現代女性的特徵。他認為，「這個新型可以拿電影明星嘉寶，克勞馥或談瑛做代表。她們的行動及感情的內動方式是大膽，直接，無羈束，但是在未發的當兒卻自動地把它抑制著。克勞馥的張大眼睛，緊閉著嘴唇，向

男子凝視的一個表情型恰好是說明著這般心理。內心是熱情
在奔流著，然而這奔流卻找不著出路，被絞殺而停滯於眼睛
和嘴唇間。」劉吶鷗如此欣賞這個「張大眼睛，緊閉著嘴唇，
向男子凝視」的表情是因為「男子由這表情所受的心理反動
是：這孩子似乎恨不能一口兒吞下去一般地愛著我，但是她
卻怪可憐地不敢說出來。」從而使在現代社會的生存競爭裏
屢屢受挫的男子得到施虐與受虐的雙重心理享受。[35]這樣，劉
吶鷗《禮儀與衛生》中的男主人公啟明當知道妻子與妹夫離
家出走，而把妹妹白然留下「陪」他的時候，就看見「早已
站在扶梯頭微笑著的白然，可是那可愛的小嘴卻依然是縫著
的」。黑嬰也以電影女明星為摹本來描寫他的女主人公，於
是嘉寶沙啞的嗓子也就成了他《SHADOW WALTZ》[36]中那
個冰冷又憂鬱的舞女的重要魅力。從感覺上說，新感覺派的
很多小說儘管缺乏電影情節的完整性，但很容易讓人聯想起
一些電影片斷，沈從文就曾說過穆時英的某些作品是「直從
電影故事取材」[37]，特別像劉吶鷗的《赤道下》描寫蠻荒部落
的風光和土著人的習俗以及發生在其中的一對都市男女和未
開化的兄妹之間，一段帶有原始性的性愛故事，非常吻合好
萊塢諸如《蠻荒雙豔》、《蠻荒天堂》之類表現文明人與野
蠻人之間的對立和溝通的路數以及展示奇風異俗的興趣。

---

[35]　參閱劉吶鷗：《現代表情美造型》，載 1934 年 5 月《婦人畫報》第
　　　18 期。

[36]　黑嬰：《SHADOW WALTZ》，載 1934 年 5 月《婦人畫報》，第 18
　　　期。

[37]　沈從文：《論穆時英》，見《沈從文文集》第 11 卷（花城出版社、三
　　　聯書店香港分店聯合出版，1984 年）。

　　也許這樣的假設過於大膽，但二三十年代的歐美電影的確深刻地改造了人們，包括作家在內的思想觀念、審美情趣、觀察事物的方式和接觸外部世界的習慣等等方面。過去一向為我國傳統服裝所遮掩，也為傳統的審美標準所不容的女性肉體的性感特徵，隨著對好萊塢女星們風格化的形體的接受和其觀賞價值的發現，而成為「現代女性」、「近代都會的產物」的標誌。鷗外鷗曾驚歎，「過去的若干年前，我邦女兒的體態的美是不可尋問之在何處匿伏著的。腰與臀與胸次你不能得到嚮導員一一嚮導出其所在來，不知何處腰何處臀的呢。這樣沒有部落的美的。甚且我們會駭訝是沒有乳房的女人之國家呢」。但「近頃我們的乳房生長起來倍發起來。大赦釋放出獄了」。「包裹今日的貼身的旗袍內的含彈性的肢幹的吹氣的橡膠獸型玩具樣的，我邦的女兒的體態的美，一躍而前的躍出來世間上」。[38]且不說如此評說女人是否有損女性的尊嚴，這個在中國女人身上所發生的巨大變化也成為穆時英、劉吶鷗等新感覺派所捕捉到的「戰慄和肉的沈醉」的美的象徵，也即劉吶鷗所說的「內容的近代主義」。所以他們筆下的女性一反中國傳統的女性形象而更西化，或者說好萊塢化。弱不禁風被健康和「肌肉的彈力」，楊柳細腰被「胸前和腰邊處處豐膩的曲線」，溫柔含蓄被大膽和挑釁，櫻桃小口被「若離若合的豐膩的嘴唇」所取代。

　　美國女權主義者勞拉・穆爾維曾結合佛洛依德和女權主義觀點分析好萊塢傳統電影是怎樣結構影片形式，男性

---

[38]　鷗外鷗：《中華兒女美之隔別審判》。

視覺快感如何在電影中占支配地位的。她認為，好萊塢傳統片所構成的觀看方式和快感給予影片以特有的結構方式，使被展示的女人在兩個層次上起作用：作為銀幕故事中人物的色情對象和作為觀眾廳內的觀眾的色情對象，從而使一種主動與被動的異性分工控制了敘事的結構，即把女人置於被看的位置，男人做了看的承擔者。[39]這種結構影片的形式也自覺不自覺地成為穆時英、劉吶鷗一些小說的潛在的敘事模式。從小說的表層故事看，穆時英、劉吶鷗筆下的那些具有歐風美雨特徵的女性一改為男人所玩弄的地位而玩弄男性，為男性所拋棄的命運而拋棄男人，如穆時英《被當作消遣品的男子》中的蓉子，無聊時把男人當作「辛辣的刺激物」；高興時把男人當作「朱古力糖似的含著」；厭煩時男人就成了被她「排泄出來的朱古力糖渣」。劉吶鷗《遊戲》裏的她，把愛和貞操給了自己的所愛，但論到婚姻時，卻要和她的所愛「愉快地相愛，愉快地分別」，去嫁給一個能為她買六汽缸「飛撲」的富商。《兩個時間的不感症者》中的 H 和 T 都因未能領會女主角從來「未曾跟一個 gentlemen 一塊兒過過三個鐘頭以上」的戀愛方式，不知珍惜時間，而被女主角嗔怪：「你的時候，你不自己享用」，無可挽回地無情地遭到淘汰。但是由於這些女性都被組織在主動／看、被動／被看，女人作為被看，男人作為看的承擔者的結構模式中，這就使得她們主動地選擇和拋棄男人的行為實際上是為更深層的為了男人的目的—

---

[39]　勞拉·穆爾維：《視覺快感與敘事性電影》，見《電影與新方法》（中國廣播電視出版社，1992 年），第 203 頁。

一觀看的主動控制者的視線和享受而展示的。在這類小說的結構中，一般都只有男女兩個主人公，其他人物都屬於群像式背景襯托，男人作為主動的聚焦者、敘述者，女主人公只有在聚焦者視線的注視之下和敘述者的感覺之中才得以凸現和清晰，無論她如何行動都無能擺脫這種觀賞者的視線和被描述者的地位。所以，那些男主人公們儘管得不到這些女主人公們的愛，但他們再不像郁達夫的抒情主人公們那樣自憐和感歎。女人的放蕩和妖冶都不過是他們觀賞中的美景和奇觀，一切失落和怨仇被這種觀賞而中斷或淹沒，分手也只不過是作為「看」的聚焦行為的結束。敘述者不再有著「抒情」的功能，而是「看」的承擔者，起著描寫「看」的對象的作用。通過對聚焦對象的描寫和敘述，使女體成為敘述者本身和讀者共同的欣賞對象。

電影攝影機鏡頭對女體的解剖式分解式的展示技術也給文學的描寫方式帶來了顯著的變化。比如劉吶鷗的《遊戲》通過男主人公的視線對女主人公形象的展示：

> 他直起身子玩看著她，這一對很容易受驚的明眸，這個理智的前額，和在它上面隨風飄動的短髮，這個瘦小而隆直的希臘式的鼻子，這一個圓形的嘴型和它上下若離若合的豐膩的嘴唇，這不是近代的產物是什麼？

很明顯，這樣的描寫也只有電影特寫鏡頭和鏡頭的不斷推移，才能如此冷冰冰機械地切割展覽人的身體器官。

再比如穆時英對 CRAVEN「A」眼睛細部的刻畫：

　　她有兩種眼珠子：抽著 Craven「A」的時候，那眼珠子是淺灰色的維也勒絨似的，從淡淡的煙霧裏，眼光淡到望不見人似地，不經意地，看著前面；照著手提袋上的鏡子擦粉的時候，舞著的時候，笑著的時候，說話的時候，她有一對狡點的耗子似的深黑眼珠子，從鏡子邊上，從舞伴的肩上，從酒杯上，靈活地瞧著人，想把每個男子的靈魂全偷了去似地。

　　在電影時代之前，人面對活人的描寫恐怕是不可能如此沒有距離感地描寫眼珠子色彩的變化，也不可能如此不動聲色地盯視和放大眼部細節而不受到對方對被看的察知和反應的逼視的。也很明顯，穆時英的這段描寫是出於對電影的特寫和疊印技術的搬移或說是類比。電影給人們留有的對無數影片和鏡頭的記憶，為文學帶來的一個不容忽視的變化，即作者描寫人物時，有時會自覺不自覺地不再面對活生生的人，而是對於銀屏上的影像的記憶。穆時英和劉吶鷗的某些創作可以讓我們感覺到這一點，閱讀這些作品正像我們看一張照片而不是一副畫，看一段生活的實拍錄像而不是身臨其境的感覺一樣，缺乏的也許就是本雅明（Walter Benjamin）所說的「氣息」。這種「氣息」的經驗是建立在人與人的活生生的交流、對視、看與回看的反應能力之上和關於一個活生生的人的不期然而然的感知、回憶和聯想之中，是人的影像和相片之類性質的東西所不能具備的，因為這些機械複製品只能「記錄了我們的相貌，卻沒有把我們的凝視還給我們」[40]。

---

[40]　本雅明：《發達資本主義時代的抒情詩人》（三聯書店，1989 年），

當然，這並不是說穆時英、劉吶鷗等的作品完全是對機械複
製品的再模仿，但電影藝術的確給他們的創作留下了鮮明的
烙印。沈從文曾批評穆時英的作品「於人生隔一層」，仿佛
是「假的」，是「假藝術」，[41]儘管有些苛刻，但也許這樣
的指責正是因為穆時英筆下的一些人物缺乏一種活生生的
「氣息」，而缺乏一種真實感所致。

二、都市風景和小說形式的空間化

　　中國新感覺派的另一個突出特徵是對都市景觀的展
示。劉吶鷗非常準確地把自己唯一的短篇小說集題名為「都
市風景線」，穆時英則通過他的人物之口把自己定位成都市
的「巡禮者」。這說明他們對都市的把握是自覺地從「外觀」
和「現象」入手的，這樣的創作意圖使他們的小說性質內在
地更接近以畫面、物象，或說是影像為「現實」的電影本質，
而電影技巧又似乎是「特別適用於對一座大城市做全景式觀
察的了」[42]。關於這一點劉吶鷗更是心領神會，他在 1933 年
4 月發表於《現代電影》1 卷 2 期上的《Ecranesque》一文中
說，「最能夠性格的地描寫著機械文明底社會的環境的，就
是電影。」甚至有論者認為，「近幾十年發展起來的沸沸揚
揚的大城市生活新方式和新特點只有電影能夠記錄下來和
做出靈敏的反應。」[43]事實上，早期電影也確實曾經把「大

第 161 頁。
41　沈從文：《論穆時英》。
42　愛德華・茂萊：《電影化的想像——作家和電影》，第 137 頁。
43　【匈】伊芙特・皮洛：《世俗神話——電影的野性思維》（中國電影

都市外貌」作為重要的主題，二三十年代的電影界曾出現了
相當一批以反資本主義的浪漫精神表現城市生活的影片，以
電影特有的紛雜手段表現城市生活的紛雜。上海最早的由外
商投資進行的攝製活動就包括《上海街景》、《上海租界各
處風景》、《上海第一輛電車行駛》等專門表現都市環境的
短片。

　　電影這種內容特徵和技術特性，當年已敏銳地引起小說
家和批評家的關注。早期電影批評家塵無曾專門著文探討
「電影和都市」的關係，認為「電影是都市的藝術」，這不
僅因為「都市的物質建築」和「大量的直接消費者」，更因
為「都市生活的複雜和都市情調的緊張，也恰恰適合電影的
表現」。[44]樓適夷在他頗染新感覺派作風的《上海狂舞曲》[45]
中，深有感觸地寫到：「都會風景恰如變化無絕的 Film」。
前面已經提到的《影戲漫想》那篇長文，除了聯想到「電影
和女性美」之外，也聯想到「電影和詩」。文章說：「影戲
是有文學所不到的天地的。它有許多表現方法：有 close-up，
有 fade out，fade in，有 double crauk，有 higo speed，有
flash……利用著他們這些技巧要使詩的世界有了形象不是
很容易的嗎？」劉吶鷗曾翻譯過著名的電影理論家安海姆的
著作《藝術電影論》，在上海《晨報・每日電影》上連載了
三個月之多，其中主要涉及了電影的「立體在平面上的投

出版社，1991 年），第 78 頁。

[44]　塵無：《電影和都市》，載 1932 年 6 月 12 日《時報》。

[45]　載 1931 年 6 月 1 日-8 月 1 日《文藝新聞》第 12-22 號，因作者生病，
　　小說未能全部刊出。

影」、「映射與實體」、「影片底深度感覺底減少」、「空間時間的連續性底缺乏」、「非視覺的感覺世界底失滅」、「電影底製作——當作藝術手段的開麥拉與畫面」、「空間深度減少之藝術的利用」等諸方面的重要問題，其中的一些電影藝術的特徵用來概括新感覺派的小說也很恰當。劉吶鷗本人在《現代電影》上發表的《電影節奏簡論》、《開麥拉機構——位置角度機能論》等都是有關電影藝術的特性和技巧，學術性很強的文章，這些譯作和文章不僅表明劉吶鷗對電影藝術形式已揣摩日久，深得三昧，甚至也可以說是對自己和新感覺派借鑒電影技巧，進行小說實驗的一系列技術操作的日後總結。

　　電影藝術對劉吶鷗最大的啟示是「不絕地變換著的」觀點和作為影片的生命要素「織接（Montage）」。他的《開麥拉機構——位置角度機能論》、《影片藝術論》對此作了詳細的介紹和分析。所謂「觀點」即開麥拉（攝影機）的位置，「是指當攝影的時候從一個方向對著攝影對象而停立的攝影機的一個位置而言」，[46]一個開麥拉的位置就代表著一種觀點。電影藝術就是「不絕地變換著它的觀點而用流動映像和音響來表明故事的一種藝術」[47]，劉吶鷗認為這種「不絕地變換著」的觀點是電影藝術「所有特質中最大的一個機能」，並將之稱為「是個革命，是一件非常重要的事」[48]。

---

[46]　劉吶鷗：《開麥拉機構——位置角度機能論》，載 1934 年 6 月 15 日《現代電影》1 卷 7 期。

[47]　《開麥拉——位置角度機能論》。

[48]　《開麥拉——位置角度機能論》。

而所謂織接即現在所說的蒙太奇。劉吶鷗受到蘇聯導演普道甫金（Poudoukine）的影響，認為織接使相機拍好的軟片上「死的靜畫」「頭尾連接而統歸在一個有秩序的統一的節奏之中」，「由在不同的瞬間裏，在種種的地方攝來的景況而構成並『創造』出一種新的與現實的時間和空間毫沒關係的影戲時間和空間，即『被攝了的現實』」，「是詩人的語，文章的文體，導演者『畫面的』的言語」。織接可以使前面所說的「開麥拉」獲得「靈魂之主」，它們之間結合的瞬間「能夠使物變換其本質的內容，確保其新的價值，給影片以從前所沒有的意義」。所以，這種新藝術賦予了人們一種「視覺的教養」，「它使我們的眼睛有學問，提高我們的『看』的技術，教我們以在一瞬間而理解幕面的象徵的意義」。[49]的確，中國的新感覺派正是借鑒了電影藝術的這一特質，利用了電影給以他們和人們的「視覺的教養」，以「不絕地」「變換著」的「流動映像」，織接「人生的斷片」，「表明故事」而非敘述故事，促成了小說文體的又一次「革命」，使一向以時間和連續性為敘述基礎的小說形式空間化。

　　小說的「空間形式」概念最早是由美國學者約瑟夫‧弗蘭克提出，並由諸多學者進一步充實、發展和完善的。由於這個概念能夠為解釋現代小說的敘事技巧和認識現代小說的意義提供合適的理論框架而備受關注，甚至有論者認為，在「為理解偉大的藝術作品而創造出新的可能性」方面，「沒

49　有關「織接」的引文均見劉吶鷗：《影片藝術論》，載 1932 年 7 月 1 日《電影周報》，第 2、3、6、7、8、9、10、15 期。

有哪一個批評概念能夠比它提供更多的東西」。[50]「空間形式」概念之所以如此重要，因為它打破了本世紀初興起的小說實驗的文體技巧使評論者「驚慌失措」，引起批評危機的尷尬局面，完成了小說理論從建立在巴爾扎克、狄更斯基礎之上的現實主義批評範型向現代主義批評範型的轉移。羅傑・夏塔克曾經指出：「二十世紀強調的是與早期變化的藝術相對立的並置的藝術。」[51]「空間形式」概念正符合二十世紀一個新近時期的文學藝術的特徵，也是認識中國新感覺派所創造的一種「新奇的」小說類型的合適術語。

　　小說形式的空間化在本質上是與小說敘述的和連續的趨勢相抵觸，甚至也是和字詞排列在時間上的連續性相抵觸的。如何獲得小說的空間形式？它的技巧就是「破碎」，「破碎──它導致了所謂的『空間形式』──已經引起了批評家們的絕大部分的注意」。[52]「破碎」首先是情節的破碎，「它的終極形式是生活的片斷」[53]，而其呈現又最適合被作為「不絕地」「變換著」的「流動映像」來描述的。在這方面，電影以它的特長為小說形式的「革命」提供了可資模仿的榜樣。劉吶鷗翻譯的安海姆《藝術電影論》裏專門談到電影「空間時間的連續性底缺乏」問題。文章分析說，「在現實裏並沒有時間或空間的飛躍。時間和空間有著連續性」，「電影上就不是這樣。被攝在片上的時間的斷片

50　秦林芳編譯：《現代小說中的空間形式》（北京大學出版社，1991年）第101頁。
51　《現代小說中的空間形式》，第70頁。
52　《現代小說中的空間形式》，第130頁。
53　《現代小說中的空間形式》，第165頁。

可以由任意之點切斷。它可以馬上接上完全在兩樣的時間
內發生的一場景。空間的連續性也是同樣可以被中斷。」
而且，在電影裏「全場所底同時發生的事象均可以簡單地
用構成的畫面排成前後關係來表明，使人們由動作的內容
知道它的同時性。最原始的方法是利用對白或插入字幕那
樣的說明文字」[54]。電影中表示時間和空間轉換過程的諸多
技巧，很明顯地啟發了新感覺派的創作。且不說劉吶鷗的
《A Lady to Keep You Company》，被施蟄存稱為「小說型
的短腳本」，還有葉靈鳳的《流行性感冒》、禾金的《造
型動力學》等都把小說寫成了分鏡頭腳本，直接以遠景、近
景、特寫、字幕等等的電影表現手段和想像結構小說，通過
畫面形式的呈現來不斷的打碎敘述情節的時間流程，以電影
化的影像系列取代小說對故事情節的敘述。穆時英的《夜總
會裏的五個人》、《上海的狐步舞》等也幾乎可以說是不標
鏡頭的分鏡頭腳本。其每一段落都可視為一個鏡頭，或系列
畫面。《夜總會裏的五個人》[55]全文共排列了 491 行，其中
1 至 2 行為一段的就有 366 行，占全文行數的 75%，而其他
段落又大部分是由占 3 行的段落組成。段落的密布和小型化
直接說明了小說文本的片斷性和零碎性，而事實上，即使是
較長段落也往往是由密集的零散性的畫面系列聚集而成
的，比如經常被論者引用的《上海的狐步舞》中對舞會場
面的表現：

---

[54]　見 1935 年 5 月 15-16 日，上海《晨報》。
[55]　根據現代書局《公墓》初版本。

蔚藍的黃昏籠罩著全場，一隻 saxophone 正伸長了脖
子，張著大嘴，嗚嗚地衝著他們嚷。當中那片光滑的
地板上，飄動的裙子，飄動的袍角，精緻的鞋跟，鞋
跟，鞋跟，鞋跟，鞋跟。蓬鬆的頭髮和男子的臉。男
子的襯衫的白領和女子的笑臉。伸著的胳膊，翡翠墜
子拖到肩上。整齊的圓桌子隊伍，椅子卻是零亂的。

在這一小段中，除第一句是完整的描寫性句子外，其他
大都僅僅是由定語和主語、形容詞和名詞組成的，是缺少謂
語和賓語的省略句。這種不連續句法本身就造成了描寫的中
斷，而產生類似攝影機鏡頭的不斷疊印顯現，變換無窮的萬
花筒式的空間效果。這樣，典型的空間形式小說不再由故事
或人物的發展變化的內容組成，而由無數個畫面、場景的碎
片構成。穆時英在《白金的女體塑像・自序》中就是這樣描
述自己的創作：「人間的歡樂，悲哀，煩惱，幻想，希望⋯⋯
全萬花筒似地聚散起來，播搖起來。在筆下就漏出了收在這
本集子裏邊的，八篇沒有統一的風格的作品。」

空間小說情節「破碎」的另一特徵是以場景的呈現代替
敘述，或說是阻礙敘述的向前的歷時發展。這類小說往往只
是由幾個大的場景構成，而棄絕了場景與場景之間的連貫性
的敘述程序。儘管從場景到場景的跳躍變換上，讀者可以猜
測到情節的發展和人物的變化，但這種發展和變化游離於敘
述過程之外，作者通過對典型的可以作為標識性場景的選擇
和呈現，使小說具備了電影「永遠的現在式」的特徵。當然，
這並不意味著不再描寫往事，而是把往事也化為場景，像電

影的閃回鏡頭一樣，倒退到彼時彼地，以獲得現在時場景的直接性。這樣的表現方法並不簡單地等同於一般小說的倒敘，因為他不再用一大段首尾連貫的回敘來交代往事，而是不斷地切出切入，造成場景或場面的間隔效果和非連續性。它的最明顯的功效即打斷一個故事的時間流，而使觀眾把注意力集中到一個相對靜止的時間領域內各種關係的相互作用上。比如穆時英的《街景》，整個小說由系列街景的場面組成，一類是發生在現在的街景，一類是作為現在的街景之一——一個老乞丐頭腦中所浮現的他經歷過的那些「街景」，作者把現在的街景和過去的街景交叉剪輯在一起從而造成情節的不斷中止而片斷性地反覆強化了一個鄉下人發財夢的破滅，有家歸不了的悲劇。徐霞村的《MODERN GIRL》[56]也通過敘述者對被譽為「現代姑娘」幾次會面場景的回憶，以具有相同性質行為的並列和重複，創造出關於一個所謂「現代姑娘」不過是「會作新詩」，「法朗士的愛好者」，以此去獲得男性的好感，騙取錢財的印象。這種由諸多場景交叉切割，省略敘述過程，有意地使情節支離破碎的小說是電影化的想像帶給小說敘事方法的一個顯著變化，也是新感覺派及受影響的一大批創作的突出現象之一。它使前一階段作為現代小說技巧革新標誌的「倒敘」手法，進一步複雜化，片斷化。

　　小說情節的破碎勢必給小說的結構帶來新的特點。戈特弗里德・本曾使用了一個桔子的比喻來說明取消了時間順序的空間化小說的結構，「是像一個桔子一樣來建構的。一個

---

[56]　載《新文藝》1 卷 3 期。

桔子由數目眾多的瓣、水果的單個的斷片、薄片諸如此類的
東西組成，它們都相互緊挨著，具有同等的價值。」[57]戴維‧
米切爾森進一步闡明說，這個「由許多相似的瓣組成的桔
子」，「並不四處發散，而是集中在唯一的主題（核）上」[58]。
在這裏，構成空間化小說情節的「生活斷片」即相當於桔子
瓣，它們的結構方式也是夏塔克所提出的「並置」原則，即
不分主次、先後或因果的關係並列地置放在一起，文體的整
體感依靠各種意象、暗示、象徵和各個片斷間的前後參照和
空間編織而獲得。所以「事件的安排顯然也不受發展原則的
支配。書中的各章是一些塊塊」，「它們唯一的接觸點」[59]就
是主題。這種結構模式在穆時英的《夜總會裏的五個人》、
《上海的狐步舞》中最為典型。

　　《夜總會裏的五個人》共分四部分，實際上展現了七個
場景。在第一部分裏作者並置了五個場景：近代商人胡均益
在金業交易所眼看著標金的跌風把八十萬家產吹得無影無
蹤；大學生鄭萍眼睜睜看著自己的心上人跟著別人走了；曾
經美麗得「頂抖的」黃黛西突然意識到自己的青春不再而痛
苦不堪；學者季潔百思不解「你是什麼？我是什麼？什麼是
你？什麼是我？的問題」；一等書記繆宗旦接到撤職書，感
到「地球的末日到啦」的絕望。這五個場景相互間毫無聯繫，
作者也有意用空一行的版式來強化這種間隔，但為了將它們
組織成一體，作者在這一部分以醒目的標題：「五個從生活

57　《現代小說中的空間形式》，第 142 頁。
58　《現代小說中的空間形式》，第 142 頁。
59　《現代小說中的空間形式》，第 144 頁。

裏跌下來的人」標誌出這五個人不同命運的生活斷片的共同
性質，以「同類並置」的結構取得了相互的關聯。同時作者
又在每一場景前，借鑒電影表示同時性的最原始的方法，類
似銀幕上的字幕一樣，標出時間，為發生在不同地點不同人
物，但同一時間的事件獲得一個外在的接觸點。值得注意的
是，作者在前四個場景寫的是確切的日期：「一九三二年四
月六日星期六下午」，而第五個場景標出的卻是個不定日
期：「一九×年——星期六下午」。這個不定日期暗示了下
面發生的事件的虛擬性，甚至也顛覆了前四個事件的真實
性，但突出了星期六下午的特別指認，而使這五個場景具有
了一種概括性，它意味著儘管前面所標出的具體時間也許是
虛擬的，但「星期六下午」是特別的，在星期六下午發生下
面的種種事情是經常性的，這幾個片斷不過是信手拈來的幾
個現象而已，正像前面信手標出的日期一樣。為了突出星期
六的特殊性，作者不惜以一節的篇幅，通過報紙標題、各大
建築物、霓虹燈廣告以及具有代表性畫面的疊印造成星期六
的氣氛，以開列節目單的方式加強星期六已經程式化的印
象，甚至不忌諱直白而抽象的論說，概括出星期六的性質：
「星期六的晚上，是沒有理性的日子。／星期六的晚上，是
法官也想犯罪的日子。／星期六的晚上，是上帝進監獄的日
子。」所以，在這不正常的一天發生任何事情都是正常的，
甚至就像周而復始的星期六一樣是反覆不已，接連不斷的。
接著作者描寫了這「五個從生活裏跌下來的人」會聚在夜總
會通宵達旦，狂飲瘋舞，最終胡均益開槍自殺的場景和剩下
來的四個人為胡均益送殯的場景。儘管後兩個場景以空間的

形式展現了情節的發展，但顯然這不是作者的興趣所在，在接近尾聲之處，作者用了一個「爆了的氣球」的意象，反反覆覆以細節、以感慨、以敘述者的突然插話，重複了七次之多，而成為一種象徵，使整個小說的斷片、情節、人物等都獲得了聚集的主題中心點：杯盤狼藉散了的舞會「像一隻爆了的氣球」，開槍自殺的胡均益是只「爆了的氣球」，而面臨絕望境地的失戀者鄭萍、失業者繆宗旦、失去青春的黃黛西、失去人生信仰的季潔，他們的希望和幻想也都成了「爆了的氣球」。這「爆了的氣球」的意象正是這五個人所代表的都市的生活、都市的人生，甚至可以說是不斷膨脹的都市的欲望的預言。黃黛西說：「我隨便跑那去，青春總不會回來。」鄭萍說：「我隨便跑那去，妮娜總不會回來的。」胡均益說：「我隨便跑那去，八十萬家產總不會回來的。」都市人無可奈何的命運，正深藏在這無可挽回，「No one can help！」的絕望和悲哀之中。通過不同人的生活片斷的並置，以及意象、象徵、短語的暗示和明喻，作者為都市生活創造了統一的印象和一幅末世的景觀。

　　《上海的狐步舞》的結構更是縱橫交錯，既建立在「天堂與地獄」的異類並置的空間對立之上，又有著同類並置的對應關係。燈紅酒綠的舞場、飯店、旅館和建築這些舞場、飯店、旅館的工地形成對立；街頭娼妓和花天酒地裏的淫亂相呼應，發生在林肯路的直接謀殺和建築工地的間接謀殺相關聯，從這些生活片斷的對比和對應中可很自然地過渡到小說的主題：「上海，造在地獄上的天堂」。但所謂「天堂」僅指物質環境而言，就人來說，恐怕只有生活在地獄中和該

下地獄的人們。

　　通過主題或一系列相互關聯的廣泛的意象網路而建立的空間結構形式的小說意味著「發展的缺乏」，因而「敘述中的『於是』就萎縮成簡單的『和』」[60]，使「文本具備了一種反敘述的近乎固定的性質」[61]，帶有靜止特徵的「個人肖像」和「社會畫面」就成為它經常性的主題。劉吶鷗、穆時英的作品正是以「都市風景」為主題的，所以儘管他們的小說也有情節、人物和情緒，但不管是人物還是情節或是情緒都不是他們的目的所在，這樣，他們的情節缺乏過程和連續性，他們的人物缺乏性格和立體感，他們的情緒缺乏微妙和感染力，一切都僅僅是組成「都市風景」的一個片斷、場景或現象。劉吶鷗的短篇小說集《都市風景線》甚至可以作為具有空間形式特徵的長篇小說來讀，每一個短篇都是這幅社會長卷的一個畫面、片斷和現象，共同構成了這部「都市風景線」。他們的部分小說不僅與注重情節和人物，以全知全能觀點敘事的傳統小說相距甚遠，甚至同完成了中國小說敘事模式的轉變，著眼於表現人物的情緒、感受、注重敘事觀點的統一和人物心理為結構中心的五四小說也大有不同。在這裏，作者的敘述大都為對每一畫面、場景的描寫所取代，敘述者的視點、情緒已不再成為文本的統一的來源，反而被中斷和打碎；以歷時性的情節或心理的發展變化為基礎的時間流被不同時空的生活片斷的空間編織所代替。所有這些特點足以表明米克・巴爾（Mieke Bal）在《敘述學：敘

---

[60]　《現代小說中的空間形式》，第 143 頁。
[61]　《現代小說中的空間形式》，第 156 頁。

事理論導論》中的所說，以「空間聯繫取代了時間順序聯
繫」，「事件只依據空間或其他準則（比如聯想）來結構的
話，那麼這一文本就不再適合本書導言中所提出的敘述界
說」。[62]也就是說，空間形式的小說並不很適於套用一般小
說敘述學的理論。

　　但是，「空間形式」小說如萬花筒的片斷和破碎性質
以及結構編織特點卻與電影多樣可變的觀點、圖像本性和
蒙太奇處理鏡頭的聯結、段落轉換的技巧存在著一種對應
或同源關係。在劉吶鷗看來，「除了些形式上及技術上的
差別之外，文學和影片在組織法上簡直可稱為兄弟。」[63]本
來「空間形式」小說是建立在對普魯斯特、喬伊斯、福克
納等所創造的現代主義小說範型的分析之上而形成的一個
新的批評概念。這些意識流大師儘管大量借鑒了電影技
巧，但「他們所開發的經驗領域大都是哪怕最靈巧的攝影
機也無法進入的」[64]精神之巨大的空間。他們以文字的圖
像、暗喻、象徵以及相互的關係，通過對照、並列、編織
等類似電影蒙太奇的剪輯手法表現人的思維活動和心理活
動，在這方面也許受到弗洛依德的啟示：「將思想變為視
象」[65]，使心理感知作為事物的攝影圖像來描述，從而創造
出既吸收進電影的技巧又不犧牲深入剖析人的精神意識，
發揮無以倫比的語言力量的現代小說範型，把電影化的想

---

[62]　【荷】米克・巴爾：《敘述學：敘事理論導論》（中國社會科學出版
　　　社，1995 年），第 76 頁。
[63]　劉吶鷗：《影片藝術論》。
[64]　愛德華・茂萊：《電影化的想像──作家和電影》，第 302 頁。
[65]　弗洛依德：《精神分析引論》（商務印書館，1984 年），第 132 頁。

像和技巧融會在本質上是文字的表現形式之中和文學地把
握生活的方式之中。但劉吶鷗、穆時英等只淺嘗輒止於從
外部的視點捕捉某些五光十色的社會現象的斷片，也許他
們在某些零碎畫面的描寫上沒有喪失文字的感覺力，但從
整體上看，他們的小說缺乏語言文字特有的分析力，內涵
力，和理性的力量，造成「深度感覺底減少」。這樣，他
們的創作難以滿足知識份子層對人類的精神和行為的深度
探求；而他們對情節、人物的忽視也不能滿足文化程度較
低的讀者層娛樂消遣的要求，也許只能以「新奇」的形式
投合新市民追逐時髦的心理，引起一時的驚詫和轟動效
應。但無論如何他們對文體形式的探求畢竟創造了小說文
體的一種新的類型，為小說文體在現代的發展顯示了一條
新路而與西方現代小說實驗的一個方面聯繫在一起。

　　中國新感覺派與電影的密切關係還突出地表現在以快
節奏表現現代都市生活，嚴家炎先生對此早有論及，他精闢
地指出，中國新感覺派小說「有異常快速的節奏，電影鏡頭
般跳躍的結構，在讀者面前展現出眼花繚亂的場面，以顯示
人物半瘋狂的精神狀態，所有這些，都具有現代主義的特
點。」[66]中國新感覺派之異常重視節奏的問題是因為他們體
會到「現代生活是時時刻刻在速度著」[67]，現代人的精神「是
饑餓著速度、行動、戰慄和衝動的」。[68]劉吶鷗認為，電影

---

[66]　嚴家炎：《中國小說流派史》（人民文學出版社，1989年），第144頁。
[67]　劉吶鷗：《電影節奏簡論》，載1933年12月1日《現代電影》第1
　　　卷，第6期。
[68]　《電影節奏簡論》。

作為一門新興的藝術，所以能夠在現代藝術中占著「絕對地
支配著」的位置，就因為「它克服了時間」，於是「電影的造
型」便代替了一切「靜的造型」。「節奏是電影的生命」[69]，
也是新感覺派為創造現代小說形式從電影藝術中輸入的活力。

　　劉吶鷗非常認真地研究了電影節奏問題，他曾在 1932
年 7 月 1 日至 10 月 8 日連載於《電影周報》的長文《影片
藝術論》，專門介紹「絕對影片」的作者及其特色一節中，
特別談到電影是「視覺的節奏」問題，認為「把現代用視覺
的手段組織成為有節奏的東西」是「絕對影片」的成功之一。
他還在另一篇文章中分析說，「節奏是有三個要因的，一是
影像 Image 的映寫長度。二是場面的交叉和動作動機 motif
的交叉。三是被寫物、演技、背景等的移動。」[70]這三個要
因可以說都被中國新感覺派在紙面上橫移了過去。就電影影
像的長度來說，「大約在一定的膠片長度內如果鏡頭的數目
少（時間長，音調弱）的時候，全體的氛圍氣是靜的，而如
果同長度內的鏡頭數多（Flash 等時間短，音調長）即影片
的氛圍便變成動的，活潑，勁力的」。[71]文學語言和電影畫
面具有一定的類比性，鏡頭、片段、場面、剪輯可相當於字、
詞、句、句法和語法，這樣，語言文字在一定的篇幅內展示
的形象越多，當然節奏也就越快。

　　穆時英和劉吶鷗正是掌握了這種類比性，而聰明地將電
影藝術技巧運用於自己的創作。短鏡頭組合、疊印、突切、

[69]　《電影節奏簡論》。
[70]　《電影節奏簡論》。
[71]　《電影節奏簡論》。

交叉剪輯等都可以在穆時英、劉呐鷗小說文本的省略文體、不連續句法、物象紛呈中找出相對應的技巧。比如穆時英描寫舞場外停放著許多汽車等候著接送舞客的場面，把一句話的內容分解成系列物象的排列——「奧斯汀孩車，愛山克水，福特，別克跑車，別克小九，八汽缸，六汽缸……」[72]這種省略描寫的不完全句式很可能是把電影的「疊印」或「閃光法」改造成了文學上的「列舉法」，這就像拍攝同樣的場面，不用一個連續的長鏡頭的搖鏡來表現，而切割成一個個短鏡頭快速剪輯在一起一樣，可以獲得快速的節奏感。

　　就場面的交叉和動作動機的交叉來說，它涉及到小說文本的結構排列順序問題。如果事件按一條線索的時間順序來發展，甚至以倒敘追憶大段的往事，其節奏是平穩而緩慢的，但若打亂時間順序，把不同時間地點的事件交叉剪輯在一起就會產生跳躍的快節奏。穆時英的《街景》、《PIERROT》、《空閒少佐》等都採用了這樣的結構方法。被寫物和背景的移動在穆時英、劉呐鷗的作品中也比較多見，比如《上海的狐步舞》有一個片斷，劉顏蓉珠從老夫劉有德手裏要了錢後，拉著她法律上的兒子，實際上的情夫坐上車，接下來就突兀地描寫到：「上了白漆的街樹的腿，電桿木的腿，一切靜物的腿……revue（輕歌舞劇——筆者注）似地，把擦滿了粉的大腿交叉地伸出來的姑娘們……白漆腿的行列。」各種腿的羅列不僅適合坐在轎車裏只能看到窗外風景下部的視野，也創造出背景移動的效果，並且以畫面的空間形式暗示

---

[72]　穆時英：《上海的狐步舞》，見《公墓》，第 204 頁。

了時間上的接續：前段寫這對亂倫母子坐上車，這段表現的
是他們在車裏看到的飛逝而過的風景。但這種聯繫完全游離
於敘述過程之外，只能靠讀者自己去領會。

　　通過以上分析可以看出，電影對新感覺派的影響是顯而
易見的，也多是表面化的。作為中國都市文學的開創者之
一，他們把自己在都市中的角色定位在「巡禮者」，是與保
爾‧穆杭作為嶄新的現代大都市的「目擊者」、「旅遊者」
的身份相一致的。他們漫遊在街道上，不僅突出了「眼睛」
的功能，其視覺經驗也不得不為鱗次櫛比的建築群所切割，
他們所獲得的只能是關於都市的斷片的、有限的、印象式的
日常生活經驗，所以他們那些較多地類比電影的小說是具有
電影性質的物象或說是圖像紛呈，而不像張愛玲的作品是綜
合著情感、理性的意象紛呈。這種區別就在於物象是平面
的，物象即物象，本身並不具有意義，意義的產生依靠和其
他物象的關聯，而意象是有深度的，本身就蘊涵著意義和情
感，所以新感覺派的創作性質正適合電影技巧的發揮和移
植，而電影作為一種新的表述媒介也為生存於現代科技世界
中的人所獲取的新的經驗感知能力和方式提供了新的手
段。中國新感覺派正是通過借鑒電影藝術和其他現代文學藝
術掌握了表述現代空間經驗（局部片斷）和時間經驗（快節
奏）的技巧，並非自覺地創造出空間小說的類型。但由於他
們對現代性的認識多停留於視覺經驗，就不可能在現代的形
式及其根源和意識之間建立起深刻的聯繫，事實上，形式的
空間化，不僅是一種技巧的策略，更深層的意義是，它說明
自文藝復興以來，一直以決定論、進化論、社會的進步和發

展等「理性」方式組織起來的宇宙觀已經破裂，是現代文化在自身產生的一種渙散力的主要徵象之一。

　　新感覺派類比電影技巧所創作的新鮮的「話術」，曾影響了相當一部分人的創作，成為所謂「流行的上海的文風」。葉靈鳳在致穆時英函中就曾談到：「近來外面模仿新感覺派的文章很多，非驢非馬，簡直畫虎類犬，老兄和老劉都該負這個責任。」[73]實際上不要說那些不入流作家，即使被稱作「第四代」的新感覺派作家黑嬰，包括葉靈鳳本人，他們的一些小說中所充斥的不加節制和加工的電影場景式對話、時空的太過隨意的切換、以及語言上濫用電影式省略法，太過簡捷俏俐等等都使他們的創作有失於「輕」。這類小說也為後來的海派作家丁諦所詬病，認為是「輕飄飄的洋場少年的文字」，似乎「技巧是進步了，但是比以前更輕飄飄的了」，[74]這應該說是切中肯綮之言。

三、電影的世界和日常的世界

　　張愛玲和新感覺派一樣也是一個少見的影迷，據她弟弟的回憶，三四十年代美國著名演員主演的片子，她都愛看。新感覺派所迷戀的那些影星也是她所迷戀的，她們主演的電影，「幾乎每部必看」，中國的影星也不例外。有一次，她和弟弟去杭州親戚家裏玩，剛到的第二天因為從報紙廣告看

---

[73]　《葉靈鳳致穆時英函》，見孔另境編：《現代作家書簡》（花城出版社，1982 年），第 159 頁。

[74]　丁諦：《文苑志》，載 1944 年《文潮月刊》第 1 卷，第 2、4 期。

到談瑛主演的電影正在上海一家電影院上映，就不顧親戚朋友的勸阻，當天乘火車趕回上海，直奔那家電影院，連看兩場，由此可見張愛玲迷電影的程度之深。電影可以說是張愛玲生活中不可缺少的一部分，她當時訂閱的一些雜誌，就以電影刊物居多，美國的電影雜誌《Movie Star》、《Screen Play》等是她睡前的床頭書。張愛玲的愛電影給弟弟留下了深刻的印象，張子靜說，「在任何社會變化中，她對文學和電影始終最為情深」。[75]所以，張愛玲和電影的密切關係非同一般，她有時把自己的小說改成電影，如《金鎖記》；有時又把自己的電影劇本改成小說，如把《不了情》改寫成中篇小說《多少恨》，自由地在小說和電影藝術中穿行往來，其對這兩門藝術的稔熟不言而喻。後來撰寫劇本一度已成為張愛玲的謀生手段。在 40 年代後期她曾應桑弧之邀編寫電影劇本《不了情》、《太太萬歲》、《哀樂中年》，到美國後又曾為香港電懋電影公司陸續寫了《情場如戰場》、《六月新娘》、《桃花運》、《人財兩得》、《溫柔鄉》、《紅樓夢》、《南北一家親》、《小兒女》、《南北喜相逢》、《一曲難忘》等 10 個劇本，其中有 9 個都拍成優秀影片，並寫了大量的影評[76]，至於電影，特別是美國好萊塢電影的內容和技巧給張愛玲小說創作所帶來的深刻影響更成為張愛玲研究中的一個令人關注的課題。

---

[75]　參閱張子靜：《我的姊姊張愛玲》（學林出版社，1997 年），第 67、137 頁。

[76]　根據張子靜《我的姊姊張愛玲》中的附錄李應平編《張愛玲生平·作品年表》、于青編著：《尋找張愛玲》（中國友誼出版公司，1995 年）中黃仁《張愛玲的電影世界》一文中所提供的資料。

在這方面，李歐梵先生最近發表於《現代中文文學學報》上的長文：《張愛玲和電影》做了深入的研究和翔實的闡述。他認為，張愛玲對電影的癡迷表現在她的小說中，成為她小說技巧的至關重要的因素。她把電影院不僅描寫成一個公共空間，而且成為一塊幻想的土地；不僅是真實的存在，也是象徵性的存在。她的小說文本在電影和文學之間架起了溝通的橋梁。而且李歐梵相信張愛玲塑造的那些電影裏的人物絕大多數來自美國好萊塢輕喜劇電影，是美國電影，而不是中國電影，為張愛玲勾勒大都市上海女性形象提供了女權意識和感知。張愛玲的小說散文中都充滿了可視的意象，讀她的小說會使我們情不自禁地把她寫的文字轉變為我們心靈的眼睛中的「視像」，給人以一種特殊的視覺快感。[77]李文已論之處本文將不再贅述，我想補充的是電影與張愛玲的關係除了技巧、空間的開拓以及內在的思想意識的影響之外，更為重要的是張愛玲考察了電影作為現代都市市民的一種重要的娛樂形式，現代都市的一種重要的大眾傳媒，在都市的日常生活中的作用。揭露電影對日常生活的包裝，或者說讓大眾從電影為日常生活所創造的虛假的幻象中醒來，是張愛玲小說的一個重要主題，她既能沈迷於電影，又能對電影保持著清醒的反省與批判能力，這是張愛玲與電影建立起的一種深刻的聯繫。

在張愛玲的許多小說中，電影的世界往往是她所描述的日常世界的一個對照，甚至可以說是她的世俗神話。她在《多

77　李歐梵：《Eileen Chang and Cinema》，載香港，1999 年 1 月《現代中文文學學報》，第 2 卷，第 2 期。

少恨》中開篇即說：「現代的電影院是最廉價的王宮，全部是玻璃，絲絨，仿雲石的偉大結構。」這句話應該說是張愛玲經過深思熟慮對電影以及一切影像之類的藝術本質的一種認識，這些以真實的人和生活為對象的藝術，事實上是把真實的人和生活「放大了千萬倍」，而以其「光閃閃的幻麗」成為最沒有希望的普通人的憧憬所在。現代電影院的存在正使每個普通人都能以最低廉的方式，出入其間，從幻覺上享受到人生的夢想——「王宮」的榮耀與豪華。張愛玲的許多小說就隱然建立在影像，包括電影、廣告、照片與真實的生活這個對照的結構之上。在《年輕的時候》這篇小說中，年輕的潘汝良臆想中的女郎是個外國人，因為「他所認識的外國人是電影明星與香煙廣告肥皂廣告俊俏大方的模特兒，他所認識的中國人是他的父母兄弟姊妹。」[78]他們不像電影中的人那麼壞，壞得「不失為一種高尚的下流」，也不像電影中的人那麼好，好得讓人潸然淚下。他父親就像任何小店的老闆那樣，晚餐後每每獨自坐在客堂間「猥瑣地」喝酒，吃油炸花生米，把臉喝得紅紅的，油光賊亮；母親雖是在舊禮教壓迫下犧牲了一生幸福的可憐人，但並沒有電影上的母親那「飄蕭的白頭髮」，也不愛哭。偶爾有一根兩根白的，也喜歡拔去。有了不遂心的事，就尋孩子的不是，把他們慪哭。閑下來就聽紹興戲，又麻將；他底下的一大群弟妹更讓他看不上眼，髒，憊賴，不懂事。他周圍的一群人就是這樣的平常，所以他雖「是個愛國的好孩子，可是他對於中國人沒有

---

[78] 《張愛玲文集（一）》，第 124 頁。

多少好感」。一個偶然的機會，他臆想中的女郎，也就是與
他在自己的書上畫滿了外國女郎的側影一模一樣的一個俄
國女郎沁西亞突然出現在他的面前，使他有機會走進了他一
直憧憬的外國人的世界。但很快他就看見了「不加潤色」的
人，與「不加潤色」的現實，不管是外國人，還是中國人都
是一樣的。沁西亞並不像電影中的外國人一樣，與獎學金，
足球賽，德國牌子的腳踏車，一切潔淨可愛的東西歸在一
起。她不過就是一個「平凡的少女」，吃著簡便的午餐，疲
塌，當著人脫鞋，當然不是瀟灑的舉動，而是工作勞累後的
疲倦所致，毫無情趣可言。潘汝良在懂得了沁西亞之後，「他
的夢做不成了」。沁西亞最終嫁給了一個俄國下級巡官，一
個西洋人的婚禮場面本來應該像電影所渲染的那樣，充滿了
普通市民所嚮往的華美場面，但在張愛玲的筆下，「俄國禮
拜堂的尖頭圓頂，在似霧非霧的牛毛雨中，像玻璃缸裏醋浸
著的淡青的蒜頭。禮拜堂裏人不多，可是充滿了雨天的皮鞋
臭」。主持儀式的神甫「汗不停地淌。鬚髮兜底一層層濕出
來」，「因為貪杯的緣故，臉上發紅而浮腫。是個酒徒，而
且是被女人寵壞了的」。新郎是個浮躁的黃頭髮小夥子，「雖
然有個古典型的直鼻子，看上去沒有多大出息」。[79]總之在
沁西亞周圍的外國人和在潘汝良周圍的中國人一樣，都是讓
人「看不上眼」的，並不屬於「另一個世界」。在這裏，張
愛玲對一個年輕人不諳世事的夢想的褻瀆的確是惡狠狠
的，而這個夢想也正是電影的創造，大眾的夢想由電影最廉

---

[79] 《張愛玲文集（一）》，第 124、125、135、136 頁。

價地製作出來，並支配著他們的想像，這就是電影之於大眾的最實際的意義。

在短短的一篇小說裏，張愛玲戳穿的不僅僅是電影的世俗神話，更有科學的神話，它們是為現代青年製造夢想的兩種最主要的催眠劑。潘汝良所期待的未來是和現代科學緊緊地聯繫在一起的，他認為「現代科學是這十不全的世界上唯一的無可訾議的好東西」，他想像當他讀完醫科，穿上了那件潔無纖塵的白外套，手持嶄新爍亮的醫療器械時，他那「油炸花生下酒的父親，聽紹興戲的母親，庸脂俗粉的姊姊，全都無法近身了」。他希望能夠憑藉著科學的力量把自己從庸常中拯救出來，至少送入「另一個世界」。但他所期待著的未來是什麼樣呢？張愛玲巧妙地以教科書的句式語言，指示著潘汝良未來生活「最標準的一天」。它隱喻著現代社會就是一本「教科書」，它讓所有的人都按照它的要求做。按時「穿衣服洗臉是為了個人的體面。看報，吸收政府的宣傳，是為國家盡責任。工作，是為家庭盡責任。……吃飯，散步，運動，睡覺，是為了要維持工作效率。」等等，現代社會這本大教科書會教給現代人如何說，如何行，如何做，會告訴你不能做什麼，甚至會教給你如何提出「微弱的申請」：「我想現在出去兩個鐘頭兒，成嗎？我想今天早回去一會兒，成嗎？」它還會「愴然告誡」你，「不論什麼事，總不可大意。不論什麼事，總不能稱自己的心意的。」就當潘汝良在電車上讀著他成日不離身的德文教科書，還沒有意識到教科書中所描述的生活正是他所憧憬的未來的時候，張愛玲讓他驀然地看見細雨的車窗外，「電影廣告牌上偌大的三個字：『自

由魂』」。[80]在這裏,現實人生和電影廣告所昭示的理想人生的相遇形成了不動聲色的反諷語境。但張愛玲顯然並不是要標舉「自由」的信念,她並不看重信念,她相信隨著年齡的長大,人便會「一寸一寸陷入習慣的泥沼裏。不結婚,不生孩子,避免固定的生活,也不中用。孤獨的人有他們自己的泥沼」。任何人都守不住自己的信念,守不住自由,並且「就因為自由是可貴的,它仿佛燙手似的──自由的人到處磕頭禮拜求人家收下他的自由」。[81]所以,電影廣告上打出的「自由魂」,也是最廉價的。與其說它在嘲諷現實,不如說它在被無法抗拒的現實所嘲笑。

　　電影作為現代社會的大眾傳媒與大眾日常生活的緊密關係恐怕是人們所始料不及的,可驚的是張愛玲在四十年代就瞭解的這麼透徹和深入。她的小說和人物經常恍惚於現實與電影的場景、人物的命運,甚至是情感方式的進入淡出之中。再婚的敦鳳一看到《一代婚潮》的電影廣告就會「立刻想到自己」[82];在「一個剪出的巨大的女像,女人含著眼淚」的五彩廣告牌下徘徊著的虞家茵,仿佛是從這電影中走出來的「一個較小的悲劇人物」[83];瀠珠穿上她最得意的雨衣去赴約會,立刻感覺「她是西洋電影裏的人,有著悲劇的眼睛,喜劇的嘴,幽幽地微笑著,不大說話」。她和追求她的毛耀球從電影院出來,又來到他的家一起聽唱片,黃昏的房間,

---

80　《張愛玲文集(一)》,第 129、133 頁。
81　《張愛玲文集(一)》,第 133、134 頁。
82　《張愛玲文集(一)》,第 203 頁。
83　《張愛玲文集(二)》,第 279 頁。

像是酒闌人散了，她不由又想到在電影裏看見過的場景：「宴會之後，滿地絆的彩紙條與砸碎的玻璃杯」；[84]嬌蕊為了給振保的朋友留下一個好印象，顯示出太太的身份，「端凝富態」矜持地微笑著，以致振保看她「如同有一種電影明星，一動也不動像一顆藍寶石，只讓夢幻的燈光在寶石深處引起波動的光與影」。[85]葛薇龍來到「類似最摩登的電影院」，她姑母的華貴的住宅裏，經常產生「一種眩暈的不真實的感覺」，到處的風景不是像「雪茄煙盒蓋上的商標畫」，就是「像好萊塢拍攝《清宮秘史》時不可少的道具」。在這樣的背景下也就難怪人物情節的傳奇了。

　　電影的可視性、直觀性的確為普通人的幻想和回憶提供了最現成的範本，以致是電影在模仿生活，還是生活在模仿電影都難以說清了。但張愛玲就是要讓這兩者之間涇渭分明，她要揭露形式的模仿「不過是生命的碎殼；紛紛的歲月已過去，瓜子仁一粒粒咽了下去，滋味各人自己知道，留給大家看的惟有那滿地狼藉的黑白的瓜子殼」。[86]張愛玲的《花凋》是這一主題的集中體現，在這個短篇小說中張愛玲一開始就製造了一個電影裏的「最美滿的悲哀」的場景：川嫦死後，她的父母為她建造了一個「像電影裏看見的美滿的墳墓」，墳前有個白大理石的天使，垂著頭，合著手，腳下環繞著一群小天使。天使背後立了塊小小的碑，上面刻著「……無限的愛，無限的依依，無限的惋惜……回憶上的一朵花，

---

[84]　《張愛玲文集（二）》，第 263 頁。
[85]　《張愛玲文集（二）》，第 154 頁。
[86]　《張愛玲文集（二）》，第 175 頁。

永生的玫瑰……安息吧，在愛你的人的心底下。知道你的人沒有一個不愛你的。」——可緊接著張愛玲就一連重複了兩遍之多：「全然不是這回事」。[87]之後就細細道來，實際上是怎麼回事。川嫦在這個有著一大群孩子的家庭中向來是個無足輕重，可有可無的角色。生病後，她不過「是個拖累。對於整個世界，她是個拖累」，她的父親甚至拒絕給她花錢買藥。川嫦的活和死都是最普通的，無人同情她。看到她被病痛折磨得骨瘦如柴，人們只睜大了眼睛說：「這女人瘦來！怕來！」——這就是張愛玲要揭示的真相，她認為：「世界對於他人的悲哀並不缺乏同情」，但「需要是戲劇化的，虛假的悲哀」，普通人的現實的悲哀除了讓人厭煩，是無法博得他人的同情的，電影中所表現的情感不屬於普通人。這是一個多麼令人傷心的事實。所以，張愛玲告訴人們一句名言：「笑，全世界便與你同聲笑；哭，你便獨自哭」。[88]川嫦死後家裏為她豎立了一塊碑，這不過是讓芳草斜陽中獻花的人「感到最美滿的悲哀」，為他們自己製造一個最美滿的回憶，留給大家「看」到一個最美滿的結局，而對於川嫦完全「失去了意義」。張愛玲通過電影的世界與現實世界的不符，深刻揭示了人的虛偽與情感的虛假性。

張愛玲與電影的聯繫是非常深刻的，她看到的不僅僅是表面、外在的東西，更是電影藝術對於人的日常生活，人的內心世界的滲透。她學到的也不僅僅是電影的手法、技巧，更是電影的本質和虛幻性。

87　《張愛玲文集（一）》，第 138 頁。
88　《張愛玲文集（一）》，第 153、154 頁。

適應都市市民口味與神經的文學觀念

一、「硬性電影」和「軟性電影」之爭

在現代文學史上新感覺派較少挑起事端，並一向對於文壇的「勇於內戰」頗多微詞，雖然左翼與「第三種人」的論爭和他們稍有牽連，但新感覺派的主要成員並未正面出臺。另外，葉靈鳳曾因一幅漫畫《魯迅先生》，還因與穆時英編輯的《文藝畫報》和魯迅發生了幾次小的過往，施蟄存就編選《莊子》與《文選》之事也曾與魯迅有過干涉，但似乎都過多進行人身攻擊，缺乏文學活動的意義。有意思的是在文壇「不預備造成任何一種文學上的思潮，主義，或黨派」的新感覺派卻在電影界「大打出手」。1933 年 3 月劉吶鷗創辦《現代電影》，不僅標誌著新感覺派團體的一些成員由文學轉向電影，而且在中國電影發展史上也標誌著左翼電影運動的對立面「軟性電影」論者的出臺。雖然黃嘉謨在《現代電影》創刊號上刊登了《〈現代電影〉與中國電影界》一文，鄭重聲明其創刊旨意是「研究影藝，促進中國影業」，「決不帶著什麼色彩」，但他們陸續發表的對於左翼電影的批評和對美國電影的推崇的一系列文章，都關係到中國電影的現狀及其發展方向，電影的功能和目的等重大問題，而與左翼電影運動所強調的階級意識、民族意識和文藝的宣傳工具性質形成尖銳的衝突和對立，由此引發了左翼電影界的反擊和

批判。在這場著名的軟硬之爭中，雙方都發表了大量的理論批評文字，持續時間長達 3 年之久，成為中國電影史上的重要事件。

　　「軟性電影」和「硬性電影」之爭首先是由劉吶鷗和黃嘉謨發動的。不過比較而言，劉吶鷗更多地是從電影藝術的角度出發，他的《影片藝術論》、《中國電影描寫的深度問題》、《論取材——我們需要純粹電影作者》、《關於作者的態度》、《電影節奏簡論》、《開麥拉機構——位置角度機能論》[1]等涉及的多是純粹的電影藝術的特性、技巧和理論問題，偶爾有所批評指涉的不僅是左翼電影，還有鴛鴦蝴蝶派的電影。他強調一切作者藝術家一定要以「美的照觀態度」「處理材料，整理事實而完成他的創作」，「影藝是沿著由興味而藝術，由藝術而技巧的途徑而走的」，「它的『怎麼樣地描寫著』的問題常常是比它的『描寫著什麼』的問題更重要的」，由此他認為國產片最大的毛病就是「內容偏重主義」，而且「那所謂內容多半帶有點小兒病」。使「軟硬之爭」明朗化並得以命名的是黃嘉謨的幾篇文章：《現代的觀眾感覺》、《電影之色素與毒素》、《硬性電影和軟性電影》[2]等，在這些文章中黃嘉謨一再激烈地反對影片「被利用為宣傳的工具」，「把那些單純的為求肉體娛樂精神慰安的無辜觀眾，像填鴨一般地，當他們張開口望著銀幕時，便

1　這些文章分別見 1932 年 7 月 1 日至 10 月 8 日《電影周報》第 2、3、6、7、8、9、10、15 期；1933-34 年《現代電影》第 3 期；第 4 期；第 5 期；第 6 期；第 7 期。
2　這些文章分別見 1933 年《現代電影》第 3 期；第 5 期；第 6 期。

出人不意的把『主義』灌輸下去。」他認為「西洋的電影是軟片，而中國的電影是硬片」，指責中國的製片家「硬要在銀幕上鬧意識，使軟片上充滿著乾燥而生硬的說教的使命。」強調了電影「是給眼睛吃的冰淇淋，是給心靈坐的沙發椅」，「使大眾快樂歡迎」的娛樂功能。所以儘管劉吶鷗和黃嘉謨都攻擊左翼電影，但前者是以藝術的價值為基準，後者是以娛樂的價值為基準。為此，左翼電影界批判他們的觀點是「純藝術論」、「純粹電影題材論」、「美的照觀態度論」和「冰淇淋論」而統稱為「軟性電影論」。

在 1933 年 11 月《矛盾》月刊 2 卷 3 期上以「映畫《春蠶》之批判」為題而發表的劉吶鷗、黃嘉謨的一組文章可以說進一步激化了這場「軟硬之爭」。茅盾的名作《春蠶》被改編成電影是中國電影發展史上的一件具有歷史意義的大事，在此之前中國電影一向以舊小說和鴛鴦蝴蝶派的作品為腳本，新文化運動後的 10 多年中，電影界和新文學沒有發生過任何關係，為此趙家璧站在中國新文藝史的立場，在同期發表的《小說與電影》的文章中給以了充分的估價，認為「《春蠶》的演出是值得歌頌的，因為他是第一部新文藝小說被移入了開麥拉的鏡頭」。而作為軟性電影論者的劉吶鷗、黃嘉謨雖也肯定了這一意義，但同時也極盡貶損之能事。劉吶鷗認為電影《春蠶》由於「缺乏電影的感覺性」，是失敗的作品。黃嘉謨更極端地從小說到編劇、導演、表現諸方面進行了全面的否定。他認為小說《春蠶》其「文學的乾澀已經達到了催眠的程度」，而明星當局能把這樣的小說搬上銀幕「不能不算是近年文壇的奇蹟」。他從電影的娛樂

功能和審美的價值觀點出發，指責電影《春蠶》最大的毛病便是「缺乏趣味的成分」，缺乏「美點」，不僅缺少自然景物的美的成份，鄉村男女的衣服也「實在欠潔淨而又破舊」，總之，他們的確是以歐美的所謂軟片為尺規，認為《春蠶》的題材根本就不適合改編成電影。更有甚者，黃嘉謨竟然對《春蠶》的意識也一併否定。他說：「我們在這片子裏發見的只覺得在今日的這些農村所採用的育蠶法，仍舊是幾千年來的老法子。像這樣『泥古不化』的現象，怎能怪得洋貨猖獗，土產衰落呢。想到優勝劣敗的公例，實在叫我們不寒時慄。所以我們對於劇中人只覺得愚笨得可憐，一點也不會和老通寶表示著同情心的。」由此可見，《春蠶》因階級意識和民族意識的豐厚性而受到左翼文學的推崇，被視為農民題材的代表作，黃嘉謨卻從為近代和五四所接受的優勝劣敗的經濟競爭規律出發，將其看得毫無意義可言，在兩種不同價值觀的判斷下會產生多麼大的歧義。軟性電影論者和左翼運動在意識形態、立場、價值觀等多方面的分歧從根本上決定了這場論爭勢不可免，並進一步在對於美國片《太夫人》、《奇異酒店》、《民族精神》等一系列的影評中都形成了尖銳的對立。

　　從 1934 年 6 月開始，在「劇聯」領導下成立的左翼「影評人小組」，以夏衍、王塵無、魯思、唐納、舒湮等為骨幹，以魯思主編的《民報》電影副刊《影譚》，還有上海《晨報》上的早期《每日電影》（後期成為軟性電影論者的陣地），《現代演劇》，《大晚報》、《時事新報》、《中華日報》等報的電影副刊以及《影迷周報》、《電影畫報》等為陣地

向軟性電影論者展開了有組織的反擊。從唐納的《太夫人》
作為「反擊的第一聲」開始，先後又有《〈民族精神〉的批
判——談軟性電影論者及其他》、《清算軟性電影論》，夏
衍以羅浮的筆名發表的《軟性的硬論》、《「告訴你吧」——
所謂軟性電影的正體》、《玻璃屋中投石者》、《白障了的
「生意眼」》，塵無的《清算劉吶鷗的理論》、《電影批評
的基準》[3]等一批評論文章出籠。從關於《春蠶》、《太夫
人》、《民族精神》、《孤軍魂》、《奇異酒店》等一系列
電影的評價上，軟硬論者之間所存在的帶有根本性的分歧，
使左翼影評人逐步把個別影片的評價問題引向電影批評的
基準，進一步涉及到有關藝術的本質、內容和形式的關係、
美學價值和社會價值、藝術性與傾向性等一整套的理論問
題，從而把爭論越來越集中於這些典型的規範性的左翼話語
之中。他們與軟性電影論者針鋒相對地提出：「我們的批評
基準是：電影藝術地表現社會的真實。」「形式是內容決定
的」，「主題，是有著決定的意義的。」而「社會是一個矛
盾物的存在。在他的萬花繚亂的現象中，是有主導的和從屬
偶然的和必然的不同」，作品中「反映出來的是不是客觀的
真實」，可以「進一步的說明作家意識是正確的，或不正確
的」，「一個特定階級的主觀是必然的和歷史的客觀相一致」
等等。

---

[3]　唐納文章分別見 1934 年 6 月 10 日、6 月 12 日、6 月 15-27 日上海《晨
　　報・每日電影》；夏衍的文章分別見 1934 年 6 月 13 日《晨報・每日
　　電影》、1934 年 6 月 21 日《大晚報》、1934 年 6 月 29 日、7 月 3 日
　　《晨報・每日電影》；塵無的文章分別見 1934 年 8 月 21-24 日《晨報・
　　每日電影》、1934 年 5 月 20-21 日《民報・影譚》。

　　1934 年 10 月葉靈鳳和穆時英共同編輯的《文藝畫報》正式創刊，在創刊號上刊登了江兼霞[4]的一篇文章：《關於影評人》，把矛頭直接對準了左翼影評人。文章批評說，「中國電影，每一張新片開映，總有『意識正確』的影評人在檢查它的成績：內容是否空虛，意識是否模糊，用著贋造的從西伯利亞販來的標準尺，來努力提高中國電影的水準，使其不致成為資產階級，甚而至於小市民的享樂品，要使它負起教育大眾的使命。」由於這篇文章指名道姓毫無顧忌，進一步激化了這場論爭，魯思當即針鋒相對在《現代演劇》創刊號上，發表了被穆時英後來稱為「煌然大文」的《站在影評人的立場上駁斥江兼霞的〈關於影評人〉》進行還擊。從此穆時英也被捲入其中，並成為軟性論者向左翼電影界再輪進攻的主要幹將。穆時英加入軟硬爭論之時，面對的是由左翼影評人把論爭進一步深入之後的一整套建立在左翼話語之上的理論體系，在對這套理論體系的拆解中，既表現出穆時英無力徹底擺脫左翼理論的內在邏輯和思維，又在很大程度上衝破了這套理論體系的怪圈，而發出了不同於左翼理論的一種聲音。穆時英針對左翼影評人提出的電影批評的基準問題也談《電影批評底基礎問題》，連載於 1935 年 2 月 27 日

---

[4]　江兼霞何許人也，到目前為止還是個謎。魯思因其與穆時英的觀點一致而懷疑是穆時英；也有人認為是葉靈鳳。但據 1935 年 8 月 25 日上海《晨報》刊登的《〈自由神〉座評》，參加者為葉靈鳳、劉吶鷗、江兼霞、高明、穆時英、姚蘇鳳，一個人以不同的筆名同時發表兩篇文章是可能的，在座談會上恐怕難以一身兩用，所以江兼霞很可能既不是穆時英，也不是葉靈鳳。另外，據查施蟄存和杜衡曾使用過這個筆名，當時施蟄存不在上海，所以，有可能是杜衡。當然這也是懷疑。

至 3 月 3 日的上海《晨報》。這篇文章主要是對魯思那篇「煌然大文」的批判，同時也被硬性論者看作是填補軟性論者空缺的一篇「關於理論的煌然大文」，穆時英故意把魯思論理中的邏輯推向極端，而引出非常荒謬的觀點以證明其理論的荒謬並初步闡明了自己的觀點。此文招致左翼影評人的一致反擊和對軟性電影論者的總體清算。先是魯思長達萬餘言的長文：《論電影批評底基準問題》，刊載於 1935 年 3 月 1-9 日《民報‧影譚》，作為對穆時英文章的還擊。在這篇文章中魯思又以其人之道還治其人之身，把穆時英觀點推向極端還其邏輯的荒謬，並進一步論述了形式與內容、現象與本質、社會價值與美學價值、藝術的本質等等範疇的問題。另外又有塵無和史枚（唐納）接連發表於 1935 年 3 月 16-23 日、19-23 日《中華日報‧電影藝術》上的文章；《論穆時英的電影批評底基礎》和《答客問──關於電影批評的基準問題及其他》，柯萍：《論〈影評之諸方面〉》、《從「冰淇淋論」到「藝術快感論」》，萍華：《軟性影評的總崩潰》[5]等等，都對穆時英和軟性電影論者的觀點進行了逐一的批駁，尤其是一些文章已把這場論爭升級為敵對的鬥爭，把軟性論者當成是「企圖借著影評來強調影片中的毒素，去殺害觀眾」，「想掩護這醜惡的社會」的「軟性紳士們」，是國際帝國主義電影文化侵略的「清道夫」，「幫助推進中國完全陷入殖民地奴役的命運」，從而把文藝論爭上升為政治鬥爭。這一觀點一直延續到 1980 年程季華主編的《中國電影

---

[5]　柯萍的文章分別見 1935 年 3 月 11、13 日《民報‧影譚》；萍華的文章見 1935 年 3 月 20 日《民報‧影譚》。

發展史》，仍認為：「『軟性電影』的『冰淇淋』路線的實質，就是反對電影為無產階級、人民大眾反帝反封建的革命政治服務，就是主張電影為帝國主義和蔣介石反動派的反革命政治服務。」[6]

針對史枚的《答客問——關於電影批評的基準問題及其他》、塵無的《論穆時英的電影批評底基礎》這兩篇被穆時英看作是「比較有一點嚴肅性的文章」，還有魯思的《論電影批評底基準問題》，被算作半篇，穆時英寫了一篇長達近 4 萬字的長篇理論文章《電影藝術防禦戰——斥捐著「社會主義的現實主義」的招牌者》，從 1935 年 8 月 11 日一直連載到 9 月 10 日，分成 20 多次發表，可以說非常認真地闡明了自己的觀點及其理論。從現在掌握的材料來看，穆時英對康德、尼采、叔本華、普列漢諾夫、馬克思、布哈林、托爾斯泰等的學說和文藝思想都有所涉獵。所以他不僅能指出硬性論者的理論來源，及其機械論的缺陷，也能為自己的觀點找到理論的依據。他在這篇長文中或批判或論述了十大問題：「偽現實主義底本體」、「思維與存在」、「主觀與客觀」、「哲學者們各各任意著說明世界，但最要緊的卻是變革世界這一回事」、「藝術底本質」、「藝術底思想與情緒」、「藝術底終極使命」、「內容與形式」、「批評底路」。對於這樣一篇重要的理論文章，無論是魯思後來在《影評憶舊》中回憶「軟性電影」和「硬性電影」之爭，還是程季華主編的《中國電影發展史》中所描述的「對『軟性電影』分子的

6　程季華主編：《中國電影發展史》（中國電影出版社，1980 年），第 403 頁。

鬥爭」都隻字未提。應該說，穆時英這篇重要理論文章不僅
對於我們去理解軟硬之爭的性質，及其雙方理論的缺陷有著
不可缺的意義，特別對於中國現代文學界去理解新感覺派和
穆時英的小說創作都很重要。1935 年 8 月穆時英又在《婦
人畫報》電影特大號上發表了一篇《當今電影批評檢討》的
文章，把左翼影評說成是「一開始就被左翼『文總』、『劇
聯』當作執行政治的策略底主要路線使用著」，甚至公開點
名以塵無、魯思、唐納為領導的影評「向演員和導演提出充
實生活的口號；所謂充實生活就是要求演員和導演不但是膠
片上的馬克思主義者，而且是實生活上的馬克思主義者」。
在當時國民黨掌握政權，加緊文化「圍剿」的情勢下，穆時
英對左翼影評人的指斥無疑很容易招致當局的政治迫害，魯
思以此為由向法院提出公訴。據講，終因文化特務的威脅魯
思不得不逃亡到日本。

　　把文化之爭上升為政治鬥爭，無論是被政治所利用，還
是借政治的手段來解決文化的爭端或說是爭取文化的霸
權，實際上都有失文人的身份和意義。軟性電影和硬性電影
的理論之爭到此可暫告一段，但並未結束。1935 年下半年
軟性電影論者黃嘉謨、劉吶鷗等進入「藝華」公司，開始把
他們的電影理論主張付諸實踐。根據程季華主編《中國電影
發展史》所提供的資料，軟性電影論者從 1935 年底到 1937
年七七抗戰爆發止，在藝華公司一年半的時間裏一共製作了
19 部影片，這些影片大致可歸為三類：一類是以黃嘉謨編
劇《化身姑娘》為代表的「軟性」喜劇片；一類是以劉吶鷗
編導《初戀》為代表的「軟性」愛情片：一類則是以《新婚

大血案》為代表的偵探片。其中《化身姑娘》獲得很高的票
房價值，以致又拍出了續集、三集、四集。由此可見，軟性
電影論者的產品，在今天淡化了意識形態之後看來，正屬於
所謂大眾文化模式的幾種典型的類型。他們所提倡拍攝的電
影，正具有著一種適應著商品規律和城市市民生活的大眾文
化的性質。但在當時面臨帝國主義的侵略，抗日救亡運動蓬
勃發展的時候，左翼影評人對他們繼續展開的批判，無疑也
具有著歷史的合理性。

二、放棄啟蒙者的身份和姿態

　　本文無意評價軟硬之爭的是非功過，對於現代文學研究
來說，儘管這場論爭發生於電影界，但雙方爭論的焦點都超
越了此範疇而擴展到文藝理論，甚而至於哲學的一般性認識
論的問題。更為重要的是很少有理論言說的新感覺派在這場
論爭中填補了這一空白。可以看出，他們的理論主張既反映
了他們的變化，又是他們過去合乎邏輯的發展；既有電影作
為以電子為媒介的現代大眾文化所剛剛顯示出的經濟效力
和娛樂功能影響到他們的文藝觀方面，又關涉到他們對小說
家的身份和文藝的作用所持有的一貫態度。他們從追隨左翼
運動最終走到左翼運動的對立面決非偶然。

　　新感覺派雖然有過追隨左翼運動的歷史，但他們涉足左
翼文學更多地是追求「尖端」和「時髦」，或說是對於一種
新的藝術形式的探求，而非是獻身於一種主義或理想的信仰
活動。施蟄存在《我的創作生活之經歷》中曾經坦言：「普

羅文學運動的巨潮震撼了中國文壇，大多數的作家，大概都是為了不甘落伍的緣故，都『轉變』了。《新文藝》月刊也轉變了。於是我也——我不好說是不是，轉變了。」[7]這同樣可以從穆時英《南北極》這個集子中的作品得到進一步的證實，他筆下的無產者既不是俯首帖耳、聽命於人的待啟蒙的對象，也不是被啟蒙後匯入到革命洪流中的力量，而是流動在社會底層，聽憑自己本能支配，為滿足自己的本能敢於破壞一切的一股盲目的衝動，與左翼意識形態所假定的群眾毫無共同之處，因而被冠以「流氓無產者」的意識而受到左翼作家的批判。在半個多世紀以後施蟄存曾坦然承認：「我們自從四・一二事變以後，知道革命不是浪漫主義的行動。我們三人（另指戴望舒、杜衡——筆者注）都是獨子，多少還有些封建主義的家庭顧慮。再說，在文藝活動方面，也還想保留一些自由主義。」[8]也就是說，他認同的是世俗人和自由知識份子的身份，而不是先知先覺的啟蒙者，更不是聽命於將令的戰士，這些都從根本上決定了他們與讀者的預定關係。

　　施蟄存主編《現代》明確表示「對於以前的我國的文學雜誌，我常常有一點不滿意。我覺得它們不是態度太趨於極端，便是趣味太低級。前者的弊病是容易把雜誌的對於讀者的地位，從伴侶升到師傅。……於是他們的讀者便只是他們的學生了；後者的弊病，足以使新文學本身日趨於崩潰的命

7　見《燈下集》（開明書店，1937 年），第 80 頁。
8　施蟄存：《最後一個老朋友——馮雪峰》，見《沙上的腳迹》第 129頁。

運，只要一看現在禮拜六派勢力之復活，就可以知道了」。[9]
他還曾借著評論愛德華‧李亞列的《無意思之書》，高度評
價「無意思文學」，認為文壇「一直到了現在，一方面是盛
行著儼然地發揮了指導精神的普羅文學，一方面是龐然自大
的藝術至上主義，在這兩種各自故作尊嚴的文藝思潮底下，
幽默地生長出來的一種反動──無意思文學。」這種文學並不
訓誨讀者，也不指導讀者，「是超乎狹隘的現實的創造」。[10]
他還強調「一個文學家所看到的人生與一個普通人（這即是
說：一個非文學家）所看到的人生原來是一樣的。文學家並
不比普通人具有更銳敏的眼睛或耳朵或感覺，但因為他能夠
有盡善盡美的文字的技巧去把他所看到的人生各方面表現
得格外清楚，格外真實，格外變幻，或格外深刻，使他的讀
者對於自己所知道的人生有更進一步的瞭解，這就是文學之
唯一的功用，亦即是文學之全部功用。」他總結新文學的教
訓，提出「文學不是一種『學』」，既不應把文學與哲學、
科學相並列，做學院式的深邃研究，也不應把文學作為一種
政治宣傳的工具，新文學發展以來的這兩種傾向都「把文學
的地位抬得太尊嚴」，「多數人心懾於這一個『學』字的權
威」，或者「使一般人的欣賞力不夠仰攀」，或者使文學家
「往往把自己認為是一種超乎文學家以上的人物」。施蟄存
所闡明的這一「文」而不「學」的文學觀念正是他給自己心
目中的文學的一個定位，他始終反對新文學的「莊嚴」和「教
訓」，呼籲「使我們的新文學成為正常的文學」，「使文學

9　見 1932 年 5 月《現代》1 卷 1 期《創刊宣言》和《編輯座談》。
10　施蟄存：《無意思之書》，見《燈下集》，第 71 頁。

成為每個人可以親近的東西」。[11]施蟄存對文學家的地位和
關於人生的認識並不比普通人更高的見解實際上否定了文
學家具有充當啟蒙者的資格，他把文學家的特長僅僅看作是
「文學技巧之優越的運用」，這不僅與左翼文學界所強調的
根本的問題是作家的世界觀、立場的觀點，而且與為新文學
作家所普遍接受的「改良人生」，「轉移世道人心」的觀點
都形成了鮮明的對比。

　　穆時英同樣聲明自己寫小說的態度是「抱著一種試驗及
鍛煉自己的技巧的目的寫的」，「對於自己所寫的是什麼東
西，我並不知道，也沒想知道過，我所關心的只是『應該怎
麼寫』的問題」。[12]新感覺派之強調技巧和創造社之強調天
才已有很大的區別，前者重在人為的努力和習得，後者突出
的是藝術家的天賦高於常人。穆時英曾寫過一篇雜文《偉
大與天才》譏諷說：「從創造社發揮了以不加修飾，一揮
千言等為天才的特殊精神，天才欲和創造狂的風氣便遺留
到現在。……這些人反覆販賣各種主義和運動，從運用上
說來，這些人全夠得上稱譽天才而無愧的。他們既懂文學，
又明政治，經濟，甚至於……對於每一件事，皆有一大篇說
教式的議論。是專家，也是百科全書！他們有著獨創的用
語，獨創的邏輯，由於運用得法，而他們的舉動言辭就都成
了權威！」[13]穆時英顯然懷疑在現代社會還有什麼都懂的百

11　參閱施蟄存：《「文」而不「學」》，見《文藝百話》（華東師範大
　　學出版社，1994年）。
12　見穆時英：《南北極‧改訂本題記》。
13　穆時英：《偉大與天才》，載1934年10月13日，天津《大公報》。

科全書式的通人，他在受到舒月的一篇題為《社會渣滓堆的流氓無產者與穆時英君的創作》的批評後，針對文中所提出的所謂普羅階級的文藝是要「以前衛的責任，參加現實的當前問題的鬥爭，定要和政治取著平衡的發展，突進到問題的最前線最中心的方面去，在集團的命運上教育或者慰藉」[14]的任務，直言相告：「到現在為止，我還理智地在探討著各種學說，和躲在學說下面一些不能見人的東西，所以我不會有一種向生活、向主義的努力。」[15]後來在《白金的女體塑像‧自序》中又宣佈自己「失去了一切概念，一切信仰；一切標準，規律，價值全模糊了起來」。這無疑同樣在宣佈我手中並無可以用來啟蒙的思想和真理，也並不想承擔這樣的職責。他在《電影批評底基礎問題》、《電影藝術防禦戰》這兩篇長文中進一步為自己的無信仰，否定真理的存在的觀點找到並闡發了理論的依據。

　　穆時英接受了康德關於「物自體」的認識論，並運用康德「物自體」作為本體的概念是不可知的含義，去理解現象與本質、客觀現實與主觀現實以及相對真理與絕對真理的問題。他談到：「人類被自然及歷史條件所限制，所認識的現實雖然是益和原生的客觀現實相接近，由相對真理的堆積而逐漸到達絕對真理的境地，但始終只是與客觀現實有著若干距離的差異的現實底現象而已。」「在思維中存在著的現實與在客觀中存在著的現實是不能不有著若干距離的差異

---

[14] 舒月：《社會渣滓堆的流氓無產者與穆時英君的創作》，載 1932 年《現代出版界》第 2 期。

[15] 穆時英：《關於自己的話》，載 1932 年 9 月《現代出版界》第 4 期。

的。前者常是後者底一部分，一面。因此人類所認識的就永
遠像是現象。」[16]在這裏穆時英根據康德對於物質和物自體
的區分，把「在思維中存在著的現實」、相對真理和康德所
說的我們能夠認識的「感性直觀的對象，即現象」，有限經
驗的認識相對應，而把客觀現實、絕對真理和康德所說的「作
為我們感官對象在我們之外的東西」，即「物質後面的不可
知的『本體』」、物自體相對應，從而得出結論：「人只限
於認識現象」。進而從這個意義上認為，「現象可以說是最
客觀的，最實感的現實，而與它相對立的本質倒是主觀的，
解釋的東西。」「本質的現實都只是各人自己的解釋」。因
而穆時英認為「康德所以把事物分為『事物本體』與為我們
的事物者（指表像中的現實——筆者按）就因為我們底表像
底對象和我們底表像中間有著一段不近的距離。康德底錯誤
不在於主張事物中間有『事物本體』和現象的分別，而是在於
他以為這區別是永久的，固定的，不可逾越的這一點」。[17]穆
時英從理論上並不否認絕對真理的存在，在這點上他同時也
接受了馬克思主義關於人類會在實踐中不斷地接近它，在相
對真理的總和中達到它的觀點，但他強調「在某階段上人類
對於現實底認識卻是相對的」。[18]從而由理論的問題轉移到現
實的問題，即當下「在一九三五年的今年，沒有誰的主觀是，
或者能夠與客觀的歷史行程完全一致，誰也不能保（證）任

[16]　穆時英：《電影藝術防禦戰（六）》，載 1935 年 8 月 16 日，上海《晨
　　　報》。
[17]　穆時英：《電影藝術防禦戰（六）》。
[18]　穆時英：《電影藝術防禦戰（六）》。

何人的主觀與客觀的歷史行程完全一致。」[19]也就是說誰也不
是「真理的代表者」，而且穆時英尖刻地指出「說自己的主
義是一種信仰，這樣的話是合理的，忠實的。說自己的信仰
是真理，而且是和客觀的歷史行程相一致的主觀，不是無知
和誇大，便是卑鄙的對於群眾的欺騙。」[20]康德強調物自體
作為不可認識的界限，為的是「捨棄知識以為信仰留地盤」，
從「本體」認識論上的不可知的「消極含義」跨越到「本體」
在倫理學上的「積極含義」，「即為了使它成為實踐中的主
宰。『批判哲學』的整個體系就過渡到這個道德的實體，過
渡到信仰主義。」[21]但穆時英借用康德的觀點為的是否認現階
段真理的存在，進而否認在真理名義下的霸權，真理的權威
性；或者走向另一個極端，肯定一切理論，一切學說，主義
與思想「都代表現實底一面」，進而肯定多元的存在，恰恰
走到了康德的反面無信仰和多中心。他對現象是「最客觀的，
最實感的現實」的確信，對本質作為「各人自己的解釋」的
東西的懷疑，可以使我們理解他的小說結構何以經常採用將
現代社會現象平面並置而少有對於這些現象的縱深發掘以及
由此形成的主與從屬的關係和秩序。現象對於他來說，都具
有同等的價值，並無本質的與非本質之分。這不僅是有無認
識的能力的問題，也是是否想去認識的動力問題。

---

[19] 穆時英：《電影藝術防禦戰（七）》，載 1935 年 8 月 17 日，上海《晨
報》。
[20] 穆時英：《電影藝術防禦戰（七）》。
[21] 李澤厚：《批判哲學的批判——康德述評》（人民出版社，1979 年），
第 269 頁。文中有關康德的哲學均參閱本書第 7 章：《認識論：（六）
「物自體」》。

　　在承認人的認識的有限性和界限的基礎上，穆時英進一步對左翼關於文藝是客觀現實的反映理論提出了反駁，他首先認為「主觀並不反映客觀存在的現實，只是導引於並且是企圖去認識它。不過，在現階段上，因為種種條件底不充分，主觀不能認識現實底全部，在表像上的現實與客觀存在的現實是隔著相當的距離，有著不同的姿態的。」「在藝術領域裏邊，主觀與客觀中的距離隔得更遠，表像與表像底對象錯異得更厲害。」[22] 既然主觀與客觀不能統一，那麼藝術反映的就不是客觀而是主觀。「藝術作品底產生必需經由作者底手，任何藝術作品，客觀地分析起來，就不能不是反映主觀的工具，而不是表現現實的工具。」從藝術家主觀上看來也是如此，「一切藝術都以強調為基本手法，就因為作者並沒有企圖把整個的現實給人家看，也沒有想用藝術做手段去反映客觀現實，只是把他所看到的給觀眾看，而且是強制觀眾看，使觀眾也獲得他同樣的印象。」因而「藝術家所企圖著的事不是客觀底反映，而是主觀底表現」。[23] 穆時英一再強調藝術本質的主觀性，同樣也是為了否定左翼文學理論的真理性以及由此獲得的權威性。他通過對現階段真理的否定，對文藝反映客觀現實的否定，從認識論到文藝觀重重否認了任何人能夠自居為真理、本質或現實的發現者、反映者而獲得啟蒙者的資格與權力。

---

[22]　穆時英：《電影藝術防禦戰（十一）》，載 1935 年 8 月 22 日，上海《晨報》。

[23]　穆時英：《電影藝術防禦戰（十二）》，載 1935 年 8 月 23 日，上海《晨報》。

　　對作家啟蒙身份的否定和對被啟蒙地位的拒絕,以及與普通人、常人的認同不僅表現出新感覺派有別於以文化啟蒙和思想啟蒙為己任的新文學作家,有別於以政治啟蒙,民族救亡為己任的左翼作家,也有別於那些不斷追問探詢神性與人性、超驗世界和現實世界、精神和物質,在精神與靈魂的無限領域裏遨遊的西方現代主義作家。他們放棄文學家啟蒙者的使命,必然會帶來關於文學的功能和觀念等一系列的改變。

三、技巧・軟性電影・輕文學──作為生產者,也作為藝術家

　　在「軟硬之爭」中,軟性電影論者突出了文藝在現代社會中的娛樂功能。很顯然,他們是出於爭取大眾的考慮。黃嘉謨在《軟性電影與說教電影》一文中分析說:「現代的觀眾已經都是較坦白的人,他們一切都講實益,不喜歡接受偽善的說教。他們剛從人生的責任的重負裏解放出來,想在影戲院裏尋找他們片刻的享樂,他們決不希望再在銀幕上接受意外的教訓和責任。」如果抹殺電影應有的娛樂性,認為這只是適合小市民的胃口,而使電影變成生硬的東西,「它便要完全失去它的效用,觀眾便要裏足不上影戲院去了」。所以他奉勸中國製片家「多攝一些高級趣味的影片」以「獲得廣大民眾的歡迎。使每部影片都能『利市三倍』」,而欲達此目的,「每部作品都應該用藝術的手段去攝製,片中須充實著高尚的趣味。」[24]劉吶鷗強調影片的藝術性和技巧,「美

---

[24]　黃嘉謨:《硬性影片與軟性影片》,載 1933 年 12 月 1 日《現代電影》,

的照觀態度」也正是為了「給觀眾以『視覺的享受』」，甚至認為電影的功用「等於是逃避現實的催眠藥」，「白日之夢」，所以它在今日是「占著大眾娛樂的王座」。

　　在今天看來，軟性電影論者的觀點是文藝在被組織到現代社會的產業化生產中後，以文化工業的形式參與文化產品的生產，也不得不順應市場運行的規則而引起的有關文藝的功能的調整在文藝觀上的反映，表現了商品形式對文化領域的滲透。事實上，只要文藝不再成為官方、或某種政治勢力或達官貴人所資助所利用的工具，它就不得不遵循市場的經濟規律，考慮投入與產出，注重銷路與市場，無論賦予文藝以何種社會功能，它必須在市場上完成這種轉換，必須通過它的消費者——大眾才能進入社會，發揮作用。可以說，不僅藝術之所以能有獨立的地位要歸功於資本主義市場；大眾的存在之所以受到了前所未有的注意，大眾的欣賞趣味之所以受到前所未有的重視也要歸功於文化工業的功利目的。

　　電影作為現代技術媒介和現代社會商品經濟的產物，不僅以它的聲音與圖像清除了書面文化的文字符號對大眾的限制，增長了對大眾的吸引力，而且以它遠比書寫媒介更為依賴社會性的生產銷售系統的需求，為過去位於文化邊緣的大眾平等地進入文化的中心地帶提供了契機和條件。也正是從電影始，人們才清楚地意識到在現代社會中文藝和企業和生產聯繫在了一起。洪深在為鄭振鐸、傅東華主編的《文學百題》「電影在現代藝術居怎樣的地位？它和文學有怎樣的

關係？」條目中，就曾引用日本《電影經濟史》的作者武田晃氏的話說：「電影是在 19 世紀末產生的一個『發明』。從這發明中產生了『藝術』，也產生了『企業』」，並進而認識到，現代藝術「必然是集團的群眾藝術」。[25]所以阿多諾、霍克海姆在他們合著的《啟蒙辨證法》中專門把電影當作「文化工業」的首例加以批判。劉吶鷗也分析說，電影「是拿動作來描寫的」，「最能使它的意義給人明白」，因而「是國際主義者又是世界語。所以觀眾不分階級有學無學都能瞭解它——尤其是它和大眾結合了的時候。『大眾化』三個字如果用在它的字意上，在電影界是可以不必大事鼓吹的，因為電影生來便是大眾化」，是「民眾的藝術」。[26]電影的大眾性質使它更依賴大眾的參與，所以更迫切地需要它的產品為群眾的消費所設計和生產，電影的娛樂功能就被提升到了非同一般的位置。軟性電影論者的主張正反映了電影作為都市大眾娛樂的一種主要形式對於文藝的功能所提出的要求。

　　事實上，商品消費的規則早已侵入到文藝的其他部門，並非自電影始，只是嚴肅文藝領域不願意承認這一點，而自稱與市場劃清界限，以維護探索和倡導社會的理想、信念和價值觀念的純潔性和權威性。新感覺派也並非進入電影界後才注意到文藝與商品經濟的關係，文藝作為了社會的一個特殊的生產性領域所要求的娛樂功能，只是在電影領域表現得

---

[25] 洪深：《電影在現代藝術居怎樣的地位？它和文學有怎樣的關係？》，見《文學百題》（上海生活出版社，1935 年），第 262 頁。

[26] 劉吶鷗：《中國電影描寫的深度問題》，載 1933 年 6 月《現代電影》1 卷 3 期。

更為「徹頭徹尾」而已。施蟄存早就曾明確提出「想弄一點
有趣味的輕文學」[27]，計劃仿第一書店的 Holiday Liberary 形
式及性質出一套「日曜文庫」，也就是星期天文庫，其休閒
娛樂性質不言而喻。在編輯《現代》期間，他還曾另行主編
過一本要「以輕倩見長的純文藝刊物」《文藝風景》，自稱
這兩本刊物是他追逐理想的「兩個不相同的路徑」，他在《文
藝風景創刊之告白》中說：「倘若我以《現代》為官道，則
《文藝風景》將是一條林蔭下的小路。我們有驅車疾馳於官
道的時候，也有策杖閑行於小徑上的時候。我們不能給這兩
條路作一個輕重貴賤的評判，因為我們在生活上既然有嚴肅
的時候，也有燕嬉的時候；有緊張的時候，也有閒散的時候；
則在文藝的賞鑒和製作上，也當然可以有嚴重和輕倩這兩方
面的。」實際上，新感覺派自從施蟄存辭去《現代》編輯職
務以後，就風流雲散。施蟄存和康嗣群一起辦《文飯小品》，
調了更為低下，康嗣群在對《文飯小品》「創刊釋名」時說，
「文飯」即是「吃文飯」的意思，如「官吏則曰吃衙門飯，
商人則有吃洋行飯的，工人則曰吃手藝飯的」一樣；並針對
以魯迅為首的左翼文壇對小品文的批評提出，小品「也許是
清談，但不負亡國之責；也許是擺設，但你如果因此喪志，
與我無涉；『小品』云何哉，乾脆的說，一切並不『偉大』
的文藝『作品』而已」。

　　穆時英去和葉靈鳳一起編《文藝畫報》，他們在創刊號
《編者隨筆》中直言：「不夠教育大眾，也不敢指導（或者

27　見孔另境編：《現代作家書簡》（花城出版社，1982 年），第 79 頁。

該說麻醉）青年，更不想歪曲現實，只是每期供給一點並不
怎樣沈重的文字和圖畫，使對於文藝有興趣的讀者能醒一醒
被其他嚴重的問題所疲倦了的眼睛，或者破顏一笑，只是如
此而已」，因此，「關於所謂『本刊誕生之使命及其對於現
在社會的責任』，這類皇皇的大文，為了讀者打算，我們敬
謝不敏」。劉吶鷗早在獨資經營第一線書店、水沫書店被當
局查封虧本、資金周轉不靈很快倒閉後，就曾打算另辦東華
書店，改變出版方向，多出一些大眾化的日常用書。[28]淞滬
抗戰結束後又轉而去從事電影。葉靈鳳、穆時英、劉吶鷗和
高明、姚蘇鳳還一起合編過一本《六藝》，也都是「於文藝
有關的趣味文字」。

　　新感覺派從 1928 年到 1934 年在文壇以其小說技巧的試
驗而紅極一時的黃金時期，前有賴於劉吶鷗資金的支撐，後
有賴於施蟄存掌握了《現代》的編輯大權，在這些條件喪失
後，他們都自覺地追隨著大眾的要求和趣味，積極地適應著
文化工業的生產性活動的規則。對於新感覺派來說，這並不
是一次滅頂之災的艱難轉變，毋寧說是新的嘗試和實驗，因
為他們的意識是以大眾，包括他們自己的生活需要為取向，
不管是嚴肅還是輕倩、高雅還是通俗都無高低貴賤之分，唯
有不同的需求和目的之異。所以在文藝成為了現代社會的一
個生產性部門的轉變中，他們自覺地適應了這個轉變，相應
地把寫作看作是和工人、商人、官吏一樣的一種謀生的手段
和職業，把作者看作是本雅明所說的「生產者」，把作品看

---

[28]　參閱施蟄存：《我們經營過三個書店》，見《沙上的腳迹》。

作是滿足「大城市市民的口味與神經」的「一種生活的需要」。[29]施蟄存在《文藝百話・序引》中把 1927-1937 這十年期間的上海看作是「中國新文學運動的『繁華市』」，穆時英也曾為 30 年代中期的上海文壇寫過系列散文：《文學市場散步》[30]。這種把文學看作是一種生產活動的意識不僅為文學褪去了傳統的「文以載道」的宣傳和教育大眾的「神聖的光環」，也並未像西方現代派那樣在「上帝死了」之後，把文藝本身奉為一種新的宗教。

如果說左翼文壇一直是在政治思想宣傳和文學的藝術性之間尋求一種平衡，新感覺派則一直是在如何娛樂大眾和文學的藝術性之間探討一種合作。他們或者把娛樂性的文學和高雅的文學分而治之，以滿足不同層次讀者的不同要求，同一層次讀者不同心境時的不同要求；或者以通俗性帶動文學性作品的發行，比如像葉靈鳳主編《幻洲》所做的那樣，在一本雜誌裏分上、下兩部：《象牙之塔》和《十字街頭》，讓高雅和入世的熱門話題相互促進；或者尋求娛樂性和文學性的統一，這集中體現在施蟄存提出的「輕文學」的觀念上。在某種程度上說，新感覺派的很多作品都具有著「輕文學」的性質，事實上，施蟄存曾計劃主編的那套「日曜文庫」首先就打算把穆時英的中篇小說列為第一本，無意中他給穆時英的一類小說定了性。沈從文曾不無苛刻地說穆時英「適宜於寫畫報上作品，寫裝飾雜誌作品，寫婦女、電影、遊戲刊

29　斯賓格勒語，見《西方的沒落》（商務印書館，1995 年），第 59 頁。
30　穆時英：《文學市場漫步》（之一）、（之二）、（之三）分別載於
　　上海 1935 年 11 月 9、16、23 日《晨報・晨曦》。

物作品」，[31]他從另一方面揭示了穆時英小說的「輕」的性
質。的確，穆時英的很多小說都發表於這類消閒性很強的雜
誌上，他的《黑牡丹》在《良友》畫刊第 74 期，《駱駝‧
尼采主義者與女人》在葉靈鳳主編的《萬象》第 1 期，《墨
綠衫的小姐》在他編輯的《文藝畫報》創刊號上發表時，都
配以女人裸體或半裸體的插圖，圖文並茂地突出了色情的特
點。不過，新感覺派的講究美和形式使他們的小說免於低
俗，比如劉吶鷗的《殺人未遂》、施蟄存的《凶宅》、《夜
叉》等都以精巧的構思或心理分析、內心獨白等新鮮手法的
運用，為兇殺恐怖的通俗題材包裝了一層藝術性的外衣。一
般來說，他們的小說由於既充滿了施蟄存所說的三個「克」：
Erotic, Exotic, Grotesque（色情的，異國情調的，怪奇的）這
些通俗文學所少不了的配方，又講求高雅文學的精緻和技
巧，所以在通俗性的刊物上發表能夠提高其品位，在嚴肅性
刊物上發表能夠為其帶來一股清新活躍的氣息。正像葉靈鳳
在《萬象》發刊詞中所說，「我們雖然耽於新奇，但是我們
決不流於庸俗。能將現代整個尖端文明的姿態，用最精緻的
形式，介紹於有精審的鑒別力的讀者，這便是我們的努力。」
新感覺派的這一目的可以說達到了，林希雋對他們的評論正
與他們自己的追求不謀而合：「新感覺派的文學，其長處在
於一種強烈的色彩與情調以感動讀者，平常人對於一事一物
所不能感覺出來的意味和境界，而作者獨能微妙的表現出
來。更以飄逸的沒有中心思想的故事為內容，使讀者有如陷

31　沈從文：《論穆時英》，見《沈從文文集‧十一》（花城出版社、三
　　聯書店香港分店聯合出版，1984 年），第 204 頁。

入一個夢幻的境況中，感得可捉摸又不可捉摸，一剎那兒給
我們的感覺是輕鬆的，美致的。然其感人之力也只是止於瞬
間而已，縱目即淡忘了」，這正描繪出了新感覺派並無奢求
的「輕文學」的境界。

　　從「輕文學」到「軟性電影」並無什麼區別，毋寧說是
一種觀念在不同領域的兩種提法。根據當時出版的一種《文
學術語辭典》的解釋，輕文學（Light Literature）就稱軟文學。
[32]「輕文學」的概念來源於西方，「輕」（light）的一種意思
指的是不深刻，不嚴肅，不沈重，帶有消遣性和娛樂性的意
義。所謂「輕文學」、「輕音樂」、「輕鬆讀物」一般都是
在這個意義上說的。而「軟性」和「硬性」之分卻是來自日
本。根據《新小說》的編者鄭君平的考證，「日本的報紙和
雜誌上所登載的文章，向例分為軟性和硬性兩種。小說、隨筆
等美文是軟性的，討論國家社會的論說便是硬性的。就新聞
講，關於政治、外交、軍事、經濟的記事是硬性的，所謂『三
面記事』——社會新聞——便是軟性的」。[33]可以說，輕文學
和軟性電影都以娛樂為目的，而排斥討論國家社會的論說。

　　如果根據輕文學的分類，把新感覺派完全歸入消遣性的
大眾文學範疇，似乎也並不完全合適，因為他們又有著鮮明
的純文學的追求。特別是在《現代》時期，施蟄存非常自覺
地意識到《現代》作為一個「純文藝刊物」所應承擔的「文

---

[32]　戴叔清編：《文學術語詞典》（上海文藝書局印行，1931 年），第 97
　　頁。
[33]　鄭君平：《什麼是「中間讀物」？》，見《文學百題》，第 257 頁。

化使命」。[34]他和穆時英、劉吶鷗一起積極探討嘗試西方現
代小說技巧,反映中國在都市化、現代化的過程中的社會和
人事方面所開拓的文學的新領域和新路子,都是一個「輕」
字所負載不了的。事實上,新感覺派對形式和技巧的強調,
更是他們的一貫主張。這也是他們和硬性論者的主要分歧,
也正是有賴於這點,他們才可以在文學史上留下他們藝術探
討的腳迹,如果他們的作品全部是為娛樂而娛樂的,的確只
能成為「沙上的腳迹」。

　　在迎合大眾口味和文學的藝術性之間探討一種合作,作
為文學家同時也作為生產者的雙重意識,也是具有較高藝術
水準的海派作家所追求的目標。張愛玲心目中的理想的創作
就是「完全貼近大眾的心,甚至於就像從他們心裏生長出來
的,同時又是高等的藝術」。[35]她認為「職業文人病在『自
我表現』過度,以致於無病呻吟」,所以,儘管她把「又要
驚人,眩人,又要哄人,媚人,穩住了人」的作文之道看作

---

[34] 可參閱《現代》5 卷 1 期《社中座談·本刊組織編委會之計劃》。文
中說:「我們現在已經很少看到有什麼雜誌還在幹著嚴肅的理論,切
實的大規模的批評,有系統的翻譯介紹這些傻子工作了,我們所慣有
的是一些雜文,讀後感,文人軼事這一類東西。我們已經不再在製造
著寶貴的精神的糧食,而是在供給一些酒後茶餘的消遣品了。本刊的
以往,雖然未必一定十分發展了這種退步的傾向,但究竟沒有對一個
純文藝刊物所應負的文化使命加以十分的注意。今而後,除了創作還
是依了意義的正當與藝術的精到這兩個標準繼續進展外,其他的門類
都打算把水準提高,儘量登載一些說不定有一部分讀者看了要叫『頭
痛』的文字。我們要使雜誌更深刻化,更專門化;我們是準備著在趣
味上,在編制的活潑上蒙到相當損失的。」

[35] 張愛玲:《我看蘇青》,見《張愛玲散文全編》(浙江文藝出版社,
1992 年),第 257 頁。

是「妾婦之道」，但仍認為是「較為安全」的辦法。在這方面，張愛玲顯然比新感覺派取得了更高的藝術成就，在探討輕鬆和高雅、嚴肅的結合上樹起了一座高峰。也正是在迎合大眾和文學的藝術性之間的平衡中顯示出海派作家作品的高低好壞之差別。

四、文藝的終極使命

30 年代初，當穆時英以其《南北極》和《被當作消遣品的男子》兩種截然不同的作品在文壇嶄露頭角，受到左翼文壇的尖刻批評之時，他曾發表了一個「自白」，聲稱「文學是情感的傳達，感染。每一作品的形式和內容，我以為，決不是可以分開來的東西，而是一個化合物——還不是一個混合物。要文體統一，要意識正確，非得先有統一的生活，正確的生活不可。要統一的，正確的生活，先決問題是這人有沒有確定信仰。」他雖坦承「到目前為止，……我不會有一種向生活，向主義的努力」，但他表示「年紀還不算大，把自己統一起來的日子是有的，發生了信仰的日子是有的——真正的答覆批評家和讀者們的日子是有的」。[36]在軟硬之爭中，穆時英發表的長文《電影藝術防禦戰——斥揹著「社會主義的現實主義」的招牌者》正是他在探討了各種學說之後的「答覆」。

---

[36] 穆時英：《關於自己的話》，載 1932 年 9 月 1 日《現代出版界》第 4 期。

在這篇文章中，穆時英鮮明地提出：「一切藝術都是生存鬥爭的反映與鼓吹。也只有這——只有生存鬥爭才能說明藝術活動底真正的，終極的意義。」他認為：

在一切文化底基礎上橫著一個共同的東西，文化從這地方出發，為這東西而存在，最後還是回到這地方去。同樣，藝術也從它那裏出發，為它而存在，又歸結到它那裏。這是什麼呢？就是人類底神聖的生存意志。人類為了這生存意志而向自然，向社會實行鬥爭，以爭取自由與更高級的生存。人類底努力都在向著這個目標進行；為了使勝利的把握更確定，他發明了種種工具來武裝他自己，而藝術就是這些武器中最重要的一個。

以此為標準，穆時英高度評價了文學史上那些鼓舞人類對於環境進行鬥爭，對於命運進行殊死戰鬥的熱情的作品，從而確認了藝術的存在的理由：「就在被當作工具這一點上；它不但是表現並鼓吹生存鬥爭底工具，而且應該是這樣的工具」，[37]並把它作為了審美判斷的依據：「傾向性有益於人群底生存的作品，其美學價值越高，則其社會價值也越高」。[38]在這裏穆時英把文藝看作是表現並鼓吹生存鬥爭的工具，不僅與他及新感覺派在文壇上的一貫姿態相抵牾，而且也是向軟性論者的言論中新添加的一種論

---

[37] 引文均見穆時英：《電影藝術防禦戰（十七）》，載 1935 年 8 月 29 日，上海《晨報》。

[38] 穆時英：《電影藝術防禦戰（二三）》，載 1935 年 9 月 8 日，上海《晨報》。

調。很顯然，這是在日本帝國主義加快了侵略中國的步伐，中國處於生死存亡緊要關頭的嚴峻形勢下，穆時英做出的積極反映。[39]

---

[39] 由於穆時英的死因到目前為止還無定論，需要多說兩句。就我所掌握的材料來看，根據穆時英、劉吶鷗先後任社長的《國民新聞》報的報導，穆時英是於 1940 年 6 月 28 日「遭渝方暴徒狙擊殉難」。當時參與汪偽政權和平運動的人遭暗殺的不少。為此，汪精衛於 1940 年 9 月 2 日在京召開了和運殉難同志追悼大會。在會上，穆時英的弟弟穆時彥還代表 37 位死難家屬致答詞。此次大會的第二天，繼穆時英後任社長的劉吶鷗又被狙擊（過去說劉吶鷗之死在先，穆時英在後是錯誤的）。顯然這是一次示威性的暗殺行動。但這也並不能就證明穆時英一定是汪精衛的死黨。關於穆時英的結局一向有兩種說法，（詳見嚴家炎：《中國現代小說流派史》，人民文學出版社，1995 年，第 139-140 頁）是漢奸，罪有應得？還是國民黨抗日地下工作人員，死得冤枉，「雙重特務制下的犧牲者」？這需要進一步的證實，不過從穆時英於 1935 年之後發表的一些作品來看，還是表達了他的愛國熱情和為民族而戰鬥的決心。《時代日報》曾於 1936 年 2 月 16 日至 4 月 23 日連載了穆時英的長篇小說：《我們這一代》，但因穆時英赴香港而中斷，未能完成。但從已刊登的小說內容來看，還是充滿了抗戰的激情和鬥志。小說直接以日本侵略者 1932 年 1 月 28 日進攻上海閘北的事件為題材，真實地記錄了日本帝國主義侵略中國的罪行，也熱情地歌頌了上海軍民同仇敵愾「用赤血守衛我們的上海」的英雄氣概。他在散文《奴隸之歌》（上海《小晨報》，1936 年 1 月 7 日）中高喊：「站起來吧，奴隸，掙脫我們的鎖鏈！……拒絕妥協，拒絕和解：齒還齒，眼還眼！」在《我們需要意志與行動》（上海《晨報》，1935 年 9 月 16 日）一文中，他呼籲：「現在我們是需要：在共同的信仰下，秉著堅強不屈的意志，一個意志，一個決議，一個行動！」在《作家群的迷惘心理》一文中，他充滿激情地號召作家：「英勇地跑上前去吧，作家們，時代在找尋它的歌者，民族也在找尋它的號手呵！唱起明日的歌來吧。把金色的夢和人類結合起來吧。」另外，他寫的散文：《戰鬥的英雄主義》（上海《晨報》，1935 年 9 月 30 日）、《飛機翼下的廣州》（《宇宙風》，第 51 期）、《懷鄉小品》（《宇宙風》，第 60 期）、《血的憶念》（香港，《星島日報》，1938 年 8 月 13 日）、《瘋狂》（香港，《星島日報》，1938 年 8 月 23 日）等都貫注著這樣的情緒和熱情。這些材料即使不能證明穆時英不會是漢奸，但至少

　　新感覺派一向很少理論文字，不涉及他們在作品中所表現出的傾向，偶爾有些創作的主張也都強調的是技巧、形式、美、小說文體在現代的發展、如何「在創作上獨自去走一條新的路徑」之類的純文學問題，而與大多數小說流派所關注的社會問題、人生問題、思想啟蒙等等的熱點相去甚遠，他們不像很多小說家那樣，是以文學為手段，或者說是以文學的方式去參與政治和社會的中心活動，在他們看來，怎麼寫，總比寫什麼更重要。因而在文壇上他們一向因為「對當時中國左翼作家所倡導的『內容高於一切』的文藝理論最為反對」，被看作是「技巧至上主義者」。[40]為此，有論者認為，他們「在中國新文學運動史上最值得歌頌的功勳，就是給當時（指一九三二年）的文藝界打開了一條新的道路，盡了一個作家對於藝術所應維護之責，使當時的文藝擺脫功利主義的桎梏，不再為以『為人生而藝術』自居的『文學研究會』和普羅文學的集團所指使，而在文藝的本身上，謀一正當的前途；這便是新感覺派這一文藝新潮在中國近代文壇上的興起。」[41]如果去掉這段話所潛在的「取而代之」之義，還是道出了新感覺派的一個特點，無論再如何強調新感覺派的意義，他們在文壇上都未能成為中心和主流，也正是由於他們缺乏思想和理論的主張，他們不能形成為一種思潮，而僅能算作是一個有特點的流派，以自己的存在造成了當時文

可以斷定穆時英一度曾經是抗戰的。

[40]　一統：《記劉吶鷗》，見楊之華編：《文壇史料》，第 233 頁。

[41]　楊之華：《穆時英論》，載 1940 年 8 月 1 日，南京，《中央導報》第 1 卷第 5 期。

壇的一種多元化的態勢。

　　在軟硬之爭中新感覺派仍以推崇藝術為己任，他們對左翼影評人的批判主要就集中在內容和意識的偏重主義而忽視電影藝術的特徵和技巧上。穆時英的文章也專門談到這個問題，他根據早期電影形式主義理論家安海姆（Rudolf Arnheim）有關內容和形式的論述，強調「形式站在作者的主觀與讀者的主觀中間，不經過形式，觀者無從覺察並接受作者的情緒」，欠缺形式，便不能成為藝術，「在這樣的意義上是形式的存在決定內容的存在」。他認為，內容決定形式只是在「內容底樣式決定形式底樣式」，也就是普列漢諾夫所說的形式必須適合於內容這個意義上是正確的，「並不是指內容的價值決定形式的價值」。[42]切中肯綮地指出了左翼影評人評判標準的誤區。穆時英最終提出文藝的終極使命問題，可以看作是當時帝國主義的侵略，使中華民族面臨著做亡國奴的危機日益加劇的現實對於穆時英文藝觀的改造。在民族的生死存亡關頭，他終於意識到文藝所能夠也應該盡到的一點職責：「在此時此地的中國，我們也不能不提出是否表現了並鼓吹了民族生存鬥爭這一點作為作品底社會價值底評價基準。」「拿鐵和血去擁護我們民族底獨立自尊與自由發展」。[43]即使如此，穆時英也未忘記在目前作品的評價基準的前面加上「社會價值的評價

---

[42]　穆時英：《電影藝術防禦戰（二十）》，載 1935 年 9 月 5 日，上海《晨報》。

[43]　穆時英：《電影藝術防禦戰（二二）》，載 1935 年 9 月 7 日，上海《晨報》。

基準」的限定，使其不具有唯一的和全部的意義。

　　穆時英高度評價人類的生存意志，並把反映與鼓吹它奉
為文藝的終極使命，和普羅文藝所說的求大多數人的幸福的
觀念相比，他剔除了階級的內容和意識，而代以人類的視
野。與叔本華把求生意志看作是宇宙的普遍意志的觀點相
比，他抹殺了悲觀的色彩，而代以積極的肯定人類求生意志
的人生態度，也正是在這點上穆時英和新感覺派以及海派顯
示了與建立在康德、叔本華、尼采的哲學基礎上的西方現代
主義文學精神的異趣。叔本華認為，「在人類之世界，如在
普通之動物世界中，此多方面且不安定之運動，其產生與維
持，乃由二簡單之衝動（impulses）為其主因──即飲食及
男女之本能」。[44]在對待這普遍存在於宇宙的生存意志的態
度上，叔本華做了積極與消極之分，他認為希臘之倫理學（柏
拉圖除外）「目的在勉人以度快樂之生活」，「生活形式之
變遷，無論如何迅速，常認有生活確定之求生意志存在」，
此為前者；而基督教和印度人之倫理學則在使人「完全離此
生活」，「脫離此世界」而得到解脫，「超出死與魔鬼權利
所及之範圍」，此為後者。叔本華選擇了後者，認為「人須
背此世界而行」，「生存無本身真實之價值」，也「毫無意
義」，並由此造成宇宙的等級，「人之視生活為滿足者，正
與其愚鈍之程度成正比例」；[45]康德也正是在對停留於肉體
需要和動物性的常人狀態和這些常人的「低級」、「庸俗」

---

[44]　叔本華著、蕭贛譯：《悲觀論集》（商務印書館，1934 年），第 24
　　　頁。
[45]　參閱叔本華：《悲觀論集》，第 15-26 頁。

趣味的否定上，建立起自己超然而無功利的純粹的審美趣味和美學。尼采的超人更是對「末人」也即常人的超越。也正是從這一角度，馬爾庫塞（Herbert Marcuse）說：

> 西方的高級文化——工業社會仍然承認它的道德、美學和思想的價值——在功能以及年代的意義上說，是前技術的文化。……它在很大程度上依然是一種封建的文化。它之所以是封建的，不僅是因為它限於少數特權者，不僅是因為它具有內在浪漫的因素，而且還因為它的典型作品在方法上表現出自覺疏遠整個商業和工業領域，疏遠其斤斤計較和注重贏利的秩序。[46]

集中反映了中國現代社會的現象經驗的新感覺派以及海派顯然與西方高級文化的這種品格大相徑庭，他們選擇的是後者，格外重視一向被高雅文化排斥在外的人生需要、欲望和經驗，格外重視人的日常生活領域，也把自己看作是一個普通人、常人，甚至不惜自稱俗人。穆時英把求生意志看作是「神聖的」，「真正的」，他認為，「宇宙的最大目的是生：人類有一個神聖的權利，那就是求生存的權利；一個神聖的意志，那就是生存的意志。」「為了生存權利，在物質環境被逐步地改換到一個成熟的階段的時候，人類的生存意志便帶著異樣的光彩輝耀起來——極度地發揮了生存意志就轉為戰鬥的英雄主義。」[47]很顯然，穆時英把生存的意志分為兩個層次。第一個是生存下來的意志；第二個則是在這

---

[46] 馬爾庫塞：《單向度的人》（重慶出版社，1988年），第50頁。

[47] 穆時英：《戰鬥的英雄主義》，見1935年9月30日上海《晨報》。

基礎上昇華了的人類精神。並且在他看來這兩個方面並不是
對立的，所以他特別欣賞能夠把「為你所關切的人生的種種
相」，「把那些人的日常生活」再現出來的影片，而把左翼
作家說成是「說教式的擬現實主義者」。[48]施蟄存同樣認為
普通人「所需要的只是生活」[49]，文藝的唯一也是全部功用
就是「人生的解釋」，他也有意識地在自己所說的人生和新
文學所標榜的「為人生」之間做出區別，他從讀者對新文學
接受的角度談到，人們閱讀新文學習慣性的總要知道「作者
在描寫人生之外還有怎樣一個第二目的」，「新文學書對於
這些讀者，無形中已取得了聖經，公民教科書，或者政治學
教科書的地位」。綜觀施蟄存的有關文學的言說，他一直試
圖為文學界定一個既與政治無關，也與哲學、科學無涉，沒
那麼高也沒那麼專的普通人日常生活的領域和位置。事實
上，他所提倡的「輕」還有另一層意思。根據《最新文學術
語》辭典上關於「輕詩歌」的定義：「通常它涉及的是與當
時的日常社會生活或詩人作為一個普通人的經驗相關的領
域。」[50]輕文學也是這樣，施蟄存也像周作人一樣對英國文
學中的隨筆性散文感興趣，但周作人強調的是這種散文作為
「美文」的性質，而施蟄存看重的是它的「家常味」，「親熱
感」，以致想把這種形式的散文譯作「家常散文」，甚至以
此為標準去評價魯迅的散文，認為「魯迅是最重要的散文家。

48　穆時英：《〈百無禁忌〉與說教式的擬現實主義者》，載 1935 年 5
　　月 5 日上海《晨報》。
49　施蟄存：《八股文》，見《文藝百話》，第 144 頁。
50　A. F. Scott, CURRENT LITERARY TERMS, The Macmillan Press LTD,
　　1980. p 163.

他的風格，是古典和外國的結合。只因為他的絕大多數文章，思想性表現得極強，相對地未免有損家常味、親切感。」[51]儘管從作品的風貌來看，新感覺派筆下多的是時髦、摩登的都市女郎，但卻無一不是凡胎俗骨，充滿了俗的生機。

　　這是個很有意思的現象：以電子交流手段為其媒介的現代大眾文化在本世紀二三十年代形成了一定的氣勢和規模以後，在西方主要是以精英文化為其對立面的。而在中國本來應與大眾文化勢不兩立的第一個現代主義小說流派新感覺派的代表人物卻成為現代大眾文化的鼓吹者，而與代表當時文化領域主流的左翼運動形成對立。儘管當時中國電影工業的基礎還非常薄弱，但卻由於殖民主義者的商品輸入，或者說帝國主義的文化侵略，中國的電影市場異常「繁榮」和活躍。美國華納兄弟影片公司首先嘗試拍攝有聲電影，1926年8月6日，有聲電影（還僅是短片）第一次同美國觀眾見面，僅4個月後就來到了上海，試映於虹口新中央大戲院和百星大戲院。直到1929年美國才全力拍攝所謂「百分之百的有聲片」，很快就成批地運到中國，1929年2月4日上海夏令配克影戲院率先將無聲放映機改為有聲放映機設備，在中國第一次正式公開放映了有聲電影美國片《飛行將軍》。不過半年之後，上海各首輪電影院都先後改裝放映設備，開始放映有聲片。根據1934年12月15日《良友》第100期上刊登的《廿三年度外片公映一覽》所列，僅在1934年這一年裏所放映的外國影片就多達308部，幾乎每一天多

51　施蟄存：《說「散文」》，見《文藝百話》，第242頁。

點的時間就會有一部新的外國影片上映。可見，在中國上海
電影的放映作為當時現代大眾文化社會影響最為廣泛的一
部分，其發展興盛與西方大致是同步的。

　　關於高雅文化和大眾文化的對立關係，徐賁在《大眾文
化批評：理論與實踐》一文中分析說：在西方「以啟蒙思想
為基礎的經典文化遠在文化工業出現之前就已經奠定。歐洲
的現代化進程也在文化工業興起之前業已完成。在這種情況
下，文化工業的興起成為資產階級上流文化，也就是現代經
典文化的威脅力量。」而在中國「以媒介文化為代表的現代
大眾文化和社會啟蒙、工業化和現代化是同步發展的。」[52]這
種歷史的差異也同樣可以用來理解西方現代主義思潮及其文
學在中國的傳播發展的命運。所謂西方的現代主義經典文學
也是在西方的工業化和現代化業已完成之後產生的，此時工
業化、現代化的弊端業已暴露，科學的迷夢業已消散，現代
主義文學正是對其弊端和迷誤的反思、反叛和批判。所以丹
尼爾‧貝爾「把現代主義看成是瓦解資產階級世界觀的專門
工具」，認為它採取的是「同資產階級社會結構的敵對姿態」，
雖然資本主義經濟衝動與現代文化發展從一開始就有著追求
自由和解放的共同根源，直到 19 世紀中葉還有著相同的發
展軌跡，但以後他們之間卻「迅速形成了一種敵對關係」，
而且由這種敵對中發展起來的現代主義至少在高級文化層
取得了文化霸權的地位，發揮了具有主宰性的影響作用。[53]這

---

[52]　見徐賁：《走向後現代與後殖民》（中國社會科學出版社，1996 年），
　　　第 249 頁。
[53]　參閱丹尼爾‧貝爾：《資本主義文化矛盾‧一九七八年再版前言》（三

就是說，一般從文藝復興算起的現代文化在 19 世紀中葉以
後發生了一次轉變，由適應著資本主義的經濟衝動到變成為
「敵對」。這說明一向被我們統而稱之的現代文化實際上在
其漫長的發展過程中分裂成了兩種矛盾並且對立的現代
性。馬太‧克利內斯庫在他的那本「已成為英美大學的有關
係科的基本參考書」[54]《現代性的五副面孔》中，就把這種
矛盾和對立明確地概括為「兩種現代性」：其一作為反映
資產階級觀念的現代性，它適應著西方文明史的發展，是
科學進步、工業革命、經濟和社會急劇變化的產物。它在很
大程度上繼承了先前現代思想史的傑出傳統，相信科學和進
步、尊崇理性和人道主義的自由理想，同時也傾向實用主
義，信奉行動和成功，體現了由中產階級建立起來的一系列
重要的價值觀；其二作為一種美學概念的現代性，它從浪漫
主義開始，越來越激烈地持有反對資產階級的態度。它憎惡
中產階級的價值，不惜以反叛、虛無、通過貴族式的自我放
逐達到啟示的目的等多樣的手段表達它對資產階級現代性
的斷然拒絕，反映了否定一切的破壞性激情。馬太‧克利內
斯庫認為，人們從什麼時候開始意識到這兩種性質不同又激
烈衝突的現代性難以確定，他的意見是大致從 19 世紀上半
葉開始了這兩種現代性的分裂。[55]這個看法和丹尼爾‧貝爾
大致相同。

聯書店，1989 年）。
[54] 根據趙毅衡的介紹：《卡利奈斯庫〈現代性的五個面孔〉》，見《今
日先鋒》（三聯書店，1996 年），第 4 期。
[55] 參閱 Matei Calinescu, FIVE FACES OF MODERNITY（Duke University
Press, Durham, 1987）中有關「兩種現代性」一節。

　　而西方現代主義思潮和文學傳入中國的時候，中國的工業化、現代化還正處於發展的過程當中，特別是第一次世界大戰爆發後的近 20 年間正是中國資本主義工業發展的「黃金時代」，社會的工業化、現代化正是精英和大眾共同追求的目標，在文化方面文藝復興以來一直到最近的現代主義思潮都在同時傳播，也就是說兩種現代性同時並存，更何況「新文化的成就和權威都無法與啟蒙傳統的經典現代文化在歐洲的地位相比」[56]，這都決定了在中國兩種現代性以及精英和大眾之間的關係並不那麼緊張和對立，現代主義所標榜的「與眾不同和自我提升」或受到左翼思潮，或受到資本主義經濟規律的壓迫和抑制，特別是在上海獨特的歷史和文化中產生的海派與市民大眾和二三十年代興盛發展的文化工業採取積極一致的態度更是不難理解了。

　　新感覺派放棄文學家作為社會啟蒙者的使命，放棄「天才」的特殊身份而把自己置身於常人的位置，把文藝的表現和反映的領域集中在「生存」的層次，「日常生活」和日常生活的意識，反映了文藝的服務對象以及功能在現代社會的一種變化，正像本雅明（Walter Benjamin）所分析的那樣，過去的藝術工作就是為統治者，意識形態同時也為自己製造光環的幻象，而由波德萊爾敏銳地感覺到的藝術家在現代都市中光環的喪失是「與當代生活中日益增長的大眾影響有關。這種影響指的是，當代大眾有一種欲望，想使事物在空間上和人情味兒上同自己更『近』」。[57]這也正是張愛玲所

---

[56]　見徐賁：《走向後現代與後殖民》，第 249 頁。
[57]　本雅明：《機械複製時代的藝術作品》，載 1990 年《世界電影》，第

說的，「從前的文人是靠著統治階級吃飯的，現在情形略有不同，我很高興我的衣食父母不是『帝王家』而是買雜誌的大眾。」[58]所以要「完全貼近大眾的心」。縱然文藝是屬於精神的，屬於自我的心靈的，反映著統治階級的意識形態，有著超越的力量，它們的價值都已在種種文藝的思潮和運動中得以確立，並將自有其存在的價值。而海派作家的文藝觀及其作品反映的是適應著現代大眾社會及其文化的發展所要求的特徵和一種新的價值觀念，它和過去的完全與高級文化層相絕緣的民間文化、通俗文學不同，從新感覺派和張愛玲的創作活動中可以看出，他們既要大眾，也要藝術，既要創造常人的存在價值和意義，也要批判常人的日常在世的沈淪和無謂，他們既反映了在現代社會大眾創造著自己的存在價值，要求平等地進入文化中心地帶的努力和嘗試，也代表了知識份子本身在現代社會中的世俗化的心態和傾向，他們的文藝觀和創作在文藝領域樹立了一種新的維度。

五、海派的「大眾」和「為人生」

新感覺派的文藝觀當然並不能完全代表海派文人的觀點，特別是在風格和方法技巧上，他們相互之間所追求的路子有很大的不同，甚至趨於雅俗、中西的兩個極端。不過，他們在一些關係到文學觀念的根本性問題上還是相當一致的。特別是在四十年代上海淪陷區崛起的以張愛玲、蘇青、

---

　1 期。
[58]　張愛玲：《童言無忌》，見《張愛玲散文全編》，第 98 頁。

予且等為代表的海派作家，他們把在新感覺派文藝觀中已現端倪的傾向更加明朗化，更為坦言直露。

　　首先，在作者的身份確認上，四十年代的海派由於生活在淪陷後的上海，日本侵略者和汪偽漢奸政權在經濟上實行了「戰時經濟統制政策」，凍結資產資金，阻斷流通，物資定量統配，導致市內物資匱乏，生產下降，貨幣貶值，物價飛漲，工業、商業、金融業無不嚴重衰退，也造成了靠稿費生活的文人前所未有的生存困境。《雜誌》編者曾組織了一批談當時文壇狀態的集體隨筆，首先提出的就是如何提高作家的待遇問題，有人呼籲說，「在戰前，普通的稿費大約是兩三元，但是現在稿費還有停滯在十元，甚至十元以內的，這怎麼得了？最近幾月來，各方面的稿費都提高一些了，當然距離生活指數的向上還遠」。[59]為此，在 1944 年 11 月 11 日於南京舉行的中國文學年會首屆會議上，路易士等提出了提高稿費率以千字斗米為標準的「保障作家生活案」，所依標準就是事變以前，每千字稿費至少兩元，當時可買兩斗米。[60]所以，即使這一提案得以實施，也意味著作家的生活至少比過去降低了一半。

　　生活的壓迫更加強化了作家賣文為生的意識，也使他們更進一步地自認為俗人，當然也不排除為自己在淪陷區偷生做辯護的因素。張愛玲和蘇青一唱一和，大有居心打出「俗人」的旗幟之嫌。蘇青一再聲稱：「我很羨慕一般的能夠為

---

[59]　諸家：《文壇一年》，載 1943 年 1 月《雜誌》10 卷 4 期。
[60]　根據楊光政：《中國文學年會記》，見 1944 年 12 月《雜誌》14 卷 3 期。

民族國家，革命，文化或藝術而寫作的人，近年來，我是常常為著生活而寫作的」。[61]並供認不諱：「我投稿的目的純粹為了需要錢」，「我是一個徹頭徹尾的俗人，素不愛聽深奧玄妙的理論，也沒什麼神聖高尚的感覺」。[62]她甚至連續在《道德論》、《犧牲論》中，以「俗人哲學」之一、之二為副標題，站在俗人的立場大談俗人的哲學應與社會道德背道而馳。張愛玲刻意渲染「世上有用的人往往是俗人」，「比較天才更為要緊的是普通人」，為了警告自己「天生的俗」，寧願保留自己俗不可耐的名字，並坦承她的姑姑說她「一身俗骨」，心甘情願地和蘇青相提並論：「我們都是明顯地有著世俗的進取心，對於錢，比一般文人要爽直的多」。[63]這樣的身份意識當然決不會像郭沫若當年那樣盛氣凌人：「你是先生，你是導師」，「你要去教導大眾，老實不客氣的是教導大眾，教導他怎樣去履行未來社會的主人的使命。」[64]四十年代的海派更加否認文人的特殊身份，甚至模糊文人意識。蘇青執筆《〈天地〉發刊詞》說：「鄙意文人實不宜自成為一階級，而各階級中卻都要有文人存在，這樣才會有真正的大眾文學，寫實文學，以及各種各樣的對於社會人生有清楚認識的作品出來。」所以，她呼籲執筆者不論是農工商學官也好，是農工商學官的太太也好，「只求大家以常人地位說常人的話」。予且自忖：「社會之大，誰都是文人，誰

61　蘇青：《自己的文章》，見《蘇青文集（下冊）》（上海書店出版社，1994 年），第 431 頁。

62　蘇青：《道德論》，見《蘇青文集（下冊）》，第 103 頁。

63　張愛玲：《我看蘇青》，見《張愛玲散文全編》，第 265 頁。

64　郭沫若：《新興大眾的認識》，載 1930 年 3 月《大眾文藝》2 卷 3 期。

都不是文人。我終年轉換的拿著紅藍黑白四色的筆，也不是
文人。」他在由《萬象》開展的「通俗文學運動」專號的討
論中，甚至把「大眾化是要誘導大眾去寫作」作為他提出的
四個標語之一，這和蘇青主編《天地》的一些主張是相類的。
很顯然，四十年代的海派是傾向於通俗化的。

其次，在讀者對象上，由於海派作家不避諱「近商」，
「賣文」，自覺地適應著經濟運作的規律，他們就不能不把
有著一定的文化知識，能夠自食其力，也就是說有能力閱
讀，買得起書，集中在城市裏的文化消費群體——市民作為
接受者。既不會像左翼出於政治的啟蒙目的，把生活在水深
火熱之中的無產階級作為革命文藝的讀者對象，也不會像西
方的現代主義作家，根本不考慮讀者的問題。所以，他們和
左翼都提出「大眾」的概念，卻有著根本不同的內涵。

瞿秋白在三十年代的文藝大眾化問題的討論中，明確
提出普羅大眾文藝為了「由無產階級反對資產階級而執行
資產階級民權革命的任務，為著社會主義而鬥爭」應當「在
思想上意識上情緒上一般文化問題上，去武裝無產階級和
勞動民眾：手工工人，城市貧民和農民群眾」。[65]郭沫若特
別強調：「大眾文藝！你要認清楚你的大眾是無產大眾，
是全中國的工農大眾，是全世界的工農大眾！」[66]可見，左
翼是出於社會革命目的的邏輯，而把最勞苦、革命性最強
的工農大眾作為自己的擬想讀者的。但事實上，在當時的

---

[65] 史鐵兒：《普羅大眾文藝的現實問題》，見《文學運動史料選（二）》
（上海教育出版社，1979 年），第 373 頁。
[66] 郭沫若：《新興大眾文藝的認識》。

歷史條件下，工農大眾基本上是文盲，根本不能欣賞文學，所以最終為適應這樣的大眾水準，他們不得不放棄文學，而提倡說唱文藝。

　　這個理論與實踐的問題，早已在 20 年代末的無產階級革命文學論爭中就已顯露了出來。茅盾在曾被圍攻批判的《從牯嶺到東京》一文中尖銳指出了這個矛盾：「你的『為勞苦群眾而作』的新文學是只有『不勞苦』的小資產階級知識份子來閱讀了」[67]。因而，他誠懇提出，為「革命文藝」的前途計，「第一要務在使他從青年學生中間出來走入小資產階級群眾」，「使新文藝走進小資產階級市民的隊伍」。[68]茅盾的這篇文章受到創造社的嚴厲批判，但卻在當時的海派文人中得到共鳴和支持。盧白寫了一篇相當長的評論：《文藝的新路──讀了茅盾的〈從牯嶺到東京〉》，他說：讀了這篇文章「不覺驚喜地發見我的主張有了一位同調者，並且他竟清晰地指給我們一條可以遵循的文藝的新路」，即「做小資產階級所能夠瞭解和同情的文藝」，這「跟我們向來的主張有許多不謀而合的地方」。盧白對茅盾這篇文章的挑剔，不在於他不贊成這一觀點，因為他知道現代的作家「很少不是這個階級裏的人」，而是反對把它作為「一個時代獨一的趨勢」，作為唯一的一條路讓一切作家都跟著走。他認為茅盾正是在這點上犯了跟革命文藝的作家同樣的錯誤，「文藝決沒有一條共同的道路，每個作家各有他最適合的路

---

[67]　茅盾：《從牯嶺到東京》，見《文學運動史料選》，第 147 頁。
[68]　同上，第 148、150 頁。

徑」。[69]從此，我們可以看出海派作家思維的多元性。

　　劉吶鷗著文批評國產片電影最大的毛病就是內容偏重主義時也談到：國產片的所謂內容

> 多半帶有點小兒病。社會，階級，意識，不管三七二十
> 一都儘量地趕入無支持的破屋裏去。於是作品便大眾化
> 了。其實哪知道這種大眾化是極其小眾化的東西。從「城
> 市的大眾」這句話的內容我們最起初想得出的，我看
> 不是那站在小錢莊的櫃枱邊算銅子兒的學徒，便是這
> 班人出身（或者發了財）的小商店老闆吧。這種大眾
> 的腦筋既忙於圓的東西的追求，根本就沒有所謂大眾
> 的意識。至於鄉下的大眾我看還是識字為先。[70]

　　劉吶鷗的這段話道出了海派作家心目中的「大眾」的內涵和外延。所以，當時文壇左翼作家和海派作家都爭相以大眾為號召，實在是兩回事。曾主編過海派刊物《良友》，後又創辦《小說月刊》的梁得所關於這其中的區別確實太大意，竟然在《小說月刊》的創刊旨趣中，嘲笑左翼雖然討論了不少日子的大眾文藝，而「實施的出品到今還很缺乏」，因而他大言不慚地要在「有胃口而缺乏適合食品的大眾的面前」「端出點心式的作品」，「獻給凡在實生活之外需要文藝調節的讀者們」。左翼當然不容混淆視聽，有人撰文特別指出「梁先生所謂『大眾』，好像就是一般所謂『小市民』」，

69　虛白：《文藝的新路》，載 1928 年 12 月《真美善》3 卷 2 期。
70　劉吶鷗：《中國電影描寫的深度問題》，載 1933 年 6 月《現代電影》
　　1 卷 3 期。

所以他主編的《小說月刊》裏「所有的作品幾乎全是些適合小市民脾胃的『點心』」，並對梁得所提出的「注重內容」和左翼所說的「有內容」嚴加區別，解釋說「我們通常稱一篇小說為『有內容』云者，是指該小說的『故事』含有重大的社會的意義，而且對於『人生』還有前進的作用」，而不僅僅是一個「讀後可以復述的故事」，因而把這個刊物定性為「小市民文藝讀物」。[71]

　　四十年代的海派把有一定的文化消費能力的城市市民作為讀者對象已經不成其為問題，左翼已經承認了通俗作家擁有廣大讀者的優勢，並試圖總結他們的經驗，解決新文學與大眾的隔膜問題。可以說如何最大限度地爭取大眾讀者是當時文壇共同關注的話題。陳青生在《抗戰時期的上海文學》一書中，總結淪陷時期上海文學時說：「在諸多上海文藝刊物紛紛停刊，眾多上海作家輟筆隱居，上海文學創作陷於沈寂的同時，在孤島後期復出的上海通俗文學卻與眾不同，非但沒有息聲瀝影，反而持續不斷，成為淪陷初期上海文學續存不滅的主要構成。」[72]特別值得一提的是，1942 年秋冬時節在《萬象》，1943 年初在《雜誌》上發起的關於「通俗文學運動」和「新文藝筆法」的討論。這兩次討論是這個時期參與者較多，規模較大也較為重要的兩次文藝理論研討活動，對於上海新舊兩派文學的交流和結合起到了積極的推動和引導的作用。四十年代海派作家的主張和這兩次討

71　惕若：《小市民文藝讀物的歧路》，載 1934 年 8 月《文學》3 卷 2 期。
72　陳青生：《抗戰時期的上海文學》（上海人民出版社，1995 年），第 305 頁。

論有著很密切的關係。蘇青在《天地》發刊詞中能夠說出「新
文藝腔過重者不錄」的話，恐怕就與在「新文藝筆法」的討
論中對「一種新文藝式濫調」的批評有關。予且則參與了通
俗文學運動的討論，闡明了他對通俗文學寫作的看法和主
張。由於這次討論和以往大多是新文學作家不同，而是通俗
作家、新文學作家和海派作家的一次聯合活動，代表了不同
方面的反省、認識和觀點，很值得細加辨析來進一步認識海
派的特徵。

　　在這次通俗文學運動的討論中，新文學和通俗作家達成
了共識，來自新文學營壘的胡山源和通俗作家群的代表陳蝶
衣都特別強調通俗文學的教育性和思想意識的更新問題，陳
蝶衣明確闡明他倡導通俗文學的目的就是「想把新舊雙方森
嚴的壁壘打通，使新的思想和正確的意識可以藉通俗文學而
介紹給一般大眾讀者。」也就是舊瓶裝新酒之意，使通俗文
學有「遞嬗演變為新文學的成分的可能，至少可以很快的變
成新文學的友人」。表現出通俗作家渴望為新文學陣營所接
納的意圖。[73]而胡山源的文章專門談的就是通俗文學如何才
能成為新文學，也就是如何具有教育性的問題。他非常精練
地指控了以往的通俗文學擁護封建制度阻礙進化，提倡宗法
社會滅絕個性，助長迷信「遏滅了人類的生機，斫喪了民族
的元氣」的罪狀，而建議利用通俗文學的形式為大眾灌輸一
些民族思想，社會意識，還有獨立自主的學說和聲光電化的
常識。並認為「通俗文學而能在形式和內容上注重其教育性

---

[73]　陳蝶衣：《通俗文學運動》，載《萬象》，第2年，第4期。

的就是遵守自然法則並充滿時代精神的，那它就是理想上的
正統文學，也是思想上的純文藝。」[74]這就是說有無教育性，
準確地說就是能不能用正確的意識教育大眾是新舊文學的
分野，這一看法和陳蝶衣認為新舊文學的不同最本源的地方
「就是思想上的不同」是一致的。有無教育性，有無正確的
意識成為能否進入正統文學，純文學大門的決定因素，而正
確的意識能否用「具體的事象」加以說明，而不是抽象的說
教，則是能否獲得大眾的關鍵。

　　海派方面的予且顯然和他們考慮的問題不同。他認為通
俗文學的寫作有兩個層次，首先是作者「就一般人心中所有
的材料，選擇一種形式，用他的技巧寫出來使大眾喜歡接
受。」也就是把大眾「原是他們心中所有的」，而不是外在
的，遠遠高於他們之上的，用技巧寫出來，這就是已經做到
了「通俗」的地步，這樣他們就會說：「謝謝你，我們所要
說的，被你說出來了」；但這還僅僅是第一步，還未能完成
作者的目的，「作者的目的，乃是要將『人世本來面目』或
者是自己對於人生的見解，宣示給一般人，仍舊使他們樂於
接受，來說一句：『謝謝你，我們所不知的，被你說出來了。』」
予且認為要做到這第二步「你的見解必須大眾化」。[75]可見，
予且對於教育大眾的神聖使命是有所保留的，他沒有像陳蝶
衣那樣每一念及「大眾是需要教育的！」，「就不禁凜然感
覺到肩上所負文化使命的重大。」也不會像陳蝶衣那樣，聽

---

[74]　胡山源：《通俗文學的教育性》，載 1943 年 1 月《萬象》，第 2 年，
　　　第 5 期。
[75]　予且：《通俗文學的寫作》，載《萬象》，第 2 年，第 5 期。

到對於《萬象》是迎合低級趣味的讀物的指責，就忙加辯解：
「這實在是莫大的冤誣」，「有些作品誠然難免較為低級，
但這在整個分量上所占的百分比是很少的」。予且對「迎合
低級趣味」的批評特別的耿耿於懷，他根本否認有低級趣味
的存在。他說：

> 其實，什麼叫低級趣味？就很難有滿意的答案。拿
> 「食」「色」兩項來說，就是人生有趣味的事，請問
> 這是低級趣味，中級趣味，還是高級趣味呢？這是人
> 人都有的，而且沒有什麼東西比這兩項上得到滿足更
> 為有趣。這倒不問他是一個哲學家或是一個庸人。我
> 們又怎樣去定趣味的等級？就趣味的本身來說，只有
> 所謂濃厚和淡泊，更無謂「高」「中」「低」。[76]

這段話首先表明予且不贊成把趣味分等級。阿英在《文
學百題》一書中曾專門寫了一個「什麼是趣味？它怎樣分成
高級和低級？」的條目，強調「在文學上所謂趣味，是使人
特別能增加快感，無論是悲抑是喜，但必需具有很強的社會
意識。趣味的高級和低級，就在這上面來區分。」並說明這
種「高級」和「低級」趣味的分法，是從梁啟超所說的「趣
味」與「並非趣味」的區別中引申而來的。[77]這種分法顯然
和胡山源認為新舊文學的區分就在有無教育性，有無正確意
識，只要通俗文學能夠獲得教育性和正確意識就可以成為正
統文學和思想上的純文學的說法是同出一轍的。予且反對趣

76　同上。
77　阿英：《文學百題》（鄭振鐸、付東華編，上海生活書店，1935 年）。

味的高下之別，顯然是反對主流意識對他者的統一，和不承認主流意識一定高於他者的權威性。

其次，予且特別提出「食」與「色」的趣味是人人都有的趣味，是人生最大的趣味恐怕是有所指的，也許針對時人把「以財色為中心」的上海氣說成是惡俗的，而有意做出的反駁也說不定。予且的這一看法代表了海派作家的普遍認識，他們往往在「人類共有」的大前提下，為「食」與「色」一向被正統文學排斥鄙薄為所謂的「低級趣味」進行辯護。海派作家非常顯著的一個精神特徵就是毫無避諱地關注以「財色」為主要內容的日常生存，高度評價人的日常生活領域，這也構成了他們人性觀、人生觀、社會觀的一個基礎或出發點，他們的看法是由此出發而形成的。

致力於創造「都市文學」並「得了盛名」，被蘇雪林說成是「專寫大上海金粉繁華之盛，筆致與穆時英不相上下」的張若谷曾與傅彥長、朱應鵬出版過一本厚厚的合集：《藝術三家言》，這本書再加上張若谷本人的《文學生活》、《咖啡座談》集中論述了他們的藝術觀，徐蔚南在《藝術三家言》的序中說他們三人的思想「是一貫的，沒有多大的出入。……他們三人聯合起來，就能成為藝術界的一支生力軍。分散了，也不失為藝術界的重要戰鬥員。」[78]他們三人的觀點可以說為海派作家的「財色」氣做了充分的合理化的解說和論辯。概括地說，張若谷、傅彥長、朱應鵬和五四作家的改造國民性，以圖國富民強的目的是一致的，但其路徑和主張不

---

[78] 徐蔚南：《藝術三家言・序》（良友圖書印刷公司，1927 年），第 10 頁。

同，他們認為中國淪落到像現在的這種地步，完全因為中華
民族好靜，好折中，好保守的緣故，換言之，中華民族衰老
了的緣故。因此，要在民族文化精神裏灌注青年的血清，而
要找到這種血清，只有尋著兩條路方可求到，「第一條路就
是走到被本國知識階級所輕視所壓下的農工階級裏去；第二
條路就是走到希臘的思想裏去。」[79]在他們看來，中國傳統
文明與民眾藝術毫無關係，從大多數人民所發生出來的藝
術，「頂要緊的一部分」，是「就人生的方面而擴大起來」
的藝術。[80]只有「道教底異端的思想，常常與從大多數人民
所發生出來的藝術固結著」，它們「不但是入世的，而且是
注重肉感，接近人生」。[81]所謂希臘的思想，更被他們看作
是藝術的「正統嫡派」的思想，他們認為：「西洋文明，以
希臘思想為中心；希臘思想，根本在他們的神話」，而「希
臘神話的精神，完全是根本人生——飲食男女——的動機，
充滿了青春的使命」。[82]它「以『滿足人生』為中心點，故
其男子尚勇，女子尚美，享受無上快樂之生活」。[83]所以，
希臘之神與中國「專司人間道德」，「善惡果報」的所謂神
完全相反，他們是「專司凡人的享樂」，「助長凡夫的享樂」
的，義大利「文藝復興」的原動力，正是希臘思想之復活。

---

[79] 徐蔚南：《藝術三家言・序》，第 6 頁。

[80] 參閱傅彥長：《藝術三家言・國人所應該走的藝術的大路》。

[81] 參閱傅彥長：《藝術三家言・國人所應該走的藝術的大路》，第 14
頁。

[82] 朱應鵬：《藝術三家言・正統嫡派的藝術思想》，第 122 頁。

[83] 朱應鵬：《藝術三家言・希臘思想在西洋文化史上之地位》，第 137
頁。

因而，他們明確提出：「要談藝術，必注意『人生』。藝術的根本，是在滿足人生，所謂『人生』，就是『飲食男女』兩件大事。」[84]為此，他們不僅批判傳統文學中的「月下賦詩」、「登樓望遠」、「重陽獨酌」、「柳蔭釣魚」之類的「憔悴可憐的無聊慰藉」，而且批判新文學更進一步成了「淚」、「歎」、「愁」、「恨」的「退化之勢」。聲稱上海高平的樓宇，平坦的馬路，風馳電掣的車馬，迷離炫眼的商場，以及輕歌曼舞，錦衣玉食，盡量地供人們享樂的這種現世的，肉體的享樂「完全是從西洋輸入中國」的，「就是中國已經接受了一部分希臘文化的表示」。[85]因而他們主張中國藝術家在最近的將來「應該就情感方面來努力，要沒有道德的束縛；中國需要的是鼓吹平民去奮鬥——說得不雅點，就是爭權奪利——的藝術作品」，要把「嗜欲擴張起來」的藝術作品。[86]

　　在戰爭中深深體驗了生存的煎逼和威脅的四十年代的海派，對食與色在人生中的分量體會得更加深重，戰時香港給張愛玲留下了「切身的、劇烈的影響」的就是「發現了『吃』的喜悅」，「一件最自然，最基本的功能。突然得到過分的注意」。另外就是人們「急於攀住一點踏實的東西，因而結婚了」。人類的文明仿佛就剩下「男女飲食這兩項」。予且在《我之戀愛觀》中也談到戰爭對他創作的影響和改變，認識到「受了生活重壓的人，求生的急切當然是無庸諱言的事

---

[84]　朱應鵬：《藝術三家言·正統嫡派的藝術思想》，第121頁。
[85]　朱應鵬：《藝術三家言·參觀神州女學繪畫展覽會後》，第184頁。
[86]　傅彥長：《藝術三家言·積極擴張中國藝術的方法》，第58、42頁。

實」，並尊重於這個事實。[87]被予且說成是最能討稿子，「不
但是限期限字，還要限範圍出題目」的蘇青不僅在自己主編
的《天地》上組織大家寫「衣」、「食」、「住」，而且把
自己「活在亂世」的散文集就題作《飲食男女》（張若谷也
有一本同名的散文集），她給王柳影先生為這本書做的封面
畫出的創意就是借用亞當夏娃的故事，但她不是把這個聖經
故事看作是人類的原罪，而是象徵「世界之創始」就是「飲
食男女之始」。[88]

　　所以，海派作家雖然也普遍提倡寫人生、為人生，但他
們和當年文學研究會所主張的為人生的文學觀念有著很大
的差異。文學研究會「為人生」的著眼點在於不僅要表現人
生，還要有「指導人生的能力」，還要「助成個人及國民文
學的進步」，也就是說，他們提倡的為人生的文學，不僅要
「附著於現實人生」的，更要「以促進眼前的人生為目的」。
[89]五四新文學倡導者雖是「偶像的破壞者」，但正像周作人
所總結的那樣「他還有他的新宗教，——人道主義的理想是
他的信仰，人類的意志便是他的神」。[90]所以，他們與海派
適應文化產品的生產，賣文為生，以及把飲食男女看作是人
生的內容，而主張文藝的目的就是滿足這樣的人生的觀念是

87　予且：《我之戀愛觀》，載《天地》，第 3 期。
88　蘇青：《飲食男女》後記，見《蘇青文集（下）》，第 457 頁。
89　參閱《新舊文學平議之評議》、《文學研究會宣言》、雁冰《「大轉
　　變時期」何時來呢？》，均見《文學運動史料選》（上海教育出版社，
　　1979 年），第 167、175、195 頁。
90　周作人：《新文學的要求》，見《文學研究會資料（上）》（河南人
　　民出版社，1985 年），第 53 頁。

根本不相容的。他們特別強調文學的真使命是「高尚理想的表現」，是對於「偉大的思想或原理的承認，含孕，並解釋」，鄭振鐸在《文學的使命》一文中針對「在現在商業的實利的時代中，人們所缺乏的乃是精神上的高尚的理想」，「人們的高潔的精神，廓大的心境也被卑鄙的實利主義，生活問題泯滅消滅而至於無有」的現象提出，文學應「以高尚飄逸的情緒與理想，來慰藉或提高讀者的乾枯無澤的精神與卑鄙實利的心境」，「應該把這種超逸的理想灌輸給大家，使他們不到沈淪於實利主義而忘返」，並認為「救現代人們的墮落，惟有文學能之」。[91]但這些所謂高尚的理想，飄逸的情緒卻正是海派作家所要消解的，新文學作家所拒斥的生活問題，實利主義卻正是海派作家所認為的日常的生存，日常生活的邏輯，並把這種世俗的存在看作是人生的「真相」，甚至有的作家把它標舉為一種價值。海派作家的創作更能形象地反映出他們的這種文化精神。

---

[91]　西諦：《文學的使命》，見《文學研究會資料（上）》，第 70-72 頁。

日常生活意識和都市市民的哲學

一、以人的世俗性消解歷史英雄和聖人的光環

　　海派文人適應都市市民的口味與神經的文學觀念，實際上反映出他們接受了文人在現代社會中作為出版商的雇傭者，賣文為生的生存狀態，也代表了一部分知識份子在現代社會中的分化，即逐漸地由認同舉「經國之大業」，「不朽之盛事」的神聖角色向社會雇傭者的職業化的世俗身份轉變。不管他們是否清醒地意識到這一點，這一轉變不僅影響到他們的文學觀，也在他們的創作中留下了獨特的價值觀和精神傾向，特別在人性的看法上鮮明而集中地表現出來。對於「人是什麼」的理解和認識，從來不是一個真實還是不真實，正確還是不正確的問題，它往往是建立一套價值體系的最基本的和首要的問題。在西方，中世紀的和現代的價值體系正是圍繞著斷言人是上帝的兒子和賦有理性官能的人的不同定義建立起來的。在中國，五四新文化運動也正是從批判傳統的關於「君君，臣臣，父父，子子」的人的限定開始的。海派作家的精神特徵也正是在這方面顯示出既不同於左翼作家關於人是階級的人的觀點，也不同於五四作家關於人是在從蟲到獸到人到超人的進化階梯上的認識。

　　談到海派作家的人性觀不能不提到弗洛伊德對於他們的影響，儘管五四前弗洛伊德學說已傳入我國，五四時期已

成為知識份子圈中的一種時尚，但正是在對於弗洛伊德的不同接受、改造和應用中鮮明地顯示出各自所標舉的價值及其特點。西方學者在高度評價弗洛伊德對二十世紀的影響時認為，「弗洛伊德是關於人的現代觀念的營造者」[1]，弗洛伊德在中國的傳播也證實了這一點。五四時期魯迅、郭沫若、周作人、郁達夫等對於弗洛伊德潛意識、夢、三重人格的劃分、性心理和變態性心理、性欲昇華說的接受，是以「存天理，滅人欲」的封建禮教道德為其對立面的，這樣，弗洛伊德主義不僅發揮了批判的功能，也為五四作家樹立「從動物進化的人類」，「獸性與神性，合起來便是人性」，相信「人性的生長」和進化的人道主義的人性觀提供了科學的解說和證明。二十年代末發展起來的海派作家在很大程度上仍沿襲了五四作家，尤其是創造社的作家接受弗洛伊德學說而形成的寫作模式，但特別值得注意的是他們在此基礎上進一步發展出自己的路子，留下了自己的精神烙印。

　　與五四作家不同的是海派作家對弗洛伊德的接受是以歷史英雄、文化界的偉人和宗教聖人所代表的人的理想價值的神話為其對立面的，而且以弗洛伊德的關於本我、自我、超我三重人格的劃分和定位觀之，他們強調的是按照現實原則行事的自我對於本我和超我的克服，對於人的行為的支配作用，而不是按照快樂原則行事的本我的本能欲望和力量，這樣，雖然人的行為動機都屬於自我生存本能的範疇，但海派作家寫的是本能的理性，而不象西方作家那樣賦予本能的

---

[1]　轉引自唐正序、陳厚誠主編：《20世紀中國文學與西方現代主義思潮》（四川人民出版社，1992年），第346頁。

非理性以至高價值。海派作家對於人的神聖性的消解和對於
理性的自我的強調都決定了他們對於人的日常存在的世俗
性質的理解和認定。

　　施蟄存是一位深受弗洛伊德影響的作家，他在談到為嘗
試「一條新的路徑」而創作的《將軍底頭》這個短篇小說集
時，不僅自認「不過是應用了一些 Freudism 的心理小說而
已」，[2]別人也認為「與弗洛伊德主義的解釋處處可以合拍」[3]。
為了一些「沒干系」的批評，施蟄存曾在《將軍底頭》中自
明這些作品的主旨：「《鳩摩羅什》是寫道和愛的衝突，《將
軍底頭》卻寫種族和愛的衝突了。至於《石秀》一篇，我只
是用力在描寫一種性欲心理，而最後的《阿襤公主》，則目
的只簡單地在乎把一個美麗的故事復活在我們眼前。」在《現
代》第 1 卷第 5 期上刊登的一篇無署名的書評文章則更整齊
地把這幾篇小說概括為宗教和色欲、信義和色欲、友誼和色
欲、種族和色欲的衝突。略而觀之這些說法並無不當之處，
也與弗洛伊德的學說甚合，但如果更為細緻的辨析，會使我
們更進一步接近也許是施蟄存本人也未曾明確地意識到的
他蘊涵在精神分析之後的價值取向。

　　《鳩摩羅什》的本事在《出三藏記集》和《高僧傳》
中都有記載，就其行為事件來說，施蟄存的創作基本上遵
循了典籍所載的人物史實，比如鳩摩羅什確曾娶龜茲王女
為妻，並養有後秦王姚興送他的 10 名美妓，也曾當眾表演，

2　施蟄存：《我的創作生活之歷程》，見《燈下集》（開明書店，1937
　　年），第 79 頁、80-81 頁。
3　《將軍底頭》（書評），1932 年 9 月《現代》第 1 卷，第 5 期。

將一碗針吞下，以證明自己道行高深，最終「焚身之後，
舌不焦爛」等等，所以施蟄存的歷史小說被特別看作是「純
粹的古事小說」。但是施蟄存畢竟不是在寫歷史，與典籍
所載的本事相對照，最明顯的是熟悉並深信弗洛伊德心理
分析學說的施蟄存為這位高僧增添了心理動機的內容，「從
對人深層內心的分析來說明人的行為」[4]，不僅展示了道和
愛的衝突，更進一步顯示出在道和愛之後的世俗心理和動
機。施蟄存的《鳩摩羅什》是從後秦王姚興西伐呂隆成功
後，鳩摩羅什受其邀請和妻子趕赴長安，就任國師寫起，
描寫他一路上對於自己與表妹龜茲王女的一重孽緣的反
省。他痛切地感到自從呂光把他和表妹「飲以純酒，同閉
密室」，使他破了節操，有了家室之累之後，自己就「好
像已經在一重幽暗的氛圍氣裏，對人說話也低了聲音，神
色之間也短了不少的光輝，似乎已無異於在家人了」，他
心裏一直在為「兩種企念」而鬥爭著：「一種是如從前剃
度的時候一樣嚴肅的想把自己修成正果，一種是想如凡人
似地愛他的妻子」；一方面他為「因她之故而被毀壞了戒
行這回事」，「很忿恨著」，一方面「對於她的熱情，卻
竟會如一個在家人似的接受著，享用著」。因此，他完全
不能瞭解自己了，不知道「由這樣壯盛的扈從和儀仗衛送
著到京都去的，是為西番的出名的僧人的鳩摩羅什呢，還
是為一個平常的通悟經文的在家人的鳩摩羅什呢？」妻子
的客死旅途終於使他們的孽緣「完盡了」，也使他的疑問

4　施蟄存：《為中國文壇擦亮「現代」的火花──答新加坡作家劉慧娟
　　問》，見《沙上的腳迹》（遼寧教育出版社，1995年），第175頁。

和矛盾化解，他可以不再為自己「已經變成一個平凡的俗人」而擔憂，開始自信「他將在秦國受著盛大的尊敬和歡迎而沒有一些內疚」。到此為止，施蟄存寫的的確是愛和道義的衝突。

但到了長安以後，鳩摩羅什並沒有像他所企望的那樣，真的做到「一塵不染，五蘊皆空」，反而時時受著一個完全「沈淪了的妖媚的」妓女的誘惑，以致在講經的時候，妻的幻象和那個妓女「放浪的姿態」疊印在一起的臆想使他「完全不能支持了」，不得不中斷。為此，國王賜他宮女，又為了「廣弘法嗣」，「賜妓女十餘人」。這樣，「日間講譯經典，夜間與宮女妓女睡覺」的鳩摩羅什，為了堅定人民和僧人對他的信仰，就不得不「竭盡他的辯才」，去為自己辯護，竟至不惜使用術士「吞針」的旁門左道來哄騙世人了。屆時，鳩摩羅什才認出自己，不僅對於情愛不專一，而且「非但已經不是一個僧人，竟是一個最最卑下的凡人了。現在是為了衣食之故，假裝著是個大德僧人，在弘治王的陰覆之下，愚弄那些無知的善男子，善女人和東土的比丘僧，比丘尼」。施蟄存對於鳩摩羅什的進一步審視，事實上是更深地無情地揭開了高僧內心的愛和道義的衝突的面紗，他通過不時攪亂鳩摩羅什的妻子、妓女、宮女的幻象疊印的類比手法，暗示出妻子、妓女、宮女之於鳩摩羅什同等的「性」的意義；而鳩摩羅什真的是那麼執著於「道」嗎？他被逼無奈以魔法維持自己的地位和威望的行為已經說明，他不過是「為了衣食之故」而傳道。可見，施蟄存筆下的鳩摩羅什所謂愛和道義的衝

突本質上是人的根性，俗人的性質——性和食的衝突，施蟄存通過鳩摩羅什對自己層層逼近的反省，展示出人如何焦慮萬分地受著本能性與食的要求的夾擊，以及如何處心積慮地謀劃著實現它們雙方面滿足的人本窘境。所以，施蟄存讓鳩摩羅什火葬的時候，「他的屍體是和凡人一樣地枯爛了，只留著那個舌頭沒有焦朽，替代了舍利子，留給他的信徒」。鳩摩羅什的「舌頭」是這篇小說的一個貫穿始終的意象。作者寫他妻子去世時「含住了他的舌頭，她兩眼閉攏來了」；讓他講經時，在那個妓女坐過的座位上，看見「他的妻的幻象又浮了上來，在他眼前行動著，對他笑著，頭上的玉蟬（這是那個妓女的妝飾特徵——筆者注）在風中顫動，她漸漸地從壇下走進來，走上了講壇，坐在他懷裏，做著放浪的姿態。並且還摟抱了他，將他的舌頭吮在嘴裏，如同臨終的時候一樣」；後來當鳩摩羅什為證明自己是個有公德的僧人可以葷食娶妻，每夜宿妓仍成正果而吞針的時候，一瞥眼見到那個妓女，又浮上了妻的幻象，「一陣欲念升了上來，那支針便刺著舌頭上再也吞不下去」等等，同一意象的一再出現反覆強調出象徵的涵義，可以說舌頭既象徵著性，也象徵著食，不僅鳩摩羅什社會角色的職能與「搖唇鼓舌」有著密切的相關性，他也為維持這一社會角色而「搖唇鼓舌」。那個燒不「焦朽」，「替代了舍利子，留給他的信徒」的舌頭，象徵的正是人類永遠擺脫不掉代代相襲的根性。

　　施蟄存運用弗洛伊德的心理分析，為鳩摩羅什的本事所增添的心理動機的內容事實上是對歷史上這位「傳法東土」

高僧的「重寫」，因為施蟄存不相信有「從內心到外表都是
英雄思想」的「徹頭徹尾的英雄」[5]，所以在他的重新敘述
下，這位「出世英雄」對自己世俗心理和動機的反省就徹底
改變了他的形象和行為的性質。典籍突出的是鳩摩羅什深解
法相，善閑陰陽，能預睹徵兆的高僧大師的非凡特質，施蟄
存則徹底摒棄了有關這些神算、神悟的事迹和細節，完全以
凡人、俗人的行為和心理寫之、度之，解釋之。這樣，鳩摩
羅什的破戒，典籍強調的是「被逼行事」和讖語應驗，施蟄
存則顯示其與「最最卑下的凡人」無異的主體欲求和性質。
典籍所載鳩摩羅什焚身後舌不焦爛，為的是證明鳩摩羅什所
譯的經論無謬而顯示的神迹，[6]而在施蟄存的筆下則完全成
為對於這位高僧的諷刺和嘲弄。有意思的是施蟄存的鳩摩羅
什竟為歷史學界所熟知，以致成為一種「見仁見智」的說法。
在最近出版的《歷代高僧傳》中，鳩摩羅什傳的作者竟覺迴
避不了施蟄存的定見，不得不特別解釋說，現代作家施蟄存
「在小說中寫他身上佛性與人性的衝突，以及他潛意識中的
人性萌動，這就是見仁見智了。我們更相信他是被逼行事：
月支北山羅漢的提醒已是讖語，在呂光手下被逼與王女成
婚，他也曾苦苦哀求過。」[7]可見，施蟄存對這位高僧的褻

---

[5]　參見施蟄存：《為中國文壇擦亮「現代」的火花——答新加坡作家劉
　　慧娟問》，《沙上的腳迹》，第 182 頁。

[6]　有關鳩摩羅什的典籍所載參閱【梁】釋僧佑撰：《出三藏記集·卷十
　　四》（中華書局，1995 年），第 530-535 頁；【梁】釋慧皎撰：《高
　　僧傳》（中華書局，1992 年），第 45-60 頁；李山、過常寶主編：《歷
　　代高僧傳》（山東人民出版社，1994 年），第 56-66 頁。

[7]　《歷代高僧傳》，第 65 頁。

瀆令佛門歷史是多麼的難堪。

　　施蟄存在鳩摩羅什身上所嘗試的這種用揣測「行為主要意圖和有效動機」去「鄙視和貶低一切偉大事業和偉大人物」的做法，雖得自於弗洛伊德，但並非自弗洛伊德始，黑格爾早就把它稱作是一種「心理史觀」，並認為這種所謂的「心理史觀」，就是「僕僕的心理，對他們說來，根本沒有英雄，其實不是真的沒有英雄，而是因為他們只是一些僕僕罷了」。[8]如果說，黑格爾的說法帶有明顯的貴族優越感的話，那麼現代哲學家的較為中性的說法，即是「當代大眾有一種欲望，想使事物在空間上和人情味兒上同自己更『近』」，因此，他們消解一切帶有神聖光環的事物和人物，尤其是消解「歷史對象的光環」正是這個褻瀆運動的一個主要的方面[9]。例如說馬丁・路德倡導宗教改革的動機是為了想要與尼姑結婚；日本新感覺派作家橫光利一在《拿破侖與輪癬》中解釋拿破侖不顧任何人的反對執意遠征俄羅斯的動機，是因為給高貴的奧大利神聖羅馬皇帝的女兒「看見了他自身平民的腹部頑癬」，是出自一種自卑的失敗心理的舉動。施蟄存的系列歷史小說也都是這樣的心理史觀的產物，以行為動機的挖掘去消解歷史對象的光環也正是他的策略。

　　施蟄存自稱《將軍底頭》寫的是「種族和愛的衝突」，實際上也遠非如此單純。貫穿小說始終的還有一條花驚定將

8　　詳見黑格爾：《法哲學原理》（商務印書館，1995 年），第 126-128 頁。

9　　本雅明：《機械複製時代的藝術作品》，見 1990 年 1 期《世界電影》第 131 頁。

軍反省自己與那些卑下的漢族兵士究竟有無不同的線索。花驚定作為遺傳著「正直的，驍勇的，除了戰死之外一點都不要的吐蕃國的武士」血脈的後裔，從內心鄙視在他領導下的那些雖然勇猛絕世，但不過是為了「打了勝仗之後，擄掠些番邦寶物和女人」的漢族兵士。他深知「要訓練到他的武士不怕死，是可以的；要訓練到他的武士盡忠於大唐皇帝，也是可以的；獨於要訓練他的武士不愛財貨女色，那是絕對不可能的。」所以，花將軍「惟有暗示著打敗了吐蕃可以任憑他們去姦淫擄掠」才可以發揮他指揮的效力。但就是這個鄙視「漢族人的貪瀆無義的根性」的花將軍，通過對於一個美貌少女仿佛「把全身浸入似的被魅惑著了」的體驗，也反省到自己和那個「因為抑制不住這種意欲，所以有了強暴的越軌舉動」，被他下令砍了首級的兵士並無本質的區別，他「只不過為了身份的關係，沒有把這種意欲用強暴的行為表現出來罷了」，而正是這個被壓抑的意欲使他在夢中做了一個「殘暴地對於一個無抵抗的美麗少女」「肆意侮辱著的人」。所以，他反省到自己是一方面「企慕著從祖父嘴裏聽到的武勇正直的吐蕃國的鄉人，而一面又不願意放棄了大唐的如在成都一般的繁華的生活」。在財色的貪戀上，他與自己所鄙視的漢族兵士並無二致。如果說，戰前花將軍還在為「究竟還是反叛了大唐歸還到祖國去呢，還是為了戀愛的緣故，真的去攻打祖國的鄉人呢？」委決不下，一旦開戰，「將軍所意識著的，就只是怎樣去避免敵人的殺戮，和怎樣去殺戮敵人。將軍已完全忘記了種族的觀念，凡是趕上前來要想殺害他的，都是敵人。為了防禦自己，便都得殺死他」。最終，當將軍看到那個少女

的哥哥戰死，「引為幸運」，「滿心得意地想回轉馬頭」去
追尋他的愛的時候，他的頭被一個吐蕃將領砍掉了。「這時
的花驚定將軍完全是自私的，他忘記了從前的武勇的名譽，
忘記了自己的紀律，甚至忘記了現在是正在戰爭」。就這樣，
女色使他把種族和榮譽忘得一乾二淨，一個為保衛祖國，戰
死疆場的英雄的歷史故事，經過施蟄存的重寫，恰恰就成了
一個為了自己的利益和幸福而逃離疆場的俗人的不幸。

　　本事取自《水滸傳》的《石秀》其路數也是同出一轍，
本來在歷史的敘述中，石秀之為楊雄被比喻為李逵之為宋江[10]
的關係已被人們所熟悉。這意味著說石秀是和李逵一樣，以
其忠誠義舉的品質行為而青史留名的。但經過施蟄存對石秀
「智殺裴如海」，翠屏山「姦淫婦女說緣因」的巧妙安排，
終借楊雄之刀而殺了潘巧雲的心理動機的揣測揭示，一個
「心雄膽大有機謀，到處逢人搭救」的水滸英雄「拼命三郎」
石秀就成了一個因「看見了義兄的美婦人而生癡戀」，最終
在「下意識的嫉妒，熾熱著的愛欲」的驅使下，不僅殺了情
敵裴如海，也唆使楊雄殺了潘巧雲的小人和惡人。在石秀內
心所展開的友誼和色欲的衝突，就成了石秀對自己「戴著正
義的面具」的性欲心理的自知和自識。他的殺害潘巧雲也成
了「因為愛她，所以想睡她」而不得，「所以要殺她」的虐
人狂的變態舉動了。

　　《阿襤公主》雖說是施蟄存「只簡單地在乎把一個美麗
的故事復活在我們眼前」的產物，不過把它和文字的記載和

10　參閱《容興堂本水滸傳》（上海古籍出版社，1988 年）附錄《梁山泊
　　一百單八人優劣》。

郭沫若運用同一歷史故事而創作的劇本《孔雀膽》略加比
較，其精神特徵就會不言自明。在段功形象的塑造上，施蟄
存更接近野史的敘述，在楊升庵《南詔野史》、《滇載記》
中，段功雖「半載功名百戰身」，但「終為迷戀女色而忘記
了民族的仇恨以致殞命」，施蟄存的《阿襤公主》也突出強
調了段功這一點，讓他始終在阿襤公主的美色和報亡國之仇
的矛盾中掙扎。而郭沫若卻根本不能接受這樣的形象，他有
意把野史看作是小說的虛構，批判作者楊升庵「是慣會造假
的人」，認為「舊時文人均有段功好色自取滅亡之觀念」，
「其事亦不足信」。因而在郭沫若的改寫下，段功是一位「豁
達大度，公而忘私」的英雄。

　　小說的主人公阿襤（蓋）公主在《新元史》、《大理府
志》烈女欄以及野史中均有記載，這些資料都敘述阿蓋公主
是一位「把自己的生命來殉了她的丈夫」的烈女英雄。郭沫
若在《孔雀膽》中不僅接受了這個歷史形象，而且為了突出
其節烈的品質，不顧史實的有無而增繁渲染得淋漓盡致。在
他的筆下阿蓋公主不僅機智地揭露了暗殺丈夫的仇人的陰
謀，並在為丈夫報仇之後從容自殺。而施蟄存筆下的阿襤公
主卻全然沒有這樣的英雄氣概，一直在是做「一個忠實於自
己的種族的女子」，還是「為了自己的戀愛和幸福」，「站
在丈夫這一面」的權衡中猶豫不決，直到最後才做出了選
擇：「既然做了他的妻子，我就完全屬於他了。蒙古於我還
有什麼關係呢？父親的權勢於我還有什麼關係呢？難道為
了與自己沒干系的人而犧牲了自己的戀愛與幸福嗎？」更說
明問題的是施蟄存對阿襤公主結局的處理。本來史載阿襤公

主的死有兩個說法：一說是阿蓋公主得知段功死訊，做了一
首辭世詩後自殺身亡；一說是絕食而死。施蟄存沒有採取其
中的任何一種說法而篡改為，當阿蓋公主得知段功被害，要
為丈夫報仇時，被仇人識破，反將毒酒灌進了她的口中。施
蟄存把阿蓋公主的死由自殺改為被人所殺，無疑使阿蓋公主
的烈女形象大打折扣。由此可見，郭沫若和施蟄存都有忠實
歷史的敘述，也都有違背的地方，在他們不同的忠實和違背
之中鮮明地表現了各自的價值取向和精神。郭沫若用段功和
阿蓋公主的歷史故事譜寫了一曲英雄主義的讚歌，而施蟄存
恰恰是以日常生活的意識心理消解了他們的那些超越日常
的行為，給我們講述了發生在一對「平凡的俗人」身上的一
個美麗哀惋的故事。無怪郭沫若聽說施蟄存有一篇和他的
《孔雀膽》出自同一題材的小說，找來看了後說，施蟄存「《阿
蓋公主》的主題和人物的構造，和我的完全不同，甚至於可
以說是立在極相反的地位。」「在積極方面對於我毫無幫
助」。[11]

　　施蟄存的歷史小說還有《李師師》和《黃心大師》，其
路數也都如上所述，作者以日常生活的意識把一切有違其邏
輯，或超越其形態的「神聖」、「神奇」的歷史敘述和傳說
改寫為常人的和日常生活的形態，這樣，徽宗皇帝在李師師
的眼中「看來看去」都是一副「凡俗的臉相」，「一個銅臭
滿身的市儈」，所以李師師斷定，「這站在她面前的人，雖
然是個皇帝，一定是一切市儈裏的皇帝」；但這並不是為了

11　郭沫若：《〈孔雀膽〉故事補遺》，見《沫若文集》4 卷（人民文學
　　出版社，1956 年），第 253 頁。

烘托這個當紅妓女形象的高潔，施蟄存通過李師師知道她的嫖客是「當今天子」後態度馬上由鄙薄到曲意逢迎的變化，揭示了她的世俗心態而與傳說中的清高傲慢的李師師相悖。關於《黃心大師》施蟄存曾明確地相告：「黃心大師在傳說者的嘴裏是神性的，在我筆下是人性的。在傳說者嘴裏是明白一切因緣的，在我的筆下是感到了戀愛的幻滅的苦悶者。整個故事是這兩條線索之糾纏。」[12]施蟄存的自白大致不差，只是黃心大師在小說中並非是一個「戀愛的幻滅的苦悶者」形象，她的「捨身鑄鐘」不僅並非如傳說所宣揚的那樣，「犧牲自己的生命去護衛她的大法」，也並非出於「戀愛的幻滅」，而是由於想不到她鑄鐘所依仗的大施主恰恰是她過去那個犯了罪，又被她「拒絕了合鏡」的丈夫，因而不勝「心中老大的羞惱」所致。這樣，《比丘尼傳》中所載「師捨身入爐，魔孽遂敗，始得成冶」的一個「殺身成仁」的故事就成為了一個常常發生於日常生活中的「想不開」的俗人俗事。

　　施蟄存在他所有的歷史小說中表現出的這種一致性是他的人性觀的投影，反映了他對人的世俗性質執著的具有穩定性的看法。因而這幾乎成為他看人看事的恒定觀點，它不僅滲透於他的創作中，在他的散文雜說中更直接地表露出來。比如，他對三十年代的文壇針對左翼所提倡的革命的現實主義和革命文學及對鴛鴦蝴蝶派的批判發表自己的見解說：

12　施蟄存：《關於〈黃心大師〉》，見《文藝百話》（華東師範大學出版社，1994 年），153 頁。

　　　　蒲松齡筆下之鬼，若當時直接痛快地一概說明是人，
　　　他的小說就是「鴛鴦蝴蝶派」，因為有飲食男女而無
　　　革命也。人有三等，上等人有革命意識而無飲食男女
　　　之欲，中等人有革命意識亦有男女之欲，下等人則僅
　　　有飲食男女之欲而無革命意識。寫上等人的文章叫做
　　　革命的現實主義，寫中等人的文章叫做革命的浪漫主
　　　義，寫下等人的文章叫做鴛鴦蝴蝶派。所以蒲松齡如
　　　果要把他筆下的鬼一律說明了仍舊是人，必須把這些
　　　人派做是上中兩等的，才可以庶幾免乎不現實不革命
　　　之譏，雖然說這些人的革命意識到底還是為了飲食男
　　　女，並不妨事。[13]

　　施蟄存對那些「有革命意識而無飲食男女之欲」的否
定，認定這些所謂的上等人「到底還是為了飲食男女」的看
法，再清楚不過地說明了在他眼中人本質上都是「為了飲食
男女」的所謂「下等人」，俗人，這與他對歷史敘述中的英
雄傳奇的消解是同出一轍的。根據他的分類，海派小說也的
確只能歸入鴛鴦蝴蝶派的傳統。直到晚年，施蟄存在《答新
加坡作家劉慧娟問》的一篇文章中，談到弗洛伊德時還堅持
認為，「英雄人物是徹頭徹尾的英雄，從內心到外表都是英
雄思想。哪有這種人？」

　　　　心理分析正是要說明，一個人是多方面的。表現出來
　　　的行為，是內心鬥爭中的一個意識勝利之後才表現出

---

[13]　施蟄存：《鬼話》，見《燈下集》（開明書店，1937 年），第 191-120
　　頁。

來的。這個行為的背後，心裏頭是經過多次的意識鬥
爭的，壓下去的是潛在的意識，表現出來的是理知性
的意識。弗洛伊德講的這個，我是相信的。……有些
英雄經過理智的思考，而表現出他的英雄行為，有些
英雄行為是偶然的。還有些英雄，做了英雄的行為，
肚子裏是不高興的，因為違反了他自己真正的思想。
這種心理狀態，十九世紀的作家是不理解的。沒有經
過弗洛伊德的解釋，人的心理的真正情況，是不明白
的。[14]

　　這段話再清楚不過地說明了弗洛伊德學說對施蟄存的
影響方面，以及在形成施蟄存的人性觀，對人的心理的把握
上所起的決定作用。為我們把握和理解施蟄存小說中的人物
提供了線索。

　　如果說，施蟄存相信弗洛伊德的心理分析解釋清楚了
「人的心理的真正情況」，不再「簡單的把人的行為看成是
簡單的心理活動」，也即是否定了人的動機和效果的一致
論，那麼，劉吶鷗和穆時英則更多地接受了弗洛伊德學說中
「過分依據天生的生物本能，來說明人的行為」這一傾向，
也即是把人看作是「有固定的本能內驅力的生物體」[15]。穆
時英在談到關於人的觀念的進化時就曾明確表達了這一觀
點，他說：「神造的生物的觀念進至細胞組成的，更進而知
道人體底生理的構造，我們對於自己的身體便獲得更深一層

---

[14]　見施蟄存：《沙上的腳迹》，第 182 頁。
[15]　【美】L. J. 賓克萊：《理想的衝突》（商務印書館，1983 年）「第三
　　　章　精神分析人本主義：弗洛伊德與弗洛姆」，第 134 頁。

的支配。」[16]因而,他和劉吶鷗經常從生物性的角度去解釋人的行為。比如,劉吶鷗在《禮儀和衛生》中,如此描寫男主人公姚啟明嫖妓行為的原因:

> 春了,啟明一瞬間好像理解了今天一天從早晨就胡亂地跳動著的神經的理由,同時覺得一陣黏液質的憂鬱從身體的下腰部一直伸將上來。不好,又是春的Melancholia在作祟哩!陽氣的悶惱,欲望在皮膚的層下爬行了。啊,都是那個笑渦不好,啟明真覺得連坐都坐不下去了。[17]

可見,劉吶鷗簡直就是把人的欲望的發生與生物的「發情期」相類比。姚啟明的妻子也正是因為尊重人的這種生物性,在自己的缺席期間,為了丈夫的衛生和健康而主動讓妹妹替代了自己之於丈夫的性功能。

　　穆時英的《駱駝・尼采主義者與女人》以象徵性的手法描寫了男人與女人所分別代表的兩種不同的人生觀之間的抗衡和征服。很顯然,這篇小說的題旨既是來自尼采,也是對尼采主義的消解。穆時英清楚地標明,男人所代表的「變成駱駝」的靈魂來自尼采的「精神之三變」說。尼采認為人的精神應當經歷三種變遷:第一變是駱駝所代表的「堅強底負重」,「涵藏著誠敬」的精神;第二變是獅子所代表的「為自己創造著自由,加義務以神聖底否認」,高喊「我要」的

---

[16] 穆時英:《電影藝術防禦戰》(五),載 1935 年 8 月 15 日上海《晨報》。

[17] 劉吶鷗:《禮儀和衛生》,見《都市風景線》(水沫書店,1930 年),第 110-111 頁。

精神；第三種是嬰孩所代表的「天真，遺忘，一種新興，一種遊戲，一個自轉底圓輪，一發端底運動，一神聖底肯定」的精神。[18]小說男主人公所選擇的苦澀的駱駝牌香煙，象徵了他信奉靈魂變成駱駝的第一種精神。他說，「我們要做人，我們就是抽駱駝牌，因為沙色的駱駝的苦汁能使靈魂強健，使臟腑殘忍，使器官麻木。」[19]而女人在尼采看來正是與這種「負擔著太多外間底沈重底名詞和價值」[20]，並欣喜著自己的力量的「沈重的精靈」相對立的，他認為「快樂卻是女性」，「只有夠男性的男人，才能在女人中將女性——救贖」[21]。小說中的女人也即是尼采所說的「女性」，「她在白磁杯裏放下了五塊方糖，大口地，喝著甜酒似地喝著咖啡」，「光潔的指尖夾著有股紅的煙蒂的朱唇牌，從嘴裏慢慢地濾出蓮紫色的煙來」的生活姿態象徵了她「以為人生就是一條朱古律砌成的，平坦的大道似地攤在那兒」的生活態度。在小說中穆時英讓信奉尼采的男人向女人宣揚著他的駱駝精神，批判著女人所代表的自欺與享樂的精神，可是一頓飯下來，在「她教了他二百七十三種煙的牌子，二十八種咖啡的名目，五千種混合酒的成分配列方式」以後，他們「坐到街車上面，他瞧著她，覺得她綢衫薄了起來，脫離了她的身子，透明體似的凝凍在空中。一陣原始的熱情從下部湧上來，他扔了沙色的駱駝，撲了過去，一面朦朦朧朧想：『也許尼采

18　尼采：《蘇魯支語錄》（商務印書館，1992 年），第 19-21 頁。
19　穆時英：《駱駝‧尼采主義者與女人》，見《聖處女的感情》（良友圖書印刷公司，1935 年），第 58-59 頁。
20　尼采：《蘇魯支語錄》，第 193 頁。
21　尼采：《蘇魯支語錄》，第 161、167 頁。

是陽痿症患者吧！」」[22]這個以對生理缺陷的猜測去暗示尼采超越常人的思想是出於他不正常的生理的結尾，不僅背叛、消解了尼采主義，更是一種褻瀆的行徑。

　　在 4 卷 6 期《現代》上，曾刊登過一篇《潑特萊爾的病理學》的文章，同樣是以波德萊爾患有梅毒症去解釋他憂鬱的精神特徵和「惡魔般的傲慢」的性格特徵，這無疑是說波德萊爾的《惡之花》「是在這病的傾向上開了花」。儘管刊物上發表的文章並不一定都會代表著編者的意見傾向，但這篇譯文和《現代》這個團體一些觀點的合轍，恐怕就不會是偶然的，至少也說明了把人看作是一種生物體的人性觀的流行。穆時英曾分析五四新文化運動以後「社會失去了它的主導的文化，個人也失去了他的思想和信仰的中心，失去了生活的重心，於是人生便成為那樣遼遠的，沒有方向的，漫無邊際的東西」[23]時，人們的生存和行為的特徵：

> 他們認不清這時代，對於未來對於自己沒有信仰，決不定怎樣去跨出他們的第一步。他們只是遊魂似地在十字路口飄蕩著。然而他們也並不甘心於飄蕩，也想做一點事，也渴望行動。
>
> 他們怎樣行動呢？完全和沙寧一樣，僅僅是依照著本能的衝動的，虛無主義者的；只是生理上的反應而已。更壞的是他們雖然是本能地行動著，卻還保留著懦怯和畏縮。他們時常和環境妥協，進一步退兩步，

---

[22]　以上均引自穆時英：《駱駝・尼采主義者與女人》，見《聖處女的感情》，第 56、55、59、60 頁。

[23]　穆時英：《我們需要意志與行動》，見 1935 年 9 月 16 日上海《晨報》。

退了兩步也許再往旁邊走三步。結果，他們的行動成
為私生活的狂亂與自己麻醉。[24]

這段話也許可以看作是穆時英對於自己和劉吶鷗以及海派
作品中有類似傾向的小說人物的一種說明，其中恐怕也不能
不包含著對於自己精神狀態的一個方面的反省和認識。

　　無論是施蟄存旨在以人的心理動機去消解歷史對象的光
環的策略，還是劉吶鷗、穆時英等以人的生物性去解釋人的
傾向，他們認定的都是以財色為其根性的人的世俗性質，這
實際上與弗洛伊德的精神分析還隔著一個層次，或者說，他
們只進入到弗洛伊德所描述的按照現實原則行事的自我的層
次，而弗洛伊德的基本發現，由遺忘的經驗以及基本的衝動
和內驅力構成的無意識疆域還並未成為他們關注的焦點。但
恰恰是這一點為改變人是以理性為主的動物這個舊觀念起了
重大的作用，成為弗洛伊德影響西方現代文學的主要方面。「至
少從本世紀初起，作家們就設法從多方面表現『非理性』」[25]。
儘管，在很多方面，文學家們給精神分析學帶來了自己對人
類行為的解釋，但人們仍普遍認為，「由於有了弗洛伊德，
隨著潛意識的解放，一切被壓抑的和秘而未宣的事物的深隱
層次突然浮到表像」，「潛意識中受到壓抑和難以啟口的部
分開始公開申明自己的存在權利」。[26]這勢必帶來價值的顛

---

[24]　穆時英：《我們需要意志與行動》。
[25]　霍夫曼：《弗洛伊德主義與文學思想》（三聯書店，1987 年），第 22
　　　頁。
[26]　【匈】伊芙特·皮洛：《世俗神話——電影的野性思維》（中國電影
　　　出版社，1991 年），第 140、73 頁。

倒，特別是對於上帝、道德和「社會標準」等一切權威的惡意踐踏，使得作為「理性的破壞者」的現代主義者們為緩解他們內心的負罪感更加誇大了無意識、「非理性」的重要性，使之理想化，甚至對之頂禮膜拜。他們或者將其設想為美和真的源泉，或者將其與生命混為一體，視為我們自己內心的「最大的現實」、「更基本的東西」，或者作為靈魂、生命衝動和旺盛精力的一切解釋的替代物，從而把「非理性」神聖化、使人「變成非理性的激情的奴隸」。關於這一點，有人曾分析說：熱衷於非理性主義的人「把一切事物分成理性和非理性的，而不是分為善與惡的，這是不負責任的狂熱。因此，本能的消極和邪惡便受到鼓勵和讚揚。」[27]

　　不管我們是把這一傾向看作是現代文化發展過程中的一個必經階段，還是一個應該被否定和超越的階段，構成這一時期的西方現代主義文學主題的一個顯著特徵即是「蔑視理性生活」，賦予非理性以神聖的價值，由此而探索出的一個新深度正可溯源至弗洛伊德。而以施蟄存為代表的海派作家發展起來的這一傾向，只能說僅僅表明了人存在著本能的欲望，而沒有發展昇華成一種「非理性的激情」和價值。除上面的作品分析外，另外像施蟄存的《周夫人》、《梅雨之夕》、《春陽》等都寫到了人的性心理活動，但都不過是性心理活動的一閃念而已，決沒有像施蟄存所高度評價的，可與弗洛伊德「媲美」的顯尼志勒的作品那樣，把人生看作是「愛與死的角逐」，導致越軌的舉動或者造成極端的情感。

27　轉引自《弗洛伊德主義與文學思想》，第 249 頁。

穆時英筆下的那些摩登男女更是各取所需的把戀愛與婚姻相分離。當年被戲稱為「性博士」的張競生說過一段話很可以道出這之間的差異，他說：「人類本性，愛之，必愛到其極點；恨之，必恨到其盡頭。這些才是真愛與真恨。愛之而有所不盡，恨之而有所忌憚，這些不透徹的愛與恨乃是社會人的普通性，但不是人類的本性。」[28]且不說什麼是真愛和真恨，「愛之而有所不盡，恨之而有所忌憚」確實是抓住了「社會人的普通性」。

　　新感覺派的創作表明，他們不僅自居為普通人，也的確寫的是普通人的心態；不僅缺乏賦予非理性以價值的反叛勇氣和力量，也缺乏揭示非理性的神秘和魔力所需要感受生命的深度的能力和表現「閾下」經驗的藝術功力。可見，弗洛伊德給予他們的啟示是有意識的自我，而不是無意識的自我；是在現實原則支配下的有理性的本能，而不是在快樂原則支配下的非理性的本能（張愛玲的一句話最能概括其特徵：「瘋狂是瘋狂，還是有分寸的」）；而海派作家中的等而下之者更是世俗欲望的放肆，而不是生命力的迸發。這不僅反映了他們對於弗洛伊德的接受特徵，也反映了海派文化作為市民文化的精神特徵。他們中的嚴肅者在放棄了知識份子「文以載道」的傳統角色之後，自覺不自覺地是把探索人類的真相作為了自己的使命的，而人類的真相，在他們看來，即是毫無神聖感（或者說沒有被賦予一種神聖感），脫離不了「財色」的根性的俗人。30 年代的海派基本上或者停留於

---

[28] 張競生：《美的人生觀》，見《張競生文集（上卷）》（廣州出版社，1998 年），第 115 頁。

這個真相，或者沈溺於這個真相，到 40 年代這個狀況有所改觀。但在揭示世俗真相這一點上卻是一致的。施蟄存曾翻譯過一篇 E‧托萊爾的文章：《現代作家與將來之歐洲》，刊登於他主編的《文藝風景》上，這位不甚知名的作家的文章所以引起施蟄存的興趣，恐怕是引起了他的共鳴。文章說：

> 你難道相信一切過去的史實都真的發生於史冊中所指示給我們的理由嗎？在那些史冊中，你可以看到一切的戰爭都是為了人類的偉大理想而發生的，譬如說，為了自由，為了民治精神，為了正義。決不會有一個字說到這是由於君主底野心，他們的擴張權勢的欲望，這正如對於現代的戰爭，決不會說起它是為了各國的利益，如煤油，煤，鐵而發生的。煤油與鐵都是髒東西，它們都不是美學的。我們的那些歷史家和政治家都要人民帶上乾淨的領頭，穿著潔白的襯衫，而保有著純潔的靈魂，但是誰如果要真的瞭解過去及現在，他必須一直看到幕後去，而不怕那些煤灰，油氣和鐵的灼熱。惟有如此，他才能看到一眼真相。
> 現代作家所應做的職務，就是把這些史冊中的騙人的謊話揭穿來，而說明了它們的不愉快的真相。
> ……
> 這種著作之道德觀使他們去揭發一切的在各處顯露出來的謊騙，無論在社會中，在政治中，或是在私人生活中。[29]

---

[29]　【德】E‧托萊爾：《現代作家與將來之歐洲》，見 1934 年 7 月《文

文章所說的「現代作家所應做的職務」，正與張愛玲要去掉
「一切的浮文」的努力相一致，也正是海派作家所致力於的
目標和他們在現代文化中的意義。

二、以日常生活的邏輯消解價值的理想形態

　　阿格妮絲·赫勒在《日常生活》中直言不諱地說，在人
類「迄今為止的歷史」中「常常出現的情形是，團體使個人
面對著社會或階級的『理想』的規範體系，而這是在社會中
每時每刻都被違背的體系」。[30]張愛玲就曾以「只求自己能
夠寫得真實些」為由，婉轉地拒絕寫革命、時代、英雄這些
「斬釘截鐵的事物」、「清堅決絕的宇宙觀」、「缺少人性」
的「壯烈」和「超人的氣質」。她認為「狹小整潔的道德系
統，都是離現實很遠的」[31]，人生安穩的一面「有著永恒的
意味」，「存在於一切時代」，「凡人比英雄更能代表這時
代的總量」。[32]海派作家的一個突出特徵就是他們不僅充分
地意識到了人的世俗性和世俗人的日常生活的意識形態與
那些宏大而神聖的價值意義之間的分裂和衝突，而且把前者
看作是「真相」，並且以前者的思維、目的和邏輯組織構成
他們小說中的生活的現實和人物形象。

　　所謂日常思維的內容，阿格妮絲·赫勒說：「植根於基
本上是實用的和經濟的結構之中」，她在考察了日常生活的

藝風景》1卷2期。
[30]　阿格妮絲·赫勒：《日常生活》（重慶出版社，1990年），第33頁。
[31]　張愛玲：《洋人看京戲及其他》，見《張愛玲散文全編》，第13頁。
[32]　參閱張愛玲：《自己的文章》，見《張愛玲散文全編》，第114頁。

行為模式和認知模式之後斷言,「我們的日常思維和日常行為基本上是實用主義的」,其直接後果使得「我們在日常生活水平上所做的一切都以可能性為基礎」[33],所以她引用斯賓諾莎的話對日常思維和科學思維作出了區分:「在日常生活中我們尋求最大的可能性;在思辨思維中我們尋求真理」[34]。特別是在私有制度下,按照馬克思主義的異化理論觀點,「私有財產使我們變得如此愚蠢而片面,以致任何一個對象,只有當我們擁有它時,也就是說,當它對我們說來作為資本而存在時,當我們直接享有它,吃它、喝它、穿戴它、住它等等時,總之,當我們使用它時,它才是我們的⋯⋯因此,一切肉體的和精神的感覺為這一切感覺的簡單的異化即擁有感所代替。」而「如果佔有感取代了人的所有自然情感,這只能意味著它是存在和佔有的維持,此外別無他者,人的全部生活,人的普通生活,日常生活都以此為中心。這只能意味著日常生活是一種以財產的佔有為導向的存在為重心。」[35]如果說這是馬克思主義異化理論對在階級社會,私有財產,勞動分工中的日常生活展開的批判,那麼張愛玲首先是把這些異化現象作為現實和真相來接受和認識的。馬克思主義者是從人類的理想的未來出發來批判現實,張愛玲恰恰不相信理想和未來,而從現實和真相出發去消解理想觀念的體系和價值的,所以,儘管在對於現實的認識這個交叉點上他們是一致的,但反映出的精神傾向卻截然不同。

---

[33]　《日常生活》,第 54、178 頁。

[34]　《日常生活》,第 180 頁。

[35]　《日常生活》,第 20 頁。

正因為這點，我們不能說張愛玲是偉大的，但卻不能不為只有二十四五歲的年紀就寫出了《傳奇》和《流言》那樣的小說和散文的張愛玲而歎其深刻。在關於人性，人類「真相」的認識上，張愛玲與前面分析的新感覺派作家們是一致的。特別值得一提的是張愛玲經過了香港戰爭，正像她在《燼餘錄》中所談，戰時香港所見所聞對她「有切身、劇烈的影響」，全從「那些不相干的事」中，使她有機會「刮去一點浮皮」，親眼看到炸彈如何把文明炸成碎片，將人剝得只剩下本能，所以她堅信，人性「去掉了一切的浮文，剩下的仿佛只有飲食男女這兩項。人類的文明努力要想跳出單純的獸性生活的圈子，幾千年來的努力竟是枉費精神麼？事實是如此。」[36]基於這樣的認識，張愛玲筆下的人物就具有了某種行為邏輯的一致性，大多堅定地把自身的生存作為第一需要和至高目標，當「飲食」受到威脅時，甚至「男女」之事都是不屑一顧的。他們或為「利」的，或為「性」的世俗目的，演出著「終日紛呶」的，又是「沒有名目的爭鬥」。在這個意義上，張愛玲小說中的人物大多帶有「獸性」和「原始性」，而人性，也就是「人之所以為人，全在乎高一等的知覺，高一等的理解力」，[37]表現在能夠健康地、合理地為這世俗的目的而爭鬥，因而又絕對是功利的，世俗的，正像張愛玲一口斷定的：「世上有用的人往往是俗人」[38]。

---

[36] 張愛玲：《燼餘錄》，見《張愛玲散文全編》，第 59 頁。
[37] 張愛玲：《造人》，見《張愛玲散文全編》，第 107 頁。
[38] 張愛玲：《必也正名乎》，見《張愛玲散文全編》，第 46 頁。

　　可以說，張愛玲的小說基本上是圍繞著人性的問題，人究竟是世俗的這一看法展開的，這是張愛玲的小說和散文中最深層的意義的內核與凝聚點。因而，她的故事儘管「傳奇」，但最終都會暴露出世俗的內容；她的人物儘管「傳奇」，但最終也都會歸於世俗的屬性。在她的筆下，人的形象在具有人性和具有獸性、原始性之間移動，其行動的價值，為之奮鬥的目標超越不了「利」的或「性」的世俗目的。那些具有較多的人性，講求實效和世俗的算計，能夠為了自己的利益或性的目的而奮鬥的人構成了張愛玲小說世界中的城市俗人群。其中最典型的代表是《傾城之戀》的男女主角柳原和流蘇。另外《紅玫瑰與白玫瑰》中的振保、嬌蕊，《創世紀》的瀅珠，《多少恨》的家茵、夏宗豫，《沈香屑 第一爐香》的梁太太、葛薇龍，《沈香屑 第二爐香》的羅傑，《琉璃瓦》中的男男女女，《封鎖》的呂宗楨、吳翠遠，《年輕的時候》的潘汝良、沁西亞，《殷寶灩送花樓會》的殷寶灩、羅潛之，《留情》的敦鳳、米晶堯，《鴻鸞禧》的邱玉清，《五四遺事》的羅與密斯范等等。那些更多出於本能，帶有較多原始性和獸性的人，大多成為張愛玲小說中富於傳奇色彩的人物，如《金鎖記》中的七巧，《心經》的許小寒，《茉莉香片》的傳慶，《連環套》的霓喜等等。由於張愛玲人性的概念包含著獸性、原始性，所以這兩組人物群的區分並不十分嚴格，除七巧外，都不是徹底的，經常互相包容，只是各有所側重而已。張愛玲的人物形態基本上都不再有著形而上的對抽象的價值理想和絕對觀念的需要和追求，即使有著這樣的追求，也是作為反證，或者說為了消解這些價值

理想而存在的，比如《色·戒》中的王佳芝，她本是出於愛國和革命的目的，為了這神聖的目標而不惜犧牲自己的身體，去引誘易先生，以暗殺這個特務漢奸的，可沒想到卻在老易為她買鑽戒的過程中，讓她有所感動而最後改變初衷，為老易報警，破壞了革命計劃也丟失了自己的性命，暴露了她世俗人的本質。

在張愛玲的小說中也有一些非利的和非性的人，如那些「老太太們」的人物群，她們已經退出了人生的戰場，行動不再是為了個人的利益或性的目的，同時又多少帶有些獸性和原始性。如《金鎖記》中的姜老太太，《怨女》中的姚老太太，《創世紀》中的紫微，《留情》中的楊老太太，《傾城之戀》的白老太太等等，她們的存在和活動是張愛玲描寫腐舊大家庭的背景因素。值得注意的是，張愛玲的遺老們都是些老太太，而與一般小說中那些已程式化了，專橫、暴戾地壓制新青年的封建大家庭的老太爺們相區別，她們像母雞護小雞一樣，只是守衛著家庭的財產、飲食、繁殖，甚至滿足於兒孫們「吃了煙肯安靜蹲在家裏」，她們的性質正像張愛玲所說的那樣，「獸類有天生的慈愛，也有天生的殘酷」。在《怨女》中三爺害怕「圓光」會暴露出失竊的真相而將滿臉塗上豬血，正是老太太們所維持的大家一起活著，糜費著生命的生存狀況的隱喻性意象。另一組「非利的非性的」人群是那些在心理上或生理上還未成年的人，如《茉莉香片》中的言丹朱，《沈香屑　第二爐香》的愫細。可見，張愛玲對人的劃分，除了已經退出人生戰場的老人和還未進入人生戰場的未成年的人外，不存在既無利的又無性的目的的人，

這正印證了張愛玲關於人生的「時間悲劇」的看法，她認為人的老年和兒童時代比較接近，惟獨中間隔了一個時期的成年階段「俗障最深」，成人的世界是「庸俗黯淡的」[39]，從此也可以印證她對人的基本認定。

　　通過以上的歸類分析我們可以看出張愛玲對人的世俗的和日常形態的把握，她不是要標舉這種價值，但這是她讓人必須面對的真相，也正是她對人性進行觀察和透視所持有的特殊角度，進行分析和批判所得出的最一般性的結論。因而，她把這種世俗性和日常性設計為她筆下人物的「素樸的底子」和行為的邏輯，時常她也讓她的人物「飛揚」起來或打破這種行為的邏輯，但最終她是為了讓人們更清楚地看到人跳不出「飲食男女」這世俗的圈子和「素樸的底子」。最具有說明性的是她的《封鎖》，這篇小說可以說既是對於人的這種日常在世的存在狀況的抽象概括，又是其具體的形象表現。

　　《封鎖》就題目本身來說就具有著多重的旨意。它不僅僅是這篇小說的事件背景，而且作者借「封鎖」這一戰時事件，巧妙地從生活的日常狀態中隔離出一塊異常狀態下的空間，從而通過不同類型的人在日常與非日常的時空間的交替變化更深刻地透視了常人的日常「封鎖」式的生存狀態。

　　　「叮玲玲玲玲玲」，每個「玲」字是冷冷的一小點，
　　一點一點連成了一條虛線，切斷了時間與空間。

---

[39]　參閱張愛玲：《造人》，見《張愛玲全集》，第 106 頁；《紅樓夢魘》
　　（上海古籍出版社，1995 年），第 165 頁。

這同樣的一句話，張愛玲把它安排在小說的開篇，就成為戰時開始「封鎖」了的鈴聲；在結尾，就成為「封鎖開放了」的鈴聲，為作者筆下的人物從「常態」到「非常態」；從「非常態」到「常態」的轉變劃分了清晰的界線，為作者「冷冷的」俯視考察常人的生存狀態提供了契機。在被鈴聲「封鎖」進電車裏的人群中，作者聚焦了幾組畫面，幾類人，值得注意的是，作者對每組畫面和每類人都作出了抽象的概括和議論，表現出作者試圖評價，或說是眉批人的存在狀態的意圖。

「可憐啊可憐！一個人啊沒錢！」這句話作者通過乞丐和電車司機之口在文中呼喊重複了三遍之多，並對此概括說：「悠久的歌，從一個世紀唱到下一個世紀」，這樣地反覆強調使具象描寫上升為常人日常在世的主旋律和詠歎調的象徵。一個「錢」字是生存在實用的、經濟的結構中的常人超越不了的「俗障」。張愛玲描寫的俗人即使在非常態下也在繁忙著與此相關的瑣事：一對中年夫婦的鏡頭是，妻子自始至終在盯著丈夫，時時提醒他別讓手裏拎著的一包熏魚弄髒了褲子，計較著「現在乾洗是什麼價錢？做一條褲子是什麼價錢？」；華茂銀行的會計師呂宗楨抱著在彎彎扭扭最難找的小胡同裏買的價廉物美的包子，暗自得意「這包子可以派上用場」，「因為『吃』是太嚴重的一件事了，相形之下，其他的一切都成了笑話」；一個老頭子手心裏骨碌碌骨碌碌搓著兩隻油光水滑的核桃，紅黃皮色，滿臉浮油，似乎活得不錯，可作者對他的批語是「他的腦子就像核桃仁，甜的，滋潤的，可是沒有多大意思」；「大學老師吳翠遠忙著在利用封鎖的時間改改卷子」，作者描寫她，「一個二十來

歲的女孩子在大學裏教書！打破了女子職業的新記錄。然而家長漸漸對她失掉了興趣，寧願她當初在書本上馬虎一點，勻出點時間來找一個有錢的女婿」……在特定的由於「封鎖」切斷了時間與空間，切斷了與世俗世界的聯繫，而處於懸擱的狀態下，作者考察到的是常人仍繼續著日常的沈淪的存在：「有報的看報，沒有報的看發票，看章程，看名片。任何印刷物都沒有的人，就看街上的市招。」以世俗的繁忙來「添滿這可怕的空虛」，來代替腦子的活動，因為「思想是一件痛苦的事」。

小說主人公呂宗楨和吳翠遠本來也屬於這常人的人群，他們有著和常人一樣的煩惱，所不同的是他們受過高等教育，一旦有機會能夠從日常在世的繁忙中解脫出來，情不自禁地就會開展思想的活動和情感的活動。這是作者賦予他們的唯一的與眾不同之處，而使他們能夠從世俗的芸芸眾生中凸現出來，超越起來，構成了非常人存在的事件和舉動。吳翠遠和呂宗楨在平時都是把自己「封鎖」在常人的規範和常人的角色中的人，作者評價吳翠遠說，「她是一個好女兒，好學生。她家裏都是好人，天天洗澡，看報，聽無線電向來不聽申曲滑稽京戲什麼的，而專聽貝多芬瓦格涅的交響樂，聽不懂也要聽」。在做好人的日常規範中，吳翠遠已與生命「未免有點隔膜」；呂宗楨也是如此，「平時，他是會計師，他是孩子的父親，他是家長，他是車上的搭客，他是店裏的主顧，他是市民。」事實上，作者對於在非常時期發生在吳翠遠和呂宗楨身上的非常態的戀愛事件，寫得是很模糊、遊移不定的。一方面，作者描寫了在戀愛過程中，他們日常壓

抑的生命逃離了日常角色規範的「封鎖」而得以展現和放鬆。呂宗楨向吳翠遠實施「調情的計劃」不僅沒有讓吳翠遠感到受了侮辱或冒犯，反而斷定他是「一個真的人！」而「突然覺得熾熱、快樂！」反過來，吳翠遠的「臉紅」、「微笑」，又讓呂宗楨感到自己「是一個男子」，「只是一個單純的男子」。他們相互都不失真誠和激動的戀人心態；但另一方面，作者又始終把他們的戀愛事件敘述得帶有點遊戲的味道。他們相互不是，至少不完全是對方的戀愛對象，各自都把他們正在進行的越軌行動作為報復家人的手段。他們的生命逃離了日常規範和日常角色的「封鎖」，卻似乎又進入了另一種戀人角色的「封鎖」，而不純粹是戀人。即使不說他們各自在表演著戀人的獨角戲，至少他們相互間的反應都是很突兀很模式化的。比如，吳翠遠總在內心預測呂宗楨的下一個行動，更明顯的是呂宗楨的表演性質。他在無休無歇的抱怨之後，突兀地表白：「我打算重新結婚」，而且他只不過泛泛地以不確定人稱表示自己雖不能離婚，但預備將那個「她」當妻子看待，並未經過向吳翠遠這個具體的確定的戀愛對象進行求愛程式，就突兀地發問：「即使你答應了，你的家裏人也不會答應的，是不是？」進一步，他又未得到吳翠遠答應嫁給他的允諾或表示，就又突兀地苦楚而慷慨激昂地表示：「不行！這不行！我不能讓你犧牲了你的前程！你是上等人，你受過這樣好的教育……我──我又沒有多少錢，我不能坑了你的一生！」吳翠遠的反應也是格外地突兀的，作者寫道：「她哭了，可是那不是斯斯文文的，淑女式的哭。她簡直把她的眼淚唾到他臉上。」她一方面在心裏埋怨著：

「呵，這個人，這麼笨！這麼笨！她只要他的生命中的一部分，誰也不稀罕的一部分。他白糟蹋了他自己的幸福。多麼愚蠢的浪費！」另一方面又想到：「可不是，還是錢的問題。他的話有理。「他是個好人。」這已經表明她並未指望嫁給呂宗楨。這是一幕雙方都未真正想實施、真正想獲得的愛，也就難免表演性和遊戲性。

　　儘管如此，我們也不能不承認呂宗楨和吳翠遠都在各自的內心經過了一場愛的情感的洗禮，這種情感使他們都一度超越了日常生活的境界，讓自我的生命「飛揚起來」，轉而批判自己日常在世的生存狀態。呂宗楨反思自己的生活「忙得沒頭沒腦。早上乘電車上公事房去，下午又乘電車回來，也不知道為什麼去，為什麼來！」張愛玲通過呂宗楨和吳翠遠的戀愛事件寫出了現代人既追求愛的神聖情感，又不失世俗的算計，「虛偽之中有真實，浮華之中有素樸」的複雜狀態。

　　呂宗楨和吳翠遠的這幕非常態的情感操練最終隨著「叮玲玲玲玲玲玲」封鎖開放了的鈴聲響起，即刻不留痕迹地結束了。呂宗楨「突然站起身來，擠到人叢中，不見了。」吳翠遠發現他又回到原先的位子上，重新做了一個搭客，以他的姿態表示著「封鎖期間的一切，等於沒有發生。整個的上海打了個盹，做了個不近情理的夢。」他在吳翠遠的心裏也「等於死了」。張愛玲讓這兩個自命受過高等教育，有可能不同凡俗的人在常人中凸現出來，又消失進去。他們比常人只是多了一些思想和情感的痛苦，其他並無二致。《封鎖》的結尾是意味深長的。作者描寫呂宗楨回到家吃完晚飯後，接過熱毛巾，擦著臉，踱到臥室裏來，扭開了電燈，看到一

隻烏殼蟲本來想從房間的這一頭爬到另一頭，燈一開，爬了
一半不得不伏在地板正中一動也不動。呂宗楨盯著它想：「在
裝死麼？在思想著麼？整天爬來爬去，很少有思想的時間
罷？然而思想畢竟是痛苦的。」這一感同身受的質問，把蟲
子的處境和呂宗楨聯繫在一起：呂宗楨每天坐著電車上下班
的循環往復和烏殼蟲整天的爬來爬去有什麼兩樣？而他的
遭遇封鎖豈不就像蟲子突然碰上電燈一亮的意外情況嗎？
電車的停頓，人在時間和空間的懸隔，不也正像烏殼蟲一遇
到危險就伏在地板正中一動也不動的處境嗎？而當呂宗楨
關掉了電燈，再開燈時，烏殼蟲已不見了，爬回窠去了。呂
宗楨、吳翠遠以及那些常人們的應急行為不也並不比烏殼蟲
更聰明嗎？至此，張愛玲筆下的人物經歷了從世俗的沈淪到
飛揚再回歸世俗的一個完整過程，作者也完成了她對人類日
常在世不離「獸性生活的圈子」的考察和揭示。

　　正是基於對常人的世俗狀態的認識，張愛玲的創作自始
至終表現出對於一切有悖於日常生活的內容和邏輯的觀念
的理想形態，一切神聖的「浮文」或說是神話進行消解的傾
向。其基本的策略之一就是把一切神聖絕對的觀念都淹沒在
世俗的功利的算計之中。

　　從一個女作家的角度，張愛玲用力最甚的是消解愛情神
話。人作為「符號的動物」，「文化的動物」在千百年來創
造文化的活動中，作為兩性關係的理想規範「愛情」已成為
一種文化現象而非僅僅是自然現象了。「愛情」這一觀念也
已神聖化絕對化了。但是，「愛情」這一符號對於男人和女
人來說，又從來具有著不同的意義。對男人而言，由於他們

的價值系統在社會中還有著上帝、國家、君主之類的更高價值，或者說作為平衡，「男人的愛情是男人生命的一部分」[40]，即使到近代，在男人的愛情之上還有一個自我的概念。而愛情之於女人來說卻是全部，愛情這個概念要求女人，正像上帝、國家、君主要求男人一樣，需要整個身體和靈魂的奉獻及無條件的忠誠。所以在文化的規定中，「愛情」幾近是女人的「上帝」，或說是宗教。它的神聖、純潔、犧牲的價值指向，成為「愛情中的女人」的特定涵義。在這個意義上，張愛玲筆下不存在愛情中的女人，她有意識地反愛情故事，以「愛情」日常在世的世俗性消解愛情故事中所蘊涵的價值形態的神聖性和純潔性，一再告誡女人：「只有小說裏有戀愛，哭泣，真的人生裏是沒有的。」[41]

　　《傾城之戀》的標題顯然來自「傾城傾國」這個家喻戶曉的成語故事，它原指君主迷戀女色而亡國，後用來形容女子的極其美麗。女子貌美之因引起君主不計功利得失，不惜犧牲一切而「傾城傾國」之果，是這一標題表層所負載的源遠流長的文化資訊，所跳動的一個愛情傳奇的精靈，但張愛玲的《傾城之戀》卻恰恰是對這一表層故事文化邏輯的消解。小說的男女主人公「他不過是一個自私的男子，她不過是一個自私的女人」[42]，他們之間的糾纏自始至終都是為了從對方獲得實際好處，「兩方面都是精刮的人，算盤打得太

---

[40] 拜倫語，引自西蒙・波娃《第二性・女人》（湖南文藝出版社，1986年），第 431 頁。

[41] 張愛玲：《創世紀》，見《張愛玲文集》第 2 卷（安徽文藝出版社，1992 年），第 276 頁。

[42] 張愛玲：《傾城之戀》，見《張愛玲文集》第 2 卷，第 86 頁。

仔細了」⁴³。流蘇跟柳原的目的「究竟是經濟上的安全」，所以她一定要想方設法讓柳原娶她，而不能「白犧牲了她自己」；而柳原對於流蘇原也不過是「上等的調情」並不真計劃娶她，更為了日後脫卸責任不時採取種種小計謀，希圖流蘇能「自動的投到他懷裏去」。在雙方「把彼此看得透明透亮」精刮的算計中，一旦流蘇明白「經濟上的安全」「她可以放心」，也就接受了做柳原情婦的命運。不過偶然的一場戰爭卻使他們在「一剎那」認識到了「平凡的夫妻」的意義，雖不過是「一剎那」，但這已足夠讓他們結婚，足夠「他們在一起和諧地活個十年八年」了。香港的陷落成全了流蘇，由此改變了「傾城傾國」這一傳奇故事的內在邏輯：流蘇不是因貌美而贏得「傾城」之戀，反而是「傾城」，一個大都市的傾覆為流蘇贏得了戀之「議和」的「圓滿的收場」。張愛玲把「傾城之戀」的表層成語意義與文本意義在因果邏輯上顛倒，不動聲色地反諷了塗在愛情上的「浮文」。它一方面意味著即使女人有「傾城」之貌，而真正肯為之「傾城」，犧牲一切的男人已沒有了，對於流蘇來說，「胡琴訴說的是一些遼遠的忠孝節義的故事，不與她相干了」。⁴⁴另一方面甚至也可以說，從來就不曾有過。作者最後正是以「傳奇裏的傾國傾城的人大抵如此」一筆點到，向「傾城傾國」的原始意義也提出了質疑與否定，而達到雙重相互消解的效果。

《殷寶灩送花樓會》的副標題是「列女傳之一」，「列女」究竟是言諸婦女；還是意同「烈女」？張愛玲也許有意

43　同上，第79頁。
44　同註42，第57頁。

利用了這一詞語的含混性，或就是取其「烈女」之含義而與
她的殷寶灩開了個小小的玩笑。古時稱為保全所謂貞節而死
的女子為烈女，也稱重義輕生的女子為烈女。小說女主人公
殷寶灩顯然與此解說無緣。其「列」字倒好像取其熱烈的
「烈」，像《紅玫瑰與白玫瑰》開篇所說：「一個是聖潔的
妻，一個是熱烈的情婦──普通人向來是這樣把節烈兩個字
分開來講的。」照此看來，殷寶灩被封為「列女」是按照普
通人的標準，取其「熱烈的情婦」之意的。而列女的另一含
義：重義輕生，從表層故事看倒似乎名副其實，殷寶灩為了
不使羅教授家庭破裂而堅決與羅潛之斷絕關係，不過又是最
後殷寶灩輕輕的一句揭示出她「義」之後真正的世俗算計：
「你不知道，他就是離婚，他那樣有神經病的人，怎麼能同
他結婚呢？」[45]

　　在這點上，張愛玲是不分男女，一視同仁的，她讓男人
和女人共同面對著最原始的生存問題，並且最終都把有關自
我得失的世俗功利放在第一位，而決不會對「愛情」這個觀
念頂禮膜拜，為其做出無私的奉獻。《金鎖記》中的七巧，
對姜家老二渴渴切切了半輩子，不知有多少回「為了要按捺
她自己，她逼得全身的筋骨與牙根都酸楚了」，甚至一度幻
覺自己是「為了命中注定她要和季澤相愛」才嫁到姜家，而
決不是為了錢，可一旦她認清季澤來找她是「想她的錢」，
便不由分說，毫不留情地把季澤打罵出去。《留情》中相差
二十三歲的老夫少妻，本是婚姻中的傳奇，可敦鳳一副「我

---

[45]　張愛玲：《殷寶灩送花樓會》，見《張愛玲文集》第 1 卷，第 166 頁。

還不都是為了錢？我照應他，也是為我自己打算」[46]的姿態，使這對既讓人羨又讓人憐的婚姻暴露出平實的生活的底子。《鴻鸞禧》寫的本是人生可慶可賀、鴻禧累福的大喜日子，可準備做新娘的玉清「決撒的」「看見什麼買什麼」，又是「先揀瑣碎的買，要緊的放在最後」，以迫使婆家不得不超支的算計，展現著在神聖時刻，華美排場之後的氣惱、為難和麻煩的人生。

　　類似的例子充斥著張愛玲的小說，她站在「俗人」的立場，為任何理想的神話形態增添上世俗的內容，為任何人生的傳奇塗上平實的底色，從而消解其絕對性、純粹性和高尚性。然而，這並不是說張愛玲贊成人生的俗相，對於那些愚蠢的、殘酷的自私，她竭盡嘲諷之能事，但由於她基本的世俗的立場和信念，自稱俗人，把自己置於世俗人群之中的身份認同，她的嘲諷就不像魯迅那樣，以先覺者高於俗人的姿態，嬉笑怒罵，毫不留情，其中還有一種「因為懂得，所以慈悲」的體諒、無奈與悲憫。事實上，張愛玲是自認俗人，又自絕於俗人。她知道自己改變不了俗人的本性（根本不相信有人例外），但拒絕與俗人打交道。她說：「我寫的那些人，他們有什麼不好我都能夠原諒，有時候還有喜愛，就因為他們存在，他們是真的。可是在日常生活裏碰見他們，因為我的幼稚無能，我知道我同他們混在一起，得不到什麼好處的，如果必需有接觸，也是斤斤較量，沒有一點容讓，總要個恩怨分明。」[47]張愛玲是以俗人的斤斤計較來選擇孤獨

46　張愛玲：《留情》，見《張愛玲文集》第 1 卷，第 218 頁。
47　張愛玲：《我看蘇青》，見《張愛玲散文全編》，第 259 頁。

的（或者說選擇了一種「低姿態」的人生），因而絲毫沒有
五四一代先覺者選擇孤獨的精神優越感，她的人生證明她在
這條路上越走越遠。她在世俗人生中找尋到「我們自己的影
子——我們只看見自己的臉，蒼白，渺小：我們的自私與空
虛，我們恬不知恥的愚蠢——誰都像我們一樣，然而我們每
人都是孤獨的。」[48]

　　張愛玲對人性的這種認定而不認可，自認俗人而又自絕
於俗人的態度，使她在創作中不像大多數小說家那樣，從讀
者對之產生共鳴的一個人物或一種觀點上體現自己的態
度，而採取了一種不動聲色的揶揄和慈悲同在的雙重觀點，
她經常利用直接矛盾式的反諷方式和反諷態度，把兩種矛盾
和互不相容的現象並置在一起，形成兩種價值並存的局面，
從而構成相矛盾相對照的語境，使其潛在地相互瓦解，相互
破壞。正像前面提到的《傾城之戀》、《殷寶灩送花樓會——
列女傳之一》那樣，張愛玲經常利用標題與本文的矛盾構成
這種反諷的語境。另外如《創世紀》這神聖的命題，一方面
與瀠珠在其家族中前所未有的走出家門這創世之舉相對
應，同時又與瀠珠走出家門碰到的無非是男人，其結果又無
非是上當受騙，最終無非重新回到家中的女人命運形成反
諷，如果聯繫張愛玲在《造人》裏所說的「造人是危險的工
作。做父母的不是上帝而被迫處於神的地位」，還可以體會
出另一層的反諷：紫微生殖繁衍了這一大群廢物，與上帝神
聖的造人創世之初衷相比，是多麼的可憐又可笑啊！還有像

---

[48] 張愛玲：《燼餘錄》，見《張愛玲散文全編》，第 61 頁。

《沈香屑 第一爐香》、《沈香屑 第二爐香》、《年輕的時候》、《留情》、《相見歡》等都從標題與本文的疏離中流露出「一種淡淡的反諷情調」，但同時張愛玲又在為他們「蒼白，渺小」，「自私與空虛」的「真的」存在而辯護。不錯，《傾城之戀》裏的流蘇和柳原是自私的、庸俗的，但在戰爭的兵荒馬亂之中，他們於「一剎那」體會到了「一對平凡的夫妻」之間的「一點真心」，「在這動蕩的世界裏，錢財，地產，天長地久的一切，全不可靠了。靠得住的只有她腔子裏的這口氣，還有睡在她身邊的這個人」。[49]不錯，《留情》中的那對老夫少妻的確是各有各的打算，「生在這世界上，沒有一樣感情不是千瘡百孔的，然而敦鳳與米先生在回家的路上還是相愛著。」[50]在張愛玲看來，「無條件的愛是可欽佩的——唯一的危險就是：遲早理想要撞著了現實，每每使他們倒抽一口涼氣，把心漸漸冷了。」張愛玲就是讓大家「索性看個仔細吧！」她認為「有了驚訝與眩異，才有明瞭，才有靠得住的愛」。[51]

　　張愛玲消解各種價值神話的策略之二是以女性觀點消解男權話語的中心位置和價值體系。張愛玲有著自覺的女性意識，她明確地指出：「我們的文明是男子的文明」[52]，她的創作非常清楚地顯示出她站在女性的立場向「男子的文明」提出質疑並努力以女性的身份發出女性聲音的自覺意

[49]　張愛玲：《傾城之戀》，見《張愛玲文集》，第 2 卷，第 86 頁。
[50]　張愛玲：《留情》，見《張愛玲文集》，第 1 卷，第 219 頁。
[51]　張愛玲：《洋人看京戲及其他》，見《張愛玲散文全編》，第 8 頁。
[52]　張愛玲：《談女人》，見《張愛玲散文全編》，第 69 頁。

識。典型的例子是張愛玲對「霸王別姬」這一歷史本事的重
寫。根據《史記‧項羽本紀‧正義》引《楚漢春秋》記載，
項羽被漢軍圍困垓下哀歎大勢已去時，虞姬以歌和項羽：「漢
兵已略地，四方楚歌聲。大王意氣盡，賤妾何聊生。」這歌
詞非常鮮明地樹立了女人依附並從屬於男子的地位和觀
念，是典型的以男性為中心，以女人為第二性的男權話語。
張愛玲在她的《霸王別姬》中，有意地反其道而行之，不僅
以虞姬為視點，而且以她的存在為本位，為中心，讓她在四
面楚歌聲中「開始想起她個人的事來了」，反省自己十餘年
來為項羽而存在，「以他的壯志為她的壯志，以他的勝利為
她的勝利，他的痛苦為她的痛苦」，「像影子一般地跟隨他」，
毫無自我的生存狀況。她意識到，她這樣活著不過是「反射
著他的光和力的月亮」，「是他的高吭的英雄的呼嘯的一個
微弱的回聲」，而到「她要老了，於是他厭倦了她」時，她
不得不成為「一個被蝕的明月，陰暗，憂愁，鬱結，發狂」[53]。
虞姬為自我的反省，使這個「英雄美人」的傳奇增加了女性
視角，打破了男性中心的價值秩序，以女性的日常生活意識
的敘事取代了慷慨悲歌的歷史英雄的敘事。

在《紅玫瑰與白玫瑰》中，佟振保按照男性價值標準，
應該說是一位大有作為的社會上的成功人士，「一個最合理
想的中國現代人物」，但張愛玲卻從女性的立場來看他評判
他，對於嬌蕊來說，他不過是一個負心的，不敢承擔責任的
懦夫；對於煙鸝來說，他也不過是一個不忠而冷酷的丈夫。

---

[53] 以上引文均見張愛玲：《霸王別姬》，見《張愛玲文集》第 1 卷，第
8、9 頁。

對於他本人來說，恰恰是一個無力駕馭自己生活的失敗者。以女性的觀點為價值的取向，振保的「好人」名譽，「超人」意志就受到無情的嘲諷，同樣以女性的日常生活的標準置換了「最合理想」的社會「好人」的標準。

　　張愛玲在「自己的文章」中，不僅建立起與男權話語相抗衡的女性話語，甚至可以說，她以女性「永遠是在外面的」邊緣位置建立起與「我們的文明是男子的文明」相分庭抗禮的女性歷史觀和社會觀。經過對歷代女性生存狀況的考察，張愛玲相信，「在任何文化階段中，女人還是女人」，女人「代表四季循環，土地，生老病死，飲食繁殖」[54]這永恒不變的日常生活的內容。因而，女人是永恒的、基本的、普遍的，代表了人性中「安穩的一面」，「存在於一切時代」的不動的一面。所以她理直氣壯地把人性中的這種「婦人性」提高到「人的神性」的位置，而與代表男性價值的超人，理想人生飛揚的一面相並置。這樣，張愛玲的小說世界就重在反映「女人把人類飛越太空的靈智拴在踏實的根樁上」那「安穩」的一面，表現人性與社會中相「同」的一面上，而不是發展、變化的相「異」的一面上。她讓我們面對的是人類最基本的原始生存的問題，是人生逃避不了的世俗的日常生活形態。她以家反映著人性中的原始和永恒的因素，而不重在以家去透視社會的進步和變革。所以張愛玲的家是女人把持的家，不管社會發生什麼樣的變化，女人仍是女人，家仍是家，它沒有時間，但它「有自身的永生的目的」。雖然張愛

---

[54]　張愛玲：《談女人》，見《張愛玲散文全編》，第 69 頁。

玲承認，「在家常中有一種污穢」[55]，但她超越歷史的取向，在存在的空間中統一了過去和現實，同樣賦予這種永遠存在的現實以深度和莊嚴。

因為張愛玲重在通過紛紜的世相透視人性相「同」的一面，所以儘管張愛玲描寫了各種各樣的女人，既有傳統的，也有現代的，但她們的命運卻大致相同。不管是否走出家門，是否受到教育，她們無非是男人「性」的對象，傳宗接代的工具，「是單純的肉，女肉，沒多少人氣」[56]，《連環套》中霓喜從一個男人轉嫁給另一個男人，直至「老了」才結束作為女人的一生的命運，正集中揭露了在男權社會所謂女人的真實身份和地位。《封鎖》中的吳翠遠，儘管以一個二十來歲的女孩子在大學裏教書，打破了女子職業的新記錄，但家裏卻「寧願她當初在書本上馬虎一點，勻出點時間來找一個有錢的女婿」。《年青的時候》裏的俄國女孩子因找了個下級巡官，身價一落千丈。《五四遺事》中的密斯范和羅的自由戀愛，最終又不可避免地落到一夫多妻的老式婚姻中。

如果單純從張愛玲所描寫的腐舊大家庭和這些各色女人擺脫不了的傳統命運上，大概我們很難把張愛玲的創作與現代性與都市相連，張愛玲還從另一方面著筆，她不僅從現代女性身上看到與傳統女性相同的古老身份和命運，而且賦予傳統女性以一種現代的氣質和精神。在她筆下女主人公大

---

[55] 張愛玲：《紅玫瑰與白玫瑰》，見《張愛玲文集》第 2 卷，第 169 頁。
[56] 張愛玲：《連環套》，見《張愛玲文集》第 2 卷，第 220 頁。

多是有我的而非無我的，富有行動的目的性和冒險精神，而非無目的地順從地受人擺佈。那些有光彩的形象，如流蘇和七巧更強烈地迸發出這種精神。甚至像霓喜這樣帶有較多原始性的女性也意識到「男人靠不住，錢也靠不住，還是自己可靠」，她依恃自己的「美麗」，為了生存做著「較合實際的打算」，頑強地爭取一個又一個男人對自己的庇護和供養。對於困在家庭中的女人來說，「單是活著就是樁大事，幾乎是個壯舉」[57]，張愛玲曾坦率地說，「霓喜的故事使我感動的是霓喜對於物質生活的單純的愛，而這物質生活卻需要隨時下死勁去抓住。」[58]這些女人在擺脫不了的命定中，頑強地有心計地「運籌帷幄」爭取著自己的最大利益和前途。張愛玲通過對新女性和傳統女性雙重境遇的透視，既消解了關於新女性的神話，也消解了關於舊女人的傳統神話，剝掉了傳統文化和新文化覆蓋在她們身上的種種不實之辭和浮文，顯示出她們未被高度的文明、高度的訓練與壓抑所斫傷的元氣，在她們的野蠻和原始性與現代精神之間建立起一種聯繫。

　　張愛玲的消解價值神話是無所不致的，因為她無所執著。比如，她針對母親形象的神聖化這一文化現象說：「母愛這大題目，像一切大題目一樣，上面做了太多的濫調文章。普通一般提倡母愛的都是做兒子而不做母親的男人，而女人，如果也標榜母愛的話，那是她自己明白她本身是不足重的，男人只尊敬她這一點，所以不得不加以誇張，渾身是

<hr />

[57]　張愛玲：《創世紀》，見《張愛玲文集》第 2 卷，第 277 頁。
[58]　張愛玲：《自己的文章》，見《張愛玲散文全編》，第 118 頁。

母親了。」[59]針對五四時代為青年的離家出走所塗上的神聖
色彩，她用自己離家出走的實例說明，她完全出於精細的盤
算，而非神聖的目標。她說，「在家裏，儘管滿眼看到的是
銀錢進出，也不是我的，將來也不一定輪得到我，最吃重的
最後幾年的求學的年齡反倒被耽擱了。這樣一想，立刻決定
了。這樣的出走沒有一點慷慨激昂。」[60]可以說，張愛玲不
僅消解傳統文化的神話，也消解五四新文化運動所樹立起的
新神話。她以日常生活的內容和邏輯，對愛情、母愛、父愛、
家庭以及超人、自由戀愛、新女性等等理想化神聖化了的文
化現象和概念都給予了質疑和嘲諷，為一切理想的價值神話
蒙上了「一種污穢」，正像她所形容的：「像下雨天頭髮窠
裏的感覺，稀濕的，發出瀜鬱的人氣」。

　　通過以上的分析可以看出，張愛玲是以日常生活的內容
和實用的邏輯做價值和效用的標準，去消解為「道德習慣所
牽連的想像的信念」。以現實世界去消解關於現實世界的種
種不實之辭；以現實世界的矛盾、多重、複雜去消解人們關
於現實世界整齊、統一、簡單，斬釘截鐵的觀念世界；以現
實世界的平實、素樸、凡俗去消解人的價值領域的飛揚、完
美和神聖。張愛玲的反神聖化不像五四新文化運動時期那
樣，僅僅指向維護封建社會制度的價值系統，而把西方的科
學、民主、人道主義或馬克思主義奉為新的偶像概念。也不
像 30 年代主流文學那樣，以「革命」、「人民」的神聖概
念與「自我」、「個人」相對立。張愛玲根本反對神聖化本

---

[59]　張愛玲：《談跳舞》，見《張愛玲散文全編》，第 201 頁。
[60]　張愛玲：《我看蘇青》，見《張愛玲散文全編》，第 260 頁。

身，她以世俗的實用態度，以女性的邊緣位置去消解一切旨在建立中心、等級和神聖的價值體系秩序。比如關於愛情的觀念，五四文學中「不自由，毋寧死」的決絕態度，雙雙赴死的敘事情節把自由戀愛這一概念推向神聖化，而成為五四新文化運動最具有確定性和感召力的觀念。儘管魯迅以涓生和子君的悲劇向這一神聖的觀念提出質疑，但他並不旨在褻瀆這個概念的神聖性，而是從現實的問題出發，以經濟的、需「時時更新」對愛情的威脅顯示自己的擔憂。丁玲以《莎菲女士的日記》宣佈世上的男人「死了」，愛情在現實中的不可能實現，但她不過是抨擊世上的男人而已，並不曾動搖自己心目中對神聖的愛情和理想的男人的信念。張愛玲自信「把人生的來龍去脈看得很清楚」[61]，認為「人到底很少例外，許多人被認為例外或是自命為例外的，其實都在例內。」[62]由此同化了男人與女人在本質上的區別，而挖到他們人性深處的相通之處。她在小說和散文中一再說明「人總是髒的；沾著人就沾著髒」[63]，在張愛玲看來，現實與人生本身就是對愛情這一觀念神聖性的褻瀆。所以對於她筆下的流蘇、七巧、霓喜們來說，所謂「愛情」的意義，不過像《海上花》中的妓女們一樣，其實質是為了獲得男人對自己的供養。也正是從日常生活的實用邏輯出發，張愛玲建立起同化一切的基礎。她說：「以美好的身體取悅於人，是世界上最古老的職業，也是極普遍的婦女職業，為了謀生而結婚的女人全可

---

[61]　張愛玲：《談跳舞》，見《張愛玲散文全編》，第 201 頁。
[62]　張愛玲：《談跳舞》，見《張愛玲散文全編》，第 201 頁。
[63]　張愛玲：《沈香屑　第二爐香》，見《張愛玲文集》第 1 卷，第 13 頁。

以歸在這一項下。這也無庸諱言──有美的身體，以身體悅人；有美的思想，以思想悅人，其實也沒有多大分別。」[64]這種實用的態度使張愛玲不僅在妓女與良家婦女之間劃等號，甚至把這個等號與自命不凡的文化人劃在了一起，自此我們可以清楚地看出張愛玲的文化邏輯。她讓英雄、超人淪為凡人俗人，在男人與女人之間找到了共同點，從精神與物質的對立中尋找到統一，把大時代的潮流與不相干的事看得同等重要。她決不賦予任何人以倫理道德的優越感，她在《公寓生活記趣》中明確地談到，對於都市的市民來說，不要把陽臺上的灰塵直截了當地掃到樓下的陽臺上去的這類「公德心」，「就是我們的不甚徹底的道德觀念」，就是我們「頂上生出了燦爛的圓光」。

三、以日常生活作為獨立的寫作領域

　　40 年代海派的一個突出特點就是把日常生活作為獨立的寫作領域，特別關注那些與大時代、大歷史、國家、民族意識「不相干」，而在常人的世俗生活中，佔有重要地位的事。他們描寫敘述的不是社會歷史，國家民族的史實，而是那些「以『生』為本」的俗人的「生活史」，是生活本身的事實和常識。這在予且和蘇青等作家的創作中表現得特別突出。

　　雖然，前面分析的張愛玲的創作也有著這個明顯的傾向，她本人也和他們攪在一起大談人的俗骨：衣、食、住與

---

[64]　張愛玲：《談女人》，見《張愛玲散文全編》，第 72 頁。

財色，但她畢竟不是「天生的俗」，「難求得整個的沈淪」，即使不說是「存心迎合」，也根本寫不出蘇青那樣的，對於這些俗事的「真情實意」的愛。她的寫俗是為了透視人的本性與日常生活的邏輯，把形而下的俗事作為了形而上的問題而進行理性思考。所以，我們在她的《更衣記》中，看到的就不僅是她對「不足掛齒的小事」服裝的鑒賞，更是滿清時期女人如何在層層疊疊的服飾的重壓下「失蹤了」，衣裳否定了女人本身；20 年代初興的「嚴冷方正」的旗袍如何「排斥女性化的一切，恨不得將女人的根性殺絕」，顯示出一個具有了自我意識的現代靈魂對於服裝變遷史的透視。在她的《傾城之戀》中，讀到的就不僅僅是兩個庸俗的人在婚姻問題上的算計，更讓流蘇不管失意得意，都強烈地意識到自己的「下賤難堪」，顯示出一個孤高的人格對於現實人生的無奈和哀矜。在她的《金鎖記》中，我們讀到的也不僅僅是「最徹底的人物」曹七巧如何度過了為錢而生存的一生，更有她臨死前「摸索著腕上的翠玉鐲子，徐徐將那鐲子順著骨瘦如柴的手臂往上推，一直推到腋下」，為她年輕時候的「滾圓的胳膊」，喜歡她的男人而落淚，顯示出一個具有著生命意識的現代人對於為錢而錢的世俗人生的反省。予且和蘇青等海派通俗作家缺的就是這種透視、反省和一種距離感，他們對於人生或有著太基本的愛好，或太關切解決日常生活中的具體問題，因而他們的思維往往是實用的、經濟的、自私的，他們的思想與其說是理性的，不如說是常識的，然而也正是為此，他們的創作才更鮮明地顯示出現代新市民獨有的精神風貌和生氣。

予且對常人有著深厚的感情，他在其成名作《小菊》的開篇即開誠佈公了他創作的方向：

> 我要講的是幾個平凡的人，和幾件平凡的事。
>
> 平凡的人，是不值得說的，平凡的事也是不值得記載的。但是社會上平凡的人太多了，我們捨去他們，倒反而無話可說，若單為幾個所謂偉大的人物，稱功頌德，這是那些瘟臭的史家所做的事，我不願做！[65]

予且的確做到了這一點，他的創作始終顯示出他願做的是本著一顆「博施濟眾心」，「勤勤懇懇指示著幫助著大眾之人，進入光明的人生大道」，像算命者那樣做一個「常人的生活顧問」[66]，他借小說人物之口聲稱：「我只替朋友解決事實，不解決理想」。[67]

早在 30 年代初，予且就在被沈從文說成是「繼續禮拜六趣味」，「製造上海的口胃」的《良友》雜誌上發表了系列文章，大談《司飯之神》、《福祿壽財喜》、《龍鳳思想》、《酒色財氣》、《天地君親師》[68]。從這些流傳於民間的民眾藝術中去探詢民眾的思想，因為予且相信「民眾的藝術本是民眾思想的表現」，而所謂「民眾思想」，予且的界說指的不是抽象學說，而是民眾的「欲望和感覺」，[69]所以他抓住的是民眾最

---

[65] 予且：《小菊》（中華書局，1934 年），第 1 頁。

[66] 予且：《利群集》（上海潤德書局，1946 年），扉頁、41 頁。

[67] 予且：《迷離》，載 1943 年 10 月《風雨談》，第 6 期。

[68] 予且的這些文章分別刊登於 1932 年 6、7、8、9、10 月《良友》，第 66、67、68、69、70 期。

[69] 參閱予且：《福祿壽喜財》、《龍鳳思想》。

基本的生活意識的流露，並且順著民眾的這些欲望和感覺導以現代自立、自強、自我奮鬥的獨立意識和競爭意識。在他看來，「色」是「傳種」，而不是淫欲；「財」是「自存」，而不是萬惡之源，所以「是社會生存的根源，也就是人類生存的根源」，他相信「人為什麼做事，還不是拿錢過生活。這一層意思，不管那一個階級那一個時代那一個地點，純是相同的」。所謂「氣」，他解釋在資本主義社會就是「競爭」，就是「得不著」，就是「大眾一聲共同的歎息」，但是如果消除了人類的競爭，消滅了貧富，得不著的也得著了，雖然「好」，卻是沒有「氣」了。而「酒」則說明著「人們生活恐怕不僅是吃飯，生兒子，嘔氣，也還要一點興趣和快樂的！」它操縱著我們熱烈的心情，「讓我們在苦惱的環境，仍然是興奮的工作著，享樂著」。[70]這就是予且對於大眾生活內容與目的的分析，但大眾的生活還不僅如此，他們還在家中祭祀著「天地君親師」的牌位，對於這些超於自己之上的「五大」實行「模仿之義務」。在大眾心目中，「天是代表宗教，地是代表經濟，君是代表政治，親是代表遺傳，師是代表社會。無宗教則心靈無所依託，無經濟則不能生存，無政治則不得安居，無遺傳則種族不能延續，無社會則一切化為死灰。這五樣東西是人類的生存條件」，但予且認為，「如今即使這五大代表著這五種勢力，我們也用不著立牌以祀之，知道了就算了事。便很足夠。」即使一切東西「是上帝造的，我也不必崇拜信仰，他不造，我也不會到世上來，卻免除了許多煩惱」。[71]從

70　參閱予且：《酒色財氣》、《福祿壽喜財》。
71　予且：《天地君親師》。

而打破大眾崇拜迷信的心理，顯示出現代新市民要把命運掌握在自己手中的獨立意識。

予且精於命術，「喜閱子平星命諸書」，他為《大眾》總纂錢公俠的批命曾經刊登於 1943 年的 3 月號上，據編者之言「雖然言簡，卻是意賅，頗像出於星命家斫輪老手筆下，袁樹珊韋千里一輩職業算命的人見之，也當歎服。」[72]予且曾寫過一本以「談命」教化大眾的小說《利群集》，可以說非常集中地概括了予且的日常生活的意識形態。此小說通篇是「利群談命」館的算命先生對於一個名叫求己的問命者的教訓，這個利群先生告訴求己：「中國的命理大原則，只有兩句，（一）是命理以生為本（二）是推命以我為主。」[73]所謂「以生為本」，講的是克我者為官，我克者為財，生我者為印，我生者為食傷。這就是說，一個人生活在世上，官吏警察是管理我的，我所管理的是錢財，不管是人克我，還是我克財，都是為了我的生。「印」是圖章，予且解釋說，平時我們做事用印是表示我們有資格有權利答應去做一件事，不答應是自覺無能力，資格薄弱，而用印以後就沒有變更的可能，這種信心的堅固和能力的激發會格外助長我們的生意。我生者——子女，一方面是繼續種族生存，一方面也需供養，負擔加重，也即我們的「為食傷」。這就是以「生」為本的含義。所謂「推命以我為主」，講的是不管克我，我克，生我，我生，全是以我為中心。可見，予且為中國的民間藝術和命相術塞入了一個執著於現世的，赤裸裸地追求金

---

[72] 《予且批命》，見 1943 年 3 月《大眾》3 月號。
[73] 予且：《利群集》（上海潤德書局，1946 年）第 33 頁。

錢私利的靈魂。

　　予且是以家庭婚姻夫妻關係作為他展開日常生活圖景的場所的。據他自己講他曾讀過不少的關於戀愛理論的英文書，尤其是關於精神分析方面的，可是這些書不是讓他認識到本能的非理性力量及其昇華出的個性和情感的力量，而是讓他感到「愛是生物的一種自然力量的發揮」，甚至「簡直是一種病態」。所以他以為「如其寫這種空洞而無結果的戀愛，還不如寫一點夫婦間的共同生活。」[74]在他看來從結婚到死，一共不過數十年，這數十年才是「男子快樂而又帶點苦痛的生活史」，[75]對於女子又何嘗不是？也就是說，予且要為平凡的人書寫的生活史是從結婚開始。對日常生活領域的共同關注使四十年代的其他海派也和予且呈現出同樣的趨勢，把寫作對象聚焦在家庭婚姻夫妻關係上，突出代表如蘇青的《結婚十年》、潘柳黛的《退職夫人》等，與五四時期小說集中於戀愛題材判然有別。即使寫的同是男男女女的戀愛，四十年代的海派，如張愛玲和予且的一些小說也和五四小說中講自由，講感情，講精神的戀愛截然不同，予且對此做過很好的闡釋：

　　　　受了生活重壓的人，求生的急切當然是無庸諱言的事
　　　實。在求生急切的情境中，不抱著「得過且過」的思
　　　想，即不能一日活。所以「戀愛不過就是那麼一回事，
　　　結婚不過就是那麼一回事」的思想，也就隨之而生

---

[74]　予且：《我之戀愛觀》，載 1943 年 12 月《天地》，第 3 期。
[75]　予且：《兩間房・序》（上海書店，1989 年），第 1 頁。

了。在從前，婚姻是一件終身大事，焉得不謹慎將事。
如今，婚姻已經成為生存手段，焉得過事挑剔，來關
閉自己幸福之門？這一種變遷不能說是不大，更不能
說和以前相差不遠。婚姻如此，戀愛的方式，手段，
性質，結果。遂亦不得不和以前不同了。[76]

　　予且把婚姻看作是生存手段，把家庭看作是生活的場
所，和常人以「生」為本，「人生最大的目的，就是求生」[77]
的意識，首先使他把常人的日常生活史與國家社會區別開
來，他認為，「一個人在世上要想過愉快生活，一定要將附
於他的一切東西，處理得宜，有條不紊」，這附於他的東西
就是錢財和妻子。[78]他針對社會青年好高騖遠的現象說，「我
們的欲望，真是發達的太快了。飯之獲得還在虛無縹緲之
間，而我們卻想為國為民為社會做出一番驚天動地的事」，
「自己沒有立身的技術的人去解決社會上的大問題」，「社
會到處見著這種人，到處現出不安的現象。」所以，他奉勸
大眾的人生之道就是「如其好高騖遠，莫如先治其家」。[79]予
且的創作就是身體力行的典範。他的短篇小說集《兩間房》、
《妻的藝術》，長篇小說《乳娘曲》，甚至在不以家庭為題
材的小說《女校長》，以及予且以「……記」為題的系列小
說，如《尋燕記》、《移玉記》、《別居記》、《執柯記》
等等中都對「夫妻情感的聯絡，家庭快樂的產生」，妻的藝

---

[76] 予且：《我之戀愛觀》。
[77] 予且：《我怎樣寫七女書》，載 1945 年 6 月《風雨談》，第 19 期。
[78] 予且：《利群集》，第 34-35 頁。
[79] 予且：《司飯之神》。

術，夫的藝術，或者說是馭妻術，馭夫術等做了生活指南之類的說明。

　　從生活的實際出發，予且強調夫妻情感和家庭快樂「固然要有一個生理的基礎，但經濟的基礎尤其來得重要，夫妻有了柴米，而後可以談愛情，生男育女，增添家庭幸福」。[80]予且的短篇《熱水袋》就描寫了由於丈夫失業所引起的夫妻吵架，家庭不和的矛盾，展現了在生活的面前，沒有基本的保障，即使是「自由」締婚，也無濟於事的鐵律。生活的事實使夫妻雙方都認識到：「小家庭固然是好，第一就是不能歇事，第二就是不能缺錢」，「世界上的事，有許多是不能拿幻想替代事實來滿足自己的」。[81]《兩間房》中的兩對夫妻也都因錢的問題和丈夫嘔氣，以致兩位丈夫同命相憐，對於女人大放厥詞：「女人雖然說是人類中最美的，實際是人類中最醜惡的。她醜惡的第一種表現是向男人求愛的時節，第二種表現是向男人要錢的時節，第三種醜惡就是和男人吵嘴的時節了。」[82]由此揭開了男人快樂而又帶點痛苦的生活史。在《妻的藝術》中，長城先生長期失業困厄在家，漸失妻子的歡心。但當妻子發現她所愛的人已有妻子，並且丈夫又獲得了職業以後，暗自改過，充分發揮了「不言」的藝術，以溫存和體貼的無言行動，不失尊嚴地重新贏得了丈夫對自己的原諒和歡心，化險為夷，維繫住了「家庭之愛」。予且寫的夫妻生活都不是那麼盡善盡美的，但他所要說的就是：

---

[80]　予且：《女校長》（知行編譯社，1945年）第15-16頁。
[81]　予且：《熱水袋》，見《兩間房》，第160、162頁。
[82]　予且：《兩間房》，見《兩間房》，第12頁。

「這是事實，並不是理想」。[83]

　　《辭職》是予且闡發自己對於夫妻的觀念最為「嚴重」的一篇，小說中的夫妻分別代表社會上的男子與女子發出了共有的不平之鳴。妻子代表女人指控男人：

> 女人！久已在你們男人眼內不算一個人了，你們男人看見女人的時候，就想和她戀愛，無論用什麼手段都不管的，及至女人和他結了婚就用一個家庭做了她的籠，使她做一個忠實的女僕，看門戶的人，養子女的人，伴你遊玩的人。[84]

她揭露各個丈夫的心理都把妻看作是「一個坐在家中的女人，為丈夫而生存，沒有思想，沒有意志，只須陪伴男子，安慰男子，遇必要時還要替他生養子女。」[85]但先生認為妻子所說的這些易卜生的語言僅僅是理論，在理論上女人也是社會上的人，和男子是一樣的，但是實際上女子卻是「家庭之妻，社會之母」，「理論和事實不符的，社會上只有事實，理論上不過給痛苦的人精神上一分安慰罷了」。[86]他說：

> 我總希望不要將男女的界限看的太清了。世界上的男女始終是合作的沒有敵體。男子是主外的，自然要在外面混，女子是主內的，自然坐在家中。這是分工合作，女子的地位又何嘗低下呢？妻為丈夫而生存，丈

---

[83]　予且：《妻的藝術》（上海中華書局，1935年），第39頁。
[84]　予且：《辭職》，見《兩間房》，第26頁。
[85]　予且：《辭職》，見《兩間房》，第28頁。
[86]　予且：《辭職》，見《兩間房》，第27-28頁。

夫又何嘗不是為妻而生存，……至於沒有思想的話，
人最好沒有思想，思想是傷人的，它可以使人瘦，可
以使人頹廢，可以使人早死。有思想的女人不是離
婦，就是獨身，人家夫妻兩個共同過著快樂悠閒的歲
月，還要什麼思想呢？意志一層，也是一樣。……再
說陪伴安慰，也是兩方而不是單獨的，現在我倆在一
起，你說你陪伴我，我還說我陪伴你。……最末了的
一句，是你說反了，不是遇必要時，還要生養子女。
乃是遇必要時，還可以不生子女。[87]

　　先生的一席話似乎使夫人的顏色「轉霽」，但並不能一
掃心中不平的積鬱。妻子繼續傾吐著女子「全是苦」的一生。
她說，結婚使女子的痛苦加上一層，由於男人的嫉妒心「從
此女子的社交，便整個而毀滅」，丈夫每天出外至深夜不歸，
妻子只好與寂寞相伴。要懷了孕就須有十個月的痛苦，生了
小孩子，容顏身體就要逐日的頹廢，人生不滿百，等到丈夫
倦遊的時候，妻子已由少而老，精神身體，兩敗俱傷了。可
丈夫反唇相譏，他給妻子下了一個定義：所謂妻，「男子的
一個不可避免的擔負，藉著她的力量，生出許多的擔負，一
重重地重壓下來，直到死了為止。」[88]予且所描述的夫與妻
這場旗鼓相當的對吵，不僅開誠佈公了男人和女人「對於
『妻』觀感不同」，也一吐了男人和女人不同的社會角色的
擔當給人生造成的不同的壓力和痛苦。萬幸的是這對夫妻還

[87] 予且：《辭職》，見《兩間房》，第31頁。
[88] 予且：《辭職》，見《兩間房》，第43頁。

沒有金錢的威脅，所以丈夫經過這次吵嘴，決心來一次徹底的解決，向公司辭職，專心留在家中做一個「善良的丈夫」，以實行新馬爾薩斯主義婚姻之理想：「婚姻之重要意義，端在男女兩方共同過一個愉快生活的」。[89]然而，不幸的是，在家的無所事事使他非但沒有給妻子帶來「愉快生活」，他的無聊淡漠反而激怒了妻子辭職，向他聲明：「從今日起，害病了，害病就是向你辭去一切你理想中的一切妻的職務！」[90]如果把予且的小說讀的多一些就會明白，通過這個戲劇性的場面，予且仍在不失時機的告訴人們，在生活領域，我們不能解決理想，只能解決實際中的問題，無法按照理論行事，只能以在現實中是否可行為基礎。

　　隨著生活閱歷的增加，予且越來越體驗到婚姻以及夫妻的共同生活實際上絕不嚴重，他一再通過筆下的人物說明，夫妻間愛情「維持的方法，就是要各自努力把家庭弄的格外興旺」。在女的一面，「養育子女，使家庭清潔齊整，金錢不浪費，照應著自己丈夫的飲食起居」；「男的應該維持一家的用度，教養子女。最要緊的，就是不能在外面胡鬧，和那些下賤的女人在一起」。[91]在《移玉記》中，姐姐向妹妹介紹自己的馭夫術，她得意地指著廳裏的一幅寫著「女人是水，男人是泥，有了泥的堤岸，水才不至於泛濫橫溢」的字告訴妹妹，她已把它改為「男人是水，女人是土」了，她認為「勢」字最要緊的，在外面，勢字是男人的；在家裏，勢

---

[89]　予且：《辭職》，見《兩間房》，第 52 頁。
[90]　予且：《辭職》，見《兩間房》，第 65 頁。
[91]　予且：《尋燕記》，載 1942 年 11 月《大眾》創刊號。

字是我們女人的了。男人在家裏的需要只有兩個:「第一個是時間。第二個是可口的食物」。我讓他知道「他的時間和可口的食物都是我給他的」,「他就做了我堤岸中的水,順著我給他的方向在流」了。[92]在予且的小說中類似生活經驗,或說是「小花招兒」的介紹隨處可見,經常甚至會以數碼羅列其步驟手段,很有些以小說的形式寫「生活指南」的味道,顯示出他對人情事理的明瞭,這與他要做個大眾的生活顧問的志向是分不開的。

　　也正是因為予且僅僅是從日常生活的角度去限定女人作為妻的身份的,所以他對女子的教育也有著自己的一套看法。在《女校長》裏,他借著出資創辦女學的黃秉中之口闡明他對女子教育的意見:

> 記得我以前進的那個學校,校長常鼓吹著高大的目標,結果做出來的是虛空而不切實。對於課程,我們既是女學,不必抬出國家,社會來,只要以家庭為主就行。我們也不必顧慮到人家反對什麼「賢妻良母」教育。……做一個女子總要出嫁的,既出嫁,就是妻,既有孩子,就是母,既做妻母,就要做個好妻母。這是不可變的理。所謂好,不就是「賢」和「良」嗎?我們是被名詞迷惑,把賢妻良母當作是另外一種人。[93]

他進一步說,「妻和母要做到『好』的地步。第一就是要有好身體,換句話說,就是健康。第二就是要治家的能力,換

---

[92] 予且:《移玉記》,載 1943 年《大眾》5 月號。
[93] 予且:《女校長》(知行編譯社,1945 年),第 46 頁。

句話說，就是要有技能。」[94]所以他決定把育兒、縫紉、家事、烹調及看護列為女學「首要的科目」。他的不少小說也形象地說明著女人沒有治家的能力給家庭帶來的混亂和煩惱。

　　蘇青也專門談過類似的女子教育的問題，她認為男女在教育上的平等並不表現在男女同學上，而是「男生能夠受他們所需要的教育，女生也能夠受她們所需要的女子教育」，現在，我國把「女子教育包在男子教育裏面」，結果「身為女子而受著男子的教育，教育出來以後社會卻又要你做女子的事，其失敗是一定的」。所以，她建議把女子教育分為兩種：「一種是預備給完全以婚嫁為職業的女人來用的，就專門教給她們以管家養孩子的種種技能，相當於其他各項的職業訓練，使她們將來能夠所學得其所用」。另一種則是為職業女性而預備的，但蘇青仍強調，「除了教她們與男生同樣學習各種職業技能，或同男生一樣啟示她們一條路徑，使她們將來得從事於某種學術研究以外，還得教給她們些管家養孩子的常識，因為從事職業或研究學問的女子總還得結婚養孩子」。[95]可見，蘇青和予且一樣都是從日常生活的角度來思考女子教育以及平等問題的，所以他們對很多問題的看法不僅與傳統觀念不同，與五四新文化運動所樹立起的新觀念也涇渭分明。蘇青就認為新文學作品「也還是男人寫給男人們看的」，雖然這些作品也談到婦女問題，提倡男女平等，

94　同上。
95　蘇青：《我國的女子教育》，見《蘇青文集（下冊）》（上海書店出版社，1994 年），第 6-10 頁。

替婦女要求獨立、自由、解放，但那些「代想代說的話」[96]不過是「出於男人的希望」，她寫到：

> 你不聽見他們早在高喊女子獨立，女子解放了嗎？只為女子死拖住不肯放手，因此很遲延了一些時光。真的，唯有被家庭裏重擔壓得喘不過氣來的男人總會熱烈地提倡女權運動，渴望男女能夠平等，女子能夠自謀生活。娜拉可是易卜生的理想，不是易卜生太太的理想。[97]

所以，她認為讀五四新文學這類作品出來的女生，她們在思想上一定是「男人的附庸」，「她們心中的是非標準緊跟著男人跑，不敢想男人們所不想的，也不敢不想男人們所想的，什麼都沒有自己的主意。」[98]蘇青為女人出的主意是「老實說吧，照目前情形而論，女子找職業可決不會比坐在家裏養孩子更上算，因為男人們對於家庭實是義務多而權利少，他們像鸕鷀捕魚一般，一銜到魚就被女子扼住咽喉，大部分都吐出來供養他人了」。[99]而為女子生活的理想設計是「為女人打算，最合理想的生活，應該是：婚姻取消，同居自由，生出孩子來歸母親撫養，而由國家津貼費用」。[100]張愛玲也有類似的觀點，她們為女人所想的都不是從女權主義的理論立場出發，而是從女人的實際生活出發，怎樣更合算，對女

---

[96] 同上。
[97] 蘇青：《母親的希望》，見《蘇青文集（下冊）》，第 76 頁。
[98] 蘇青：《我國的女子教育》，見《蘇青文集（下冊）》，第 7 頁。
[99] 蘇青：《母親的希望》，見《蘇青文集（下冊）》，第 76 頁。
[100] 蘇青：《談女人》，見《蘇青文集（下冊）》，第 5 頁。

人的實際利益怎樣更有利。所以，她們很難完全與女權主義
的觀點合轍，西蒙娜・德・波伏娃在她的那本被稱為「女權
主義聖經」的理論著作《第二性》中開宗明義：「我所感興
趣的是根據自由而不是根據幸福，對個人的命運予以界
定」，她想闡明的主要問題是就女人的處境而言，「在依附
地位上應當怎樣恢復獨立？哪些環境限制了女人的自由以
及應當怎樣戰勝它們？」而且，她強調指出，「如果我們認
為女人的命運必然取決於生理、心理或經濟力量，這個問題
就會變得毫無意義」。[101]而女人的幸福和生理、心理或經濟
力量卻恰恰是予且、蘇青、張愛玲等海派作家立論的依據和
角度，所以，蘇青說，「我對於一個女作家寫的什麼：『男
女平等呀！一起上疆場呀！』就沒有好感，要是她們肯老實
談談月經期內行軍的苦處，聽來倒是入情入理的。」[102]「這
並不是女人自己不爭氣，而是因為男女有天然（生理的）不
平等，應該以人為的制度讓她佔便宜來補足」。[103]她強調「幸
福乃滿足自身需要之謂」，「我並不是說女子一世便只好做
生理的奴隸，我是希望她們能夠先滿足自己合理的迫切的生
理需要以後，再來享受其他與男人平等的權利吧！」[104]張愛
玲談「謙虛」是「女人的本質」，「因為女人要崇拜才快樂，

---

[101] 【法】西蒙娜・德・波伏娃：《第二性》（中國書籍出版社，1998 年），
　　　第 26 頁。
[102] 蘇青：《我國的女子教育》，見《蘇青文集》，第 7 頁。
[103] 《蘇青張愛玲對談記》，見《張愛玲散文全編》，第 282 頁。
[104] 蘇青：《第十一等人──談男女平等》，見《蘇青文集（下冊）》，
　　　第 146 頁。

男人要被崇拜才快樂」。[105]她和蘇青一起大談用丈夫的錢是一種快樂，而不是為女人花自己掙來的錢感到自豪。大談婦女走上社會找職業是因為「生活程度漲得這樣高，多數的男人都不能夠賺到足夠的錢養家」[106]使然，而不是出於女人要求平等獨立的意願。西方女權主義的代表人物之一波伏娃與蘇青、張愛玲的不同正表現在關切女性的獨立和自由與關切女性幸福的出發點的不同。

　　經濟的力量更為海派作家所強調，他們已經強調到了決定一切的地步，也正是在這點上更鮮明地顯示出他們從日常生活出發看問題的立場和現代市民獨特的精神和價值觀。蘇青的一段話道出了他們採取如此立場和價值觀的原因：「在一切都不可靠的現社會裏，還是金錢和孩子著實一些。」[107]予且更坦言在人的「求生」之路上，物質的需要比崇高的倫理思想和道德以及內心生活都更重要。他在《我怎樣寫〈七女書〉》中說：

> 我們每個人都是有個靈魂的，宗教家特別把靈魂看得重。祈禱上帝予我們以大力，俾我們的靈魂不致淪落於深淵。但有時因為物質上的需要，我們無暇顧及我們的靈魂了。而靈魂卻又忘不了我們。他輕輕地向我們說：「就墮落一點罷！」於是我們就墮落一點。他還是用上帝的面孔安慰著我們，說這一點不要緊，這是「生存的道路呵！」誠然的。上帝所要救的是活人，

---

[105] 同上，第 283 頁。
[106] 同註 105，第 277 頁。
[107] 同註 105，第 282 頁。

決不是等活人成為死者再行拯救的。於是我們為保存
我們這個寶貴的「生」，我們就墮落一點罷！這是靈
魂向我們說的話，而且是個好靈魂，好靈魂用好面孔
叫我們墮落一點，我們於是就墮落一點罷！[108]

予且《七女書》中所包括的七個短篇小說正說明了這樣
的都市市民的生活哲學，展現了七位女性如何「並不迂腐，
也不狂罔，也不糊塗」地面對生存的困境，「亦莊亦諧的走
上他們不能不走的路」。[109]

《向曲眉》中的女主人公所嫁的夫君除了「在家裏哼哼
詩詞，發發牢騷」，「既沒有什麼做事的本領，更沒有謀事
的道路」，家裏除了居孀的婆婆，還有待養的小姑和小叔，
在戰亂和物價高漲時期，婆婆花完了向曲眉的妝奩，就把這
個窮家交給了她。為了維持這個毫無生存之道的婆家的生
活，向曲眉不得不向從小就對自己居心叵測的葛老伯求援，
當向曲眉明白她必須以身相許才能換來葛老伯的錢而失聲
痛哭的時候，葛老伯奉勸她的話就是讓她想一想「一個女子
是為丈夫而生存的呢？」還是「為生存而生存」，「如果是
為丈夫而生存，則丈夫沒有自存之道，就應該先打死丈夫，
然後自殺。這樣便什麼也沒有了。如果是為生存而生存，則
丈夫沒有自存之道，自己就該有個共存之道，有了共存之
道，就大家快快活活，安安穩穩的生活下去。使他在生活上
不感困難，老母弟妹，皆得其養」。「大家還要好好兒地過

---

[108] 予且：《我怎樣寫〈七女書〉》。
[109] 予且：《我之戀愛觀》。

下去。誰有力量，誰就幫助誰。」[110]可以說，這番「苦口婆心」的話決不僅僅是葛老伯對向曲眉的勸說，更是作者為向曲眉賣身養家所做的辯護。葛老伯也為自己辯護說，「我並沒有錯。我以前喜歡你，現在還是喜歡，我怕的就是你不理我」，「我並不是壞人。你的要求我都答應了你，總不能算壞。……人總是要靠人的，怕的是無人可靠。如今你有了可靠的人，這可靠的人在你的面前總要算是好人。」[111]可見，這是商品經濟的意識滲透到生活領域而在日常生活中發生的一宗交易，葛老伯為自己所做的辯護正是他試圖把這宗交易在文化上合法化的努力。當向曲眉把自己賣身的錢拿回家，婆婆並未責罵她，反而陪著流了好些眼淚，感激涕零地把向曲眉奉為「我一家的恩人」，並幫著向曲眉瞞著丈夫。婆婆的態度顯然意味著這宗不道德的交易已得到現實的首肯。就這樣，予且小說中的「好靈魂」輕輕地向大家說，「就墮落一點罷！」這是「生存的道路呵！」《七女書》中其他的幾篇小說如《過彩貞》、《黃心織》、《郭香雪》、《鍾含秀》、《解淩寒》（在雜誌發表時名為《無聲的悲劇》）、《夏丹華》（在雜誌發表時名為《移情記》）[112]等也都反映出作者所要著力表現的日常生活是如何地消解著倫理道德的規範，踐踏著人的尊嚴，逼迫著人們「走上他們不能不走的路」這生活本身的邏輯和力量。

---

[110] 予且：《向曲眉》，載 1945 年 2 月《大眾》，第 2 期。
[111] 同上。
[112] 分別刊登於 1944 年 11、12 月，1945 年 1、2、3 月《大眾》第 3 卷，第 11、12 期，第 4 卷，第 1、2、3 期；1943 年 3 月《小說月報》第 3 卷，第 6 期；1943 年 7 月《文友》第 1 卷，第 5 期。

　　值得一提的是，在生活和道德規範的權衡中，劉吶鷗的態度更為激進。他在《熱情之骨》這篇小說裏，描寫了一個「為尋找西歐人理想中的黃金國和浪漫」而來到中國的法國青年比也爾，當他愛上了一個賣花姑娘而要與她在「月明的船上」共度良宵的時候，那位讓他熱情激盪的賣花姑娘卻向他要五百元錢。後來賣花姑娘給比也爾來了一封信告訴他，她原本是「這市裏名家的女兒」，因為愛上了自己的家庭教師而離開家庭，「在這一切抽象的東西，如正義，道德的價值都可以用金錢買的經濟時代」她並不為「拿貞操向自己所心許的人換點緊急要用的錢」的舉動感到恥辱。她完全可以向父親去要，但她不這樣做。她自豪地宣稱：「自己要糊口的自己賺，至少比住在那壯美的房屋，穿好衣，吃好飯是更有意思的。」最後她還教訓比也爾「你所要求的那種詩，在這個時代是什麼地方都找不到的。詩的內容已經變換了。就使有詩在你的眼前，恐怕你也看不出吧。」很顯然，劉吶鷗是在以賣花姑娘的舉動和言說譜寫了一首現代「經濟時代」的詩篇，雖然是「太 Materielle（法語：物質的──筆者注）」，但卻是「新鮮的生命」，是對「往日的舊夢」的理直氣壯的否定，從而昭示了「自己要糊口的自己賺」這一帶有鮮明的現代市民意識的新價值。如果說予且的人物踐踏道德是出於「不得不」，劉吶鷗的賣花姑娘就是「有意為之」。

　　弗・傑姆遜在談到德萊賽的《嘉莉妹妹》時也曾涉及到類似的問題，他說德萊賽「最使人震驚的地方」就是他對於嘉莉妹妹通姦行為道德評價問題的忽略。嘉莉妹妹出身社會

底層，為了達到她欲望的目的，不得不以此為追求的臺階，或說是由此走上「可以迅速達到夢想的、被人所輕視的路徑」，通過情人的不斷更換，嘉莉妹妹「步步高升」，終於擠入了豪華的上流社會，「置身於光輝燦爛的環境之中」。[113] 傑姆遜說，德萊賽對嘉莉妹妹的這種行為不做道德的評價「比其他任何態度都更要富於革命意味，他似乎在宣佈：這一切對我們來說是那樣自然，那樣不可否認」，德萊賽使「他的人物面臨很多其他的問題，其中最大的問題是錢的問題，他們唯一可以不考慮的問題恰恰是道德問題，因此對道德範式的取消比其他任何形式都更為現實主義，更加激烈」。[114] 對於予且筆下的那些「為生存而生存」的人物恐怕也可以做如是觀。

　　蘇青是從批判統治階級的意識形態為被統治的民眾所樹立的「道德」和「犧牲」的觀念開始，在文化上來為自己，為現實世界裏的弱者、大眾爭取為自己「得利」、「得好處」的合法權的。她在《道德論——俗人哲學之一》中認為，現行的所謂道德「是以權利為基礎的道德觀念」。她把王弼對「道德」的註疏：「道者，物之所由也，德者，物之所得也，由之乃得」中的「物」改為「人」，得出道德的本意是讓人得利，得好處的結論。她甚至不避粗魯地說：「人有利可得始去由之，沒有好處又哪個高興去由他媽的呢？」如果我們

---

[113] 【美】德萊賽：《嘉莉妹妹》（上海譯文出版社，1980 年），第 496、497 頁。

[114] 弗·傑姆遜：《後現代主義與文化理論》（陝西師範大學出版社，1986 年），第 224 頁。

的現實世界是平等自由的，還可能「定得出一個大家都願共
同遵循的標準」，但「可惜我們這個現實世界卻是既不平等
又難自由，於是強者便利用其優勢來逼迫或誘騙大家一齊由
我之得，弱者便被迫或被誘而真個齊去由起他人之得來，那
便是以權力為基礎的道德觀念了」。這種道德以忠君、愛國、
救世、利群為美名，誘騙他人「一齊由我之得」。所以，蘇
青揭露說，這個「道德的效用就等於米倉煤棧上的彈簧鎖
子，鎖住了少數富人的財富，鎖出了多數窮人的性命」。在
歷史上，「那些最受人頌揚的所謂君子——理想中的道德之
士——便是當時最勇於盲從的傢伙。因為他們所由的都是他
人之得，不曾享道德好處反吃了道德的虧，所以他們作了
犧牲之後，占過他們便宜的便趕緊把他們讚不絕口，還替
他們想像出許多吃虧後的精神快樂來，意思當然在鼓勵繼
起的人」。一切歷史上的美談都是這樣一手造成的。因此，
蘇青大談「俗人哲學」，強調「我們所求的是道德之實，
不是道德之名」，講道德，守道德是為了「大家都能夠『由
之乃得』」。她引用功利派諸人所說，「幸福乃吾人之唯
一要求」，並進一步針對有人認為獲得忠孝信禮也是利的
觀念說，「『最大之利莫過於有利於人類的生存；其次則
為有利於人類的更好生存。』假如有人以死為利，則他所說
的乃鬼的真理，非吾人所欲獲得，但我們也可為利而死，假
如此利不得則吾人將不能繼續生存的話。凡此類利益吾人決
不惜冒死以求，希望能夠達到死裏求生之目的。」她為自己
的俗人哲學辯護說，「人類是利己的」，「我們是人，人的
利他是要索代價的，因為不兼利他便無以更多利己，利了他

即所以同時利己也。」[115]

蘇青在《犧牲論——俗人哲學之二》中所持的觀點也是同一邏輯，同一口徑，她自嘲說「我終究脫不了市儈氣味」，不能不計較「犧牲」這兩個怪漂亮的名詞的「代價問題」，「老實說，人們不惟不肯為己所不愛的東西作犧牲，就是偶而肯替自己所愛的東西來犧牲一些小利益，也是存著或可因此小犧牲而獲得更大代價的僥倖心才肯嘗試的。人類都有經商的天才，不為獲利而投資的人可說是絕無僅有，倘使他真個因此虧本而絲毫沒得好處，那是他的知識不足，甘心犧牲乃是他的遮羞之辭。一個孩子不知火之危險以手摸燈灼傷了指硬說是為了探求宇宙之光明而犧牲，此種現象正是一切自動犧牲的最好比喻」。她揭露犧牲美德的虛假性說，「我們人類之所以得能成為地球上的霸王，並不是由於隱惻之心發達，樂於為他人犧牲自己之故，相反地而正是由於自利心重，善於利用他人來為自己犧牲之故。」所以，她認為雖然「為愛而犧牲是動人的，但為愛而避免犧牲卻更合理」，「我們不該讚美犧牲，而該讚美避免犧牲」。[116]由此可見，予且和蘇青都不僅自覺地堅持了一種日常生活的立場，也就是予且所說的「為生存而生存」，蘇青所說的「最大之利，莫過於有利於人類的生存；其次則為有利於人類更好生存」，而且從這個立場出發，把人類的日常生存從倫理道德和國家政

---

[115] 以上引文均見蘇青：《道德論——俗人哲學之一》，見《蘇青文集（下冊）》，第 101-106 頁。

[116] 以上引文均見蘇青：《犧牲論——俗人哲學之二》，見《蘇青文集（下冊）》，第 107-111 頁。

治的統一化要求中分離了出來而成為一個相對獨立的私人
的領域，成為他們關注的中心和思考問題的邏輯出發點。

　　根據美國弗‧傑姆遜教授的介紹，在哲學領域，認為「日
常生活」可以成為一個獨立的研究對象這一觀點還是近期才
出現的。從理論上說，所謂「日常生活」根據阿格妮絲‧赫
勒（Agnes Heller）的釋義，即「個體再生產要素的集合」[117]，
指的主要是為維持自我的生存和後代繁衍而進行的活動範
疇。所以，維持個體再生產總是具體個人的再生產，它一方
面不斷再生產出個人自身，另一方面構成社會再生產的基
礎。因而，日常生活存在於每一社會之中，每個人無論在社
會分工中佔據何種位置，都有自己的日常生活。日常生活的
另一特點是它總是在個人的直接環境中發生並與之相關，國
王的日常生活範圍不是他的國家，而是他的宮廷。所以赫勒
認為「所有與個人及其直接環境不相關的對象化，都超出了
日常的閾限」。[118]

　　伴隨著資本主義經濟活動的發展，不僅社會從效率、可
測量性及手段－目的式的合理性角度進行了重新的組織，而
且它的結果——合理化、商品化、工具化的進程也越來越滲
透進人類的經驗、思維、精神等帶有主觀性質的主體自身，
「以自我再生產的活動」為直接的領域，「植根於基本上是
實用的和經濟的結構之中」的日常生活意識在價值領域越來
越引人注目，取得了越來越重要的地位。阿格妮絲‧赫勒在
她的那本《日常生活》中分析這一現象產生的社會基礎時

---

[117]　阿格妮絲‧赫勒：《日常生活》（重慶出版社，1990年）第3頁。
[118]　阿格妮絲‧赫勒：《日常生活》，第7頁。

說：「隨著資本主義社會的出現，旨在自我維護的活動，開始同旨在整體維護的活動分道揚鑣（『人』和『市民』之間的分裂），毫不奇怪，日常思維愈來愈轉變為純粹個人行動的認識基礎，」[119]赫勒所說的日常思維即是「關切解決『個人』在其環境中所面臨的問題的思維」[120]，在這裏赫勒把日常思維，旨在自我維護的日常活動與資本主義社會、市民的出現聯繫在一起，為日常生活及其意識越來越成為獨立的領域找到了社會的依據。

　　在中國近代城市文明和資本主義經濟發展得最充分的上海而形成發展的海派文化及其文學正代表了現代都市市民的世界觀和人生觀。它不僅和國家、民族等維護整體，代表普遍利益的利他精神相對立，也是與文人重精神、追求超越和進行形而上的思維的傾向相區別。可以說，在主要由政治文化和文人文化而形成的主流文化中它是異質的。以批判「施蟄存的新感覺主義」而為新感覺派命名的樓適夷敏銳地感到新感覺主義「乃是一種生活解消文學的傾向」，雖然這一說法不甚明瞭，但考慮到左翼作家是把文學作為階級、民族鬥爭的工具以及革命的鼓吹和宣傳，還是可以理解樓適夷的意思是在說，新感覺派是以一種世俗的生活意識消解文學所應具有的階級、民族和革命的神聖的意識。無論從施蟄存以人的世俗性消解人的神聖性，還是張愛玲的以日常生活的邏輯消解人的價值觀的理想性，以及予且、蘇青等對於國家政治、道德倫理的批判，的確顯示出「一種生活解消文學」的神聖

---

[119]　阿格妮絲·赫勒：《日常生活》（重慶出版社，1990年），第212頁。
[120]　同上。

性、理想性和超越性的傾向。海派以日常生活作為獨立的寫作領域，就意味著他們疏離了這種傳統，而採取另外一種立場，即按照常人、俗人在日常生活中所避免不了的實用的經濟的邏輯、思維和行為範式去反映上海的城市生活和市民的精神風貌。海派文學的題旨大多集中於都市的日常生活的領域，這不僅意味著其題材集中於這一領域，也意味著是為日常生活而寫，也是以日常生活的意識來寫日常生活。由此可以進一步認識海派所代表的社會形態的性質和價值的性質。

予且、蘇青，包括張愛玲在他們的小說和文章中所標舉的經濟的，實用的以及利己的價值觀正與黑格爾所說的在市民社會中所通行的原則相一致的。黑格爾在《法哲學原理》一書中，最早把國家與市民社會作了明確劃分，使市民社會這一概念獲得了現代意義。黑格爾認為「市民社會是在現代世界中形成的」[121]，這就是說現代世界造就了古代世界所不知道的市場，一種受自身規律調整的經濟領域，它使人們不僅有追求私利的自由，更有了追求私利的可能。正是由於這個受制於自身規律的領域的發展形成了與國家相對，並部分獨立於國家，包括了那些不能與國家相混淆或者不能為國家所淹沒的市民社會的生活領域。在這個社會生活領域中的個人均在市場法則之下追逐一己的私利，正像黑格爾所說，「作為這種國家的市民來說，就是私人，他們都把本身利益作為自己的目的」[122]，但其結果卻滿足了彼此相互的需求。也就是黑格爾所說的：

---

[121] 黑格爾：《法哲學原理》（商務印書館，1995 年），第 197 頁。
[122] 同上，第 201 頁。

> 在市民社會中，每個人都以自身為目的，其他一切在
> 他看來都是虛無。但是，如果他不同別人發生關係，
> 他就不能達到他的全部目的，因此，其他人便成為特
> 殊的人達到目的的手段。但是特殊目的通過同他人的
> 關係就取得了普遍的形式，並且在滿足他人福利的同
> 時，滿足自己。[123]

黑格爾所說的市民社會是私利的領域，其中每個人都以自身
為目的，以他人為手段，正是在這一點上，它與國家在本質
上是不同的，國家的目的是普遍利益本身。以私利為目的的
市民社會，它所追求的是通過勞動使需要得到滿足，因此黑
格爾將市民社會界定為「需要的體系」，而滿足需要的手段
是勞動，這又與國家相區別，國家的活動內容是政治，而市
民社會的內容是以勞動為手段的經濟活動。

　　黑格爾把市民社會看作是關注私利的非政治化的領域
而與關注普遍利益的政治的國家相區別的觀念，被西方思想
界視為「黑格爾對政治哲學的最有原創的貢獻」[124]，甚至有
人認為「透過市民社會這一術語，黑格爾向其時代觀念所提
出的問題並不亞於近代革命所導致的結果，即通過政治集中
而在君主制國家中產生了非政治化的社會，將關注重心轉向
了經濟活動。正是在歐洲社會的這一過程中，其『政治的』
與『市民的』狀態第一次分離了，而這些狀態於此之前（即

---

[123] 同註 122，第 197 頁。
[124] 蕭功秦：《市民社會與中國現代化的三重障礙》，載 1993 年 11 月香
港《中國社會科學季刊》，第 5 期。

傳統政治的社會中），意指的是同一回事」。[125]予且、蘇青
以及張愛玲，包括新感覺派的創作正反映了這種市民的狀態
與政治的狀態相分離在人性觀、人生觀以及社會觀等方面所
帶來的價值觀的轉變，其利己的、經濟的和實用的精神正與
建立在宗法家庭和國家之上的以利他精神為主旨的價值觀
相對立的。

---

[125] 轉引自鄧正來：《市民社會與國家──學理上的分野與兩種架構》，
載 1993 年 5 月香港《中國社會科學季刊》，總第 3 期。

後 記

　　去年 11 月我曾有幸受嘉義中正大學的邀請，參加「文學傳媒與文化視界」國際學術研討會，在臺灣遊玩了不少的名勝古蹟。儘管是第一次到臺灣，也是第一次認識了不少的臺灣學者，很奇怪的是沒有覺得「隔」，甚至到了台南「安平古堡」、「億載金城」，穿行在佈滿小吃的小巷中，同行的王風先生居然感到好像回到了福州老家。而我這個在北方的大風雪中長大的人，感覺也不過是到南方參加一次學術研討會，兩岸學者關心的一些學術話題是同樣的。這次秀威資訊科技股份有限公司出版「大陸學者叢書」，也是不「隔」的一次努力吧。

　　我的這本書由於字數的限制，是我在大陸出版的《海派小說與現代都市文化》的選本，集中在對海派小說的細讀和闡釋上，而捨棄了論述現代都市的興起對海派作家及小說的影響部分，所以改名為《海派小說論》。在書即將付梓之即，我特別要感謝宋如珊教授的策劃和為出版所做出的細緻、周到而認真的工作，我們雖然未曾見面，但通過 e-mail 的不斷往來，已點點滴滴給我留下了深刻的印象。我也希望能夠通過這本書結識並求教於對此論題有興趣的臺灣同行。

2004 年 12 月 8 日於北京

參考書目

歷史類：

《康橋中華民國史（一）》　費正清主編，章建剛等譯，上海人民
　　出版社，1991 年

《近代上海探索錄》　唐振常著，上海書店出版社，1994 年

《上海公共租界史稿》　上海人民出版社，1980 年

《近代上海城市研究》　張仲禮主編，上海人民出版社，1990 年

《上海史》　唐振常主編，上海人民出版社，1989 年

《中國資產階級的黃金時代（1911-1937）》　【法】白吉爾著，張
　　富強、許世芬譯，1994 年

《上海——現代中國的鑰匙》　【美】羅茲‧墨菲，章克生等譯，
　　上海人民出版社，1986 年

《東方「巴黎」——近代上海建築史話》　上海建築施工志編委會‧
　　編寫辦公室編著，上海文化出版社，1991 年

《從上海發現歷史——現代化進程中的上海人及其社會生活
　　1927-1937》　忻平著，上海人民出版社，1996 年

《上海百年建築史（1840-1949）》　伍江編著，同濟大學出版社，
　　1997 年

《上海春秋》　曹聚仁著，上海人民出版社，1996 年

《民國時期的西式風俗文化》　李少兵著，北京師範大學出版社，
　　1994 年

《上海近代建築史稿》　陳從周、章明主編，上海三聯書店，1988 年

《老上海廣告》　益斌編，上海畫報出版社，1995 年

《前世今生》　素素著，上海遠東出版社，1997 年

《上海研究資料續集》　上海通社編，上海書店，1984 年

《中國電影發展史》　程季華主編，中國電影出版社，1980 年

《電影通史》　【法】喬治‧薩杜爾著，中國電影出版社，1982 年

《士與中國文化》　余英時著，上海人民出版社，1987 年

《上海新聞史》　馬光仁主編，復旦大學出版社，1996 年

《上海研究資料》　上海通社編，上海書店，1984 年

《在出版界二十年》　張靜廬著，上海書店，1984 年

《近現代出版新聞法規彙編》　劉哲民編，學林出版社，1992 年

《中國近代出版史料初編》　張靜廬輯注，中華書局，1957 年

《中國現代出版史料乙編》　張靜廬輯注，中華書局，1955 年

《中國現代出版史料甲編》　張靜廬輯注，中華書局，1954 年

《出三藏記集》　【梁】釋僧佑撰，中華書局，1995 年

《高僧傳》　【梁】釋慧皎撰，中華書局，1992 年

《歷代高僧傳》　李山、過常寶主編，山東人民出版社，1994 年

《開埠——中國南京路 150 年》　程童一等著，昆侖出版社，1996 年

理論類：

《經濟‧社會‧宗教——馬克斯‧韋伯文選》　鄭樂平編譯，上海
　　社會科學院出版社，1997 年

《現代主義》　【英】馬‧佈雷德伯裏、詹‧麥克法蘭編，胡家巒
　　等譯，上海外語教育出版社，1992 年

《浪漫主義》　利里安‧弗斯特著，李今譯，昆侖出版社，1989 年

《現實主義》　達米安‧格蘭特著，周發祥譯，昆侖出版社，1989 年

《現代主義》　彼得‧福克納著，付禮軍譯，昆侖出版社，1989 年

《象徵主義‧意象派》　黃晉凱等主編，中國人民大學出版社，1989 年

《美的歷險》　【英】威廉‧岡特著，蕭聿、淩君譯，中國文聯出

版公司，1987 年

《世紀末英國新文藝運動》　蕭石君編著，中華書局，1940 年

《尼采文集》　王嶽川編，青海人民出版社，1995 年

《現代與現代主義》　【美】弗萊德裏克・R・卡爾著，傅景川、
　　陳永國譯，吉林教育出版社，1995 年

《歐洲近代文藝思潮論》　本間久雄著，沈端先譯，上海開明書店，
　　1928 年

《性意識史》　福柯著，尚衡譯，桂冠圖書股份有限公司，1990 年

《唯美主義》　趙澧、徐京安主編，中國人民大學出版社，1988 年

《普列漢諾夫美學論文集》　曹葆華譯，人民出版社，1983 年

《波德萊爾美學論文選》　郭宏安譯，人民文學出版社，1987 年

《電影化的想像——作家和電影》　愛德華・茂萊著，邵牧君譯，
　　中國電影出版社，1989 年

《電影與新方法》　張紅軍編，中國廣播電視出版社，1992 年

《發達資本主義時代的抒情詩人》　本雅明著，張旭東、魏文生譯，
　　三聯書店 1989 年

《世俗神話——電影的野性思維》　【匈】伊芙特・皮洛，崔君衍
　　譯，中國電影出版社，1991 年

《現代小說中的空間形式》　秦林芳編譯，北京大學出版社，1991 年

《敘述學：敘事理論導論》　【荷】米克・巴爾著，譚君強譯，中
　　國社會科學出版社，1995 年

《精神分析引論》　【奧】弗洛依德著，高覺敷譯，商務印書館，
　　1984 年

《權力的眼睛——福柯訪談錄》　嚴鋒譯，上海人民出版社，1997 年

《西方的沒落》　【德】奧斯瓦爾德・斯賓格勒著，　齊世榮等譯，
　　商務印書館，1995 年

《悲觀論集》　叔本華著，蕭贛譯，商務印書館，1934 年

《單向度的人》　【美】赫伯特・馬爾庫塞著，張峰等譯，重慶出

版社，1988 年

《走向後現代與後殖民》 徐賁著，中國社會科學出版社，1996 年

《資本主義文化矛盾》 丹尼爾‧貝爾著，趙一凡等譯，三聯書店，
　　1989 年

《法哲學原理》 【德】黑格爾著，范揚、張企泰譯，商務印書館，
　　1995 年

《理想的衝突》 【美】L. J. 賓克萊著，馬元德等譯，商務印書館，
　　1983 年

《蘇魯支語錄》 【德】尼采著 ，徐梵澄譯，1995 年

《弗洛依德主義與文學思想》 霍夫曼著，王寧等譯，三聯書店，
　　1987 年

《日常生活》 【匈】阿格妮絲‧赫勒著，衣俊卿譯，重慶出版社，
　　1990 年

《第二性‧女人》 西蒙‧波娃著，桑竹影、南珊譯，湖南文藝出
　　版社，1986 年

《第二性》 【法】西蒙娜‧德‧波伏娃著，陶鐵柱譯，中國書籍
　　出版社，1998 年

《後現代主義與文化理論》 弗‧傑姆遜著，唐小兵譯，陝西師範
　　大學出版社 1986 年

文學、文學史及資料類：

《蘇雪林文集》 安徽文藝出版社，1996 年

《現代作家書簡》 孔另境編，花城出版社，1982 年

《魯迅全集》 第 5、7、13 卷和集外集拾遺，人民文學出版社，
　　1982 年

《影響中國近代社會的一百種譯作》 鄒振環著，中國對外翻譯出
　　版公司，1996 年

《法國文學史》　陳振堯主編，外語教學與研究出版社，1989 年
《文學百題》　鄭振鐸、傅東華編，上海生活書店，1935 年
《天女玉麗》　保爾·穆杭著、戴望舒譯，上海尚志書屋，1929 年
《色情文化》　劉吶鷗輯譯，水沫書店，1929 年
《日本新興文學選譯》　張一岩譯，北平星雲堂書店，1933 年
《日本短篇小說集》　高汝鴻選譯，商務印書館，1935 年
《現代法國小說選》　徐霞村譯，中華書局，1931 年
《美的偏至》　解志熙著，上海文藝出版社，1997 年
《張競生文集》　廣州出版社，1998 年
《現代青年》　張恨水著，人民文學出版社，1985 年
《惡之花》　波德萊爾著，錢春綺譯，人民文學出版社，1986 年
《道連·葛雷的畫像》　王爾德著，榮如德譯，外國文學出版社，
　　1982 年
《馬斑小姐》　戈華耶著，林微音譯，中華書局，1935 年
《中國新文學史》　司馬長風著，香港昭明出版社，1978 年
《谷崎潤一郎集》　章克標譯，開明書店，1929 年
《肉與死》　【法】比埃爾·路易著，曾孟樸、曾虛白譯，嶽麓書
　　社，1994 年
《惡之花》　波德萊爾著，郭宏安譯，灕江出版社，1992 年
《中國現代小說流派史》　嚴家炎著，人民文學出版社，1989 年
《新感覺派小說選》　嚴家炎編，人民文學出版社，1985 年
《創造社資料》　饒鴻競等編，福建人民出版社，1985 年
《朱自清全集（3）》　朱喬森編，江蘇教育出版社，1988 年
《我看鴛鴦蝴蝶派》　魏紹昌著，香港中華書局，1990 年
《20 世紀中國小說史 第一卷》　陳平原著，北京大學出版社，1989 年
《上海近代文學史》　陳伯海、袁進主編，上海人民出版社，1993 年
《釧影樓回憶錄》　包天笑著，香港大華出版社，1971 年
《書林初探》　吉少甫著，上海三聯書店，1995 年

《革命春秋》　郭沫若著，上海海燕書店，1949 年

《文壇史料》　楊之華編，上海中華日報社，1943 年

《沈從文文集（11）》　花城出版社，三聯書店香港分店聯合出版，
　　　1984 年

《文學術語詞典》　戴叔清編，上海文藝書局印行，1931 年

《文學運動史料選》　上海教育出版社，1979 年

《文學研究會資料》　河南人民出版社，1985 年

《20 世紀中國文學與西方現代主義思潮》　唐正序、陳厚誠主編，
　　　四川人民出版社，1992 年

《杜詩鏡銓》　【清】楊倫箋注，中華書局，1962 年

《容興堂本水滸傳》　上海古籍出版社，1988 年

《沫若文集（4）》　人民文學出版社，1956 年

《都市漩流中的海派小說》　吳福輝著，1995 年

《中國現代文學三十年》　錢理群、吳福輝、溫儒敏等編，上海文
　　　藝出版社，1987 年。

雜誌類：

《大公報》（香港）

《新文藝》

《幻洲》

《現代出版界》

《文化列車》

《現代》

《矛盾》

《文學周刊》

《中國文學》

《文學》

《小說月報》

《新月》

《新時代》

《風雨談》

《中央導報》

《真美善》

《晨報》（上海）

《良友》

《新文化》

《文藝月刊》

《綠》

《北斗》

《文藝新聞》

《無軌列車》

《當代文學》

《婦人畫報》

《現代電影》

《文藝風景》

《雜誌》

《萬象》

《天地》

《大眾》

英文類：

The Eighteen Nineties　by H・Jackson, Penguin Book Limited, 1939.

Five Faces of Modernity by Matei Calinescu, Duke University Press, 1987.

Idols of Perversity──Fantasies of Feminine Evil in Finde-siecle Culture by Bram Dijktra, Oxford University Press, 1986.

Urban Sociology, Capitalism and Modernity by Mike Savage and Alan Warde, The Macmillan Press LTD, 1993.

說明：本文在寫作過程中援引的著作書目按引用的順序排列，參考書目擇其要者列於後。本文研究對象的有關作家的著作和單篇論文不在此列。

國家圖書館出版品預行編目資料

海派小說論／李今著. -- 一版. -- 臺北市：
　　秀威資訊科技, 2004[民 93]
　　　面；　　公分. --（大陸學者叢書；CG0004）
　　參考書目：面
　　ISBN 978-986-7614-80-3（平裝）

　　1. 中國小說 － 歷史 － 現代（1900- ）2.
中國小說 － 評論

820.9708　　　　　　　　　　　93023305

海派小說論

作　　者／李　今
發 行 人／宋政坤
執行主編／宋如珊
執行編輯／李坤城
圖文排版／張慧雯
封面設計／莊芯媚
數位轉譯／徐真玉　沈裕閔
圖書銷售／林怡君
網路服務／徐國晉
出版印製／秀威資訊科技股份有限公司
　　　　　台北市內湖區瑞光路 583 巷 25 號 1 樓
　　　　　電話：02-2657-9211　　　傳真：02-2657-9106
　　　　　E-mail：service@showwe.com.tw
經 銷 商／紅螞蟻圖書有限公司
　　　　　台北市內湖區舊宗路二段 121 巷 28、32 號 4 樓
　　　　　電話：02-2795-3656　　　傳真：02-2795-4100
　　　　　http://www.e-redant.com

2006 年 7 月　BOD 再刷
定價：280 元

讀　者　回　函　卡

感謝您購買本書，為提升服務品質，煩請填寫以下問卷，收到您的寶貴意見後，我們會仔細收藏記錄並回贈紀念品，謝謝！

1.您購買的書名：＿＿＿＿＿＿＿＿＿＿＿＿＿＿＿＿

2.您從何得知本書的消息？

　　□網路書店　　□部落格　　□資料庫搜尋　　□書訊　　□電子報　　□書店

　　□平面媒體　　□ 朋友推薦　　□網站推薦　□其他＿＿＿＿＿＿

3.您對本書的評價：(請填代號　1.非常滿意 2.滿意 3.尚可 4.再改進)

　　封面設計＿＿　　版面編排＿＿　　內容＿＿　　文/譯筆＿＿　　價格＿＿

4.讀完書後您覺得：

　　□很有收獲　　□有收獲　　□收獲不多　　□沒收獲

5.您會推薦本書給朋友嗎？

　　□會　□不會，為什麼？＿＿＿＿＿＿＿＿＿＿＿＿＿＿＿

6.其他寶貴的意見：＿＿＿＿＿＿＿＿＿＿＿＿＿＿＿＿

＿＿＿＿＿＿＿＿＿＿＿＿＿＿＿＿＿＿＿＿＿＿＿＿

＿＿＿＿＿＿＿＿＿＿＿＿＿＿＿＿＿＿＿＿＿＿＿＿

＿＿＿＿＿＿＿＿＿＿＿＿＿＿＿＿＿＿＿＿＿＿＿＿

讀者基本資料

姓名：＿＿＿＿＿＿＿＿＿＿　年齡：＿＿＿＿　性別：□女 □男

聯絡電話：＿＿＿＿＿＿＿＿　E-mail：＿＿＿＿＿＿＿＿＿

地址：＿＿＿＿＿＿＿＿＿＿＿＿＿＿＿＿＿＿＿＿＿＿

學歷：□高中(含)以下　　□高中　　□專科學校　　□大學

　　　□研究所(含)以上 □其他＿＿＿＿＿＿＿＿

職業：□製造業 □金融業 □資訊業 □軍警 □傳播業 □自由業

　　　□服務業 □公務員 □教職　　□學生 □其他＿＿＿＿

秀威與 BOD

BOD（Books On Demand）是數位出版的大趨勢，秀威資訊率先運用 POD 數位印刷設備來生產書籍，並提供作者全程數位出版服務，致使書籍產銷零庫存，知識傳承不絕版，目前已開闢以下書系：

一、BOD　學術著作—專業論述的閱讀延伸
二、BOD　個人著作—分享生命的心路歷程
三、BOD　旅遊著作—個人深度旅遊文學創作
四、BOD　大陸學者—大陸專業學者學術出版
五、POD　獨家經銷—數位產製的代發行書籍

BOD 秀威網路書店：www.showwe.com.tw
政府出版品網路書店：www.govbooks.com.tw

永不絕版的故事・自己寫・永不休止的音符・自己唱